SI PUDIERA VOLVER ATRÁS

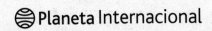 Planeta Internacional

MARC LEVY

SI PUDIERA VOLVER ATRÁS

Traducción de
Isabel González-Gallarza

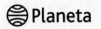 Planeta

Obra editada en colaboración con Editorial Planeta – España

Título original: *Si c'était à refaire*

© 2012, Marc Levy / Susanna Lea Associates
© 2014, Isabel González-Gallarza, por la traducción
© 2014, Editorial Planeta, S.A. - Barcelona, España

www.marclevy.info

Derechos reservados

© 2014, Editorial Planeta Mexicana, S.A. de C.V.
Bajo el sello editorial PLANETA M.R.
Avenida Presidente Masarik núm. 111, 2o. piso
Colonia Chapultepec Morales
C.P. 11570, México, D.F.
www.editorialplaneta.com.mx

Primera edición impresa en España: mayo de 2014
ISBN: 978-84-08-12813-7
ISBN: 978-2-221-11680-7, Éditions Robert Laffont, París, Francia, edición original

Primera edición impresa en México: agosto de 2014
ISBN: 978-607-07-2301-8

Impreso en los talleres de Litográfica Ingramex, S.A. de C.V.
Centeno núm. 162-1, colonia Granjas Esmeralda, México, D.F.
Impreso en México – *Printed in Mexico*

A Louis, Georges y Pauline

Cuán felices seríamos si pudiéramos abandonarnos
a nosotros mismos como abandonamos a los demás.

Madame du Deffand

1

Fundirse con la multitud, interpretar ese extraño drama sin que nadie se dé cuenta de nada ni recuerde nada.

Un chándal para pasar inadvertido. En River Park, a las siete de la mañana, todo el mundo corre. En una ciudad en la que a nadie le sobra tiempo y todos sufren de los nervios, la gente corre; corre para estar en forma, borrar los excesos del día anterior y mantener a raya el estrés del nuevo día.

Un banco: con un pie sobre el asiento, atarse la zapatilla mientras se espera a que el objetivo se acerque. La capucha bien bajada sobre la frente reduce el campo visual, pero permite ocultar el rostro. Aprovechar para recuperar el aliento, evitar que la mano tiemble. Qué importa el sudor; no llama la atención, no revela nada: aquí todo el mundo suda.

Cuando aparezca, hay que dejarlo pasar y esperar unos instantes antes de reanudar la carrera a zancadas cortas. Permanecer a una distancia prudente hasta el momento propicio.

La escena se repitió siete veces. Cada mañana de la semana, a la misma hora. La tentación de actuar fue más apremiante cada vez. Pero el éxito depende de una buena preparación. No hay margen de error.

Ahí está, baja por Charles Street, fiel a su rutina. Espera a que el semáforo se ponga en rojo para cruzar los cuatro primeros carriles de West Side Highway. Los coches pasan a toda velocidad hacia el norte de la ciudad, la gente se dirige a su lugar de trabajo.

Ha llegado al cruce. El muñequito luminoso del semáforo ya está intermitente. Los coches avanzan muy juntos hacia TriBeCa y el distrito financiero, pero cruza de todos modos. Como siempre, responde a los bocinazos alzando el puño con el dedo corazón enhiesto; gira a la izquierda y sigue por el carril peatonal que bordea el río Hudson.

Recorrerá sus veinte manzanas habituales, entre otros que, como él, corren también; disfrutará adelantando a aquellos que no están tan en forma como él, y maldecirá a los que lo dejan atrás. No tienen ningún mérito, les saca diez o veinte años. Cuando tenía dieciocho, no se podía ni pisar esa zona de la ciudad, pero él formó parte de los primeros que fueron a correr por allí. Los muelles que antaño se erguían sobre pilotes y de los que apenas queda nada apestaban a pescado y a herrumbre. Flotaba un olor a sangre. Cómo ha cambiado su ciudad en veinte años, ha rejuvenecido, se ha vuelto más bonita; a él los años han empezado a marcarle el rostro.

Al otro lado del río, las luces de Hoboken se van apagando conforme nace el día, seguidas pronto de las de Jersey City.

No perderlo de vista; cuando llegue al cruce de Greenwich Street, abandonará el carril peatonal. Habrá que actuar antes. Esa mañana no llegará al Starbucks donde suele tomarse un *mocaccino*.

Cuando pase por el muelle 4, la sombra que lo sigue sin que él se dé cuenta lo habrá alcanzado.

Una manzana más. Acelerar, mezclarse con el grupo que se forma siempre en ese lugar porque la calle se estrecha y los más lentos molestan a los más rápidos. La larga aguja se desliza bajo la manga, la mano resuelta la sujeta con firmeza.

Golpear entre la parte alta del sacro y la última costilla. Un golpe seco, ida y vuelta en profundidad para perforar el riñón y subir hasta la arteria abdominal. Al retirarse, la aguja dejará a su paso desgarros irreparables: para cuando alguien entienda lo que ha ocurrido, para cuando llegue la ambulancia, lo traslade al hospital y, desde ahí, pase a un quirófano, será demasiado tarde para él. A esa hora, la peor de la mañana, cuando el tráfico es tan denso que el conductor del autobús sólo puede maldecir de impotencia, no es fácil llegar al hospital.

Dos años antes quizá habría tenido una mínima oportunidad de salvarse. Desde que cerraron el hospital Saint Vincent para contentar a los promotores inmobiliarios, el centro de urgencias más cercano se encuentra en el este, en el extremo opuesto de River Park. La hemorragia será demasiado grande; para cuando llegue allí se habrá desangrado.

No sufrirá, no demasiado. Sólo sentirá frío, cada vez más frío. Tiritará, perderá poco a poco la sensibilidad en los miembros, le castañetearán tanto los dientes que no podrá ni hablar, y, total, ¿para decir qué? ¿Que ha sentido un violento mordisco en la espalda? ¡Vaya cosa! ¿Qué conclusión podría sacar de ello la policía?

Los crímenes perfectos existen. Hasta los mejores policías reconocen, al final de sus carreras, que arrastran como un fardo en la conciencia su cupo de casos sin resolver.

Ya ha llegado a su altura. Ha simulado el gesto una y mil veces sobre un saco de arena, pero la impresión es distinta cuando la aguja se clava en la carne humana. Lo importante es no dar en ningún hueso. Tropezar con una vértebra lumbar supondría fracasar en el empeño. La aguja debe clavarse y volver a salir enseguida.

Después, seguir corriendo a la misma velocidad, resistir el deseo de volverse, mantener el anonimato entre la multitud que corre, invisible.

Tantas horas de preparación para unos pocos segundos de acción.

Él tardará más en morir, probablemente un cuarto de hora, pero esa mañana, hacia las siete y media, fallecerá.

2

Mayo de 2011

Andrew Stilman es periodista en el *New York Times*. Entró como becario con veintitrés años y fue ascendiendo uno a uno todos los peldaños. Obtener un carnet de prensa de uno de los diarios más reputados del mundo era su sueño de juventud. Cada mañana, antes de franquear las puertas dobles del 860 de la Octava Avenida, Andrew se regala un pequeño placer: alza la cabeza, echa una ojeada a la inscripción que adorna la fachada y se dice que ahí está su despacho, en ese templo sacrosanto de la prensa en el que millones de chupatintas soñarían con entrar, aunque sólo fuera una vez, para visitarlo.

Pasó cuatro años en el Departamento de Documentación antes de conseguir un puesto de redactor adjunto en la «Agenda del día», sección necrológicas. La chica que lo había precedido en ese puesto había muerto arrollada por un autobús a la salida del trabajo y había pasado a protagonizar las columnas que ella misma redactaba. Tenía demasiada prisa por volver a su casa para recibir a un mensajero de UPS que debía entregarle un paquete de lencería fina que había comprado por Internet. ¡Las cosas de la vida!

Siguieron para Andrew Stilman cinco años más de laborioso trabajo en el más completo anonimato. Las necrológicas nunca llevan firma, el difunto del día acapara todos los honores. Cinco años escribiendo sobre aquellos que fueron y ya no son sino un recuerdo, bueno o malo. Mil ochocientos veinticinco días, y cerca de seis mil dry martinis consumidos tarde tras tarde, entre las siete y media y las ocho y cuarto, en el bar del hotel Marriott, en la calle Cuarenta.

Tres aceitunas por copa y, con cada hueso que escupía en un cenicero lleno hasta rebosar de colillas, Andrew ahuyentaba de su memoria la crónica de una vida acabada cuyo resumen había redactado ese mismo día. Quizá el hecho de vivir en compañía de muertos empujara a Andrew a beber algo más de la cuenta. En su cuarto año en la sección de necrológicas, el barman del Marriott tenía que rellenarle seis veces la copa si quería saciar la sed de su fiel cliente. Andrew solía llegar a su despacho con la tez grisácea, los párpados pesados, el cuello de la camisa levantado y la chaqueta arrugada; pero el traje con corbata y la camisa almidonada no eran de rigor en los espacios diáfanos de las salas de redacción del periódico, y menos aún en aquélla en la que él trabajaba.

Quién sabe si fue por el efecto de su pluma elegante y precisa o por las consecuencias de un verano particularmente tórrido, pero el caso es que las columnas de Andrew pronto pasaron a ocupar dos páginas enteras. Durante la preparación de los resultados trimestrales, un analista del Departamento Financiero amante de las estadísticas reparó en que la facturación por difunto ascendía vertiginosamente. Los deudos reclamaban más líneas para dar fe de la magnitud de su dolor. Los números, cuando son buenos, viajan bastante rápido en el seno de las grandes empresas. En el consejo de dirección que se celebró a principios de otoño discutieron esos resultados y pensaron en recompensar al autor, que salió entonces del anonimato. Ascendieron a Andrew Stilman a redactor, siempre en las páginas de la «Agenda del día», pero esta vez en la sección de enlaces matrimoniales, cuyos resultados hasta entonces dejaban mucho que desear.

Andrew, a quien no le faltaban ideas, abandonó temporalmente el bar del que era cliente habitual para dejarse ver en los locales elegantes frecuentados por las distintas comunidades de homosexuales de la ciudad. Siguió bebiendo dry martinis, aunque ya no se molestaba en contarlos, y aprovechó para conocer gente y repartir a diestro y siniestro su tarjeta, explicando a todo el que quisiera escucharle que la sección de la que se encargaba acogía gustosa todos los anuncios de enlaces, incluidos aquellos de una índole que la mayoría de los demás periódicos se negaban a albergar entre sus páginas. El matrimonio homosexual aún no era legal en el estado de Nueva York y estaba muy lejos de serlo, pero la prensa era libre de mencionar todo intercambio de deseos voluntariamente consentidos en un marco privado; a fin de cuentas, lo que cuenta es la intención.

En tres meses, la «Agenda del día» se extendió hasta ocupar cuatro páginas en la edición dominical, y el salario de Andrew aumentó de manera más que considerable.

Decidió entonces reducir su consumo de alcohol, no en un afán por cuidarse el hígado, sino porque acababa de comprarse un Datsun 240Z, el coche con el que soñaba desde niño. La policía se había vuelto intransigente con la tasa de alcoholemia al volante. Beber o conducir... Andrew se decantó por lo segundo, locamente enamorado de aquel viejo coche que su mejor amigo, dueño de un taller especializado en automóviles de colección, había restaurado de forma impecable. Y aunque volvía a frecuentar el bar del Marriott, nunca se tomaba más de dos copas por noche, salvo los jueves.

Un jueves precisamente, cuatro años más tarde, al salir del bar del Marriott, Andrew se topó con Valérie Ramsay. Estaba tan borracha como él y era presa de una incontrolable risa floja; acababa de tropezar con un expendedor de periódicos y estaba sentada en el suelo en mitad de la acera.

Andrew reconoció enseguida a Valérie, pero no por sus rasgos —no se parecía en nada a la mujer a la que había conocido veinte años atrás— sino por su risa. Una risa inolvidable que hacía temblar su busto. Y los pechos de Valérie habían obsesionado a Andrew cuando era adolescente.

Se conocieron en el instituto. Valérie, expulsada del equipo de animadoras —esas *majorettes* vestidas con prendas sexis con los colores del equipo de fútbol local— por una estúpida pelea en los vestuarios con una chica demasiado arrogante para su gusto, había optado por entrar en el coro. Andrew, que padecía una atrofia de los cartílagos de las rodillas de la que no se operó hasta años más tarde, animado por una chica a la que le gustaba bailar, estaba dispensado de toda actividad física. También él, a falta de algo mejor que hacer, cantaba en ese coro.

Flirteó con ella hasta que se graduaron. No hubo sexo propiamente dicho, pero sí manos y lenguas lo bastante audaces como para divertirse en los bancos de la escuela del deseo, donde Andrew disfrutó plenamente de las formas generosas de Valérie.

A ella le debía su primer orgasmo provocado por mano ajena. Una tarde de partido en la que los dos tortolitos, escondidos en los vestuarios, se habían arrullado más que de costumbre, Valérie accedió por fin a deslizar la mano en la bragueta de Andrew. Fueron quince segundos de vértigo, seguidos de la risa de Valérie, que hizo temblar sus pechos y contribuyó a la prolongación de un placer fugaz. Una primera vez jamás se olvida.

—Valérie... —balbuceó Stilman.
—Ben... —contestó Valérie, igual de sorprendida.
En el instituto, todo el mundo lo llamaba Ben, imposible recordar por qué. Hacía veinte años que nadie lo llamaba así.
Para justificar su patético estado, Valérie dijo que volvía de una cena entre amigas como no había vivido ninguna desde sus años

de universidad. Andrew, que no estaba mejor que ella, le contó que estaba celebrando su ascenso, sin precisar que hacía dos años que lo había obtenido; pero ¿acaso prescribía el derecho a festejar las buenas noticias?

—¿Qué haces en Nueva York? —le preguntó Andrew.

—Vivo aquí —contestó Valérie mientras él la ayudaba a levantarse.

—¿Desde hace tiempo?

—Bastante, no me preguntes cuánto, ahora mismo no estoy como para ponerme a contar. ¿Qué es de tu vida, en qué trabajas?

—En lo que siempre he querido trabajar, ¿y tú?

—Veinte años de vida es una larga historia, ¿sabes? —contestó ella sacudiéndose el polvo de la falda.

—Nueve líneas —suspiró Andrew.

—¿Cómo que nueve líneas?

—Si me dejas, te resumo veinte años de vida en nueve líneas.

—Anda ya, qué tontería.

—¿Quieres apostar?

—Depende de lo que esté en juego.

—Una cena.

—Hay alguien en mi vida, Andrew —contestó Valérie inmediatamente.

—No te he propuesto una noche de hotel. Una sopa de *dumplings* en Joe's Shanghai... ¿Te siguen gustando tanto los *dumplings*?

—Sí.

—No tienes más que decirle a tu novio que soy una vieja amiga.

—Pero antes tienes que conseguir resumir mis últimos veinte años en nueve líneas.

Valérie miró a Andrew con esa sonrisita que tenía en la época en que todavía lo llamaban Ben, la misma con la que solía proponerle que se vieran en el cobertizo que había detrás del edificio de Ciencias; una sonrisita por la que no habían pasado los años.

19

—Vale —dijo—, una última copa y te cuento mi vida.

—En este bar no, que hay demasiado ruido.

—Ben, si tu intención es llevarme a tu casa esta noche, te equivocas de chica.

—Valérie, ni se me había pasado por la cabeza. Es sólo que, en el estado en que nos encontramos, comer algo no estaría de más. Porque, si no, me temo que nuestra apuesta no llegará a ningún lado.

Andrew tenía razón. Aunque sus zapatos de tacón se hubieran quedado anclados en la sucia acera de la calle Cuarenta desde que la había ayudado a levantarse, Valérie tenía la sensación de estar balanceándose en el puente de un barco. La idea de comer algo no le resultaba del todo desagradable. Andrew paró un taxi que pasaba y le indicó al conductor la dirección de un local nocturno que solía frecuentar en el SoHo. Un cuarto de hora después, Valérie tomó asiento frente a él y se puso a contarle su vida.

Había obtenido una beca de la Universidad de Indianápolis. De todas las facultades a las que había optado, fue la primera que aceptó su solicitud. De niña nunca había soñado con el Medio Oeste, pero no se había podido permitir el lujo de esperar respuesta de una universidad más prestigiosa; sin esa ayuda económica para estudiar, estaba condenada a acabar trabajando de camarera en un bar de Poughkeepsie, el pueblucho del norte del estado de Nueva York en el que ambos habían crecido.

Ocho años más tarde, con su diploma de Veterinaria en el bolsillo, Valérie abandonó Indiana y, como muchas jóvenes ambiciosas, se instaló en Manhattan.

—¿Hiciste toda la carrera de veterinaria en Indiana para acabar en Nueva York?

—¿Y por qué no? —contestó Valérie.

—¿Tu sueño era examinar los agujeros de bala de los caniches?

—¡Andrew, no seas idiota!

—No quería ofenderte, pero reconoce que Manhattan no es lo más exótico que hay en cuestión de animales. Aparte de los chuchos de las abuelitas del Upper East Side, ¿qué otros clientes tienes?

—En una ciudad con dos millones de solteros te sorprendería saber lo importantes que son los animales de compañía.

—Ah, ya veo, te ocupas también de los hámsteres, los gatitos y los peces de acuario.

—Soy veterinaria titular de la policía montada. Me ocupo de sus caballos, y también de los perros de la brigada canina, que, para tu información, no cuenta con ningún caniche, sólo labradores para la localización de cadáveres, unos cuantos pastores alemanes a punto de jubilarse, unos pocos retrievers especializados en detectar estupefacientes y otros tantos beagles que se ocupan de los explosivos.

Andrew enarcó las cejas una después de otra. Había aprendido ese truco en la carrera, cuando estudiaba periodismo. Eso siempre desconcertaba a su interlocutor. Cuando entrevistaba a alguien y dudaba de la sinceridad de un testimonio, empezaba su baile de cejas y calibraba, por la reacción de su «cliente», si éste le estaba mintiendo o no. Pero el rostro de Valérie siguió impasible.

—Por supuesto —dijo él estupefacto—, no me esperaba nada de esto. Pero, entonces, ¿eres policía o sólo veterinaria? O sea, quiero decir, ¿tienes placa de poli y llevas arma?

Valérie lo miró fijamente antes de echarse a reír.

—Veo que has madurado mucho desde la última vez que te vi, mi querido Ben.

—¿Me estabas vacilando?

—No, pero la cara que has puesto me ha recordado a cuando estábamos en el instituto.

—No me extraña que te hayas hecho veterinaria —prosiguió Andrew—. Siempre te han encantado los animales. Una noche me

21

llamaste a casa de mis padres suplicándome que me escapara para reunirme contigo de inmediato; yo pensé que era porque de repente sentías un deseo arrollador por mí, pero qué va, nada de eso. Me obligaste a cargar con un perro viejo y apestoso que se había roto una pata y que habías recogido en la calle al volver de clase. Fuimos a despertar al veterinario en plena noche.

—¿Todavía te acuerdas de eso, Andrew Stilman?

—Me acuerdo de todas nuestras historias, Valérie Ramsay. Y, ahora, ¿puedes contarme algo más sobre todo lo ocurrido entre la tarde que te esperé en vano en la puerta del cine de Poughkeepsie y esta noche en la que has vuelto a aparecer en mi vida?

—Aquella mañana encontré en el buzón la carta de admisión de la Facultad de Indianápolis y no fui capaz de esperar ni un día más. Hice la maleta, cogí los ahorros que había acumulado gracias a mis trabajos de verano y las horas de canguro, y aquella misma noche me fui de mi casa y de Poughkeepsie, feliz de no tener que presenciar nunca más las peleas conyugales de mis padres, que ni siquiera se dignaron acompañarme a la estación de autobuses, ¿te lo puedes creer? Y, como sólo puedes dedicarle nueve líneas a tu vieja amiga, te ahorraré los detalles de mi carrera universitaria. Cuando llegué a Nueva York fui de trabajo en trabajo en distintos consultorios veterinarios. Un día contesté a un anuncio de la policía y conseguí un puesto de suplente. Hace dos años que soy titular.

Andrew le pidió a una camarera que les sirviera dos cafés.

—Me gusta mucho que seas veterinaria de la policía. He redactado más necrológicas y anuncios de enlaces de los que te puedes imaginar, pero hasta ahora nunca me había topado con esta profesión. Ni siquiera imaginaba que existiera.

—Pues claro que existe.

—Te guardé rencor mucho tiempo, ¿sabes?

—¿Rencor? ¿Por qué?

—Por haberte marchado sin despedirte de mí.

22

—Eras el único a quien le había dicho que me marcharía en el mismo instante en que pudiera hacerlo.

—No me había tomado esa confidencia como un aviso. Ahora que lo dices, tiene sentido.

—¿Y todavía me guardas rencor? —se burló Valérie.

—Quizá debería, pero supongo que esas cosas prescriben.

—Y tú, ¿de verdad te has hecho periodista?

—¿Cómo lo sabes?

—Antes te he preguntado qué había sido de tu vida, en qué trabajabas, y me has contestado: «En lo que siempre he querido trabajar»... Y tú querías ser periodista.

—¿Recuerdas eso, Valérie Ramsay?

—Lo recuerdo todo, Andrew Stilman.

—Y entonces ¿hay alguien en tu vida?

—Es tarde —suspiró Valérie—, tengo que irme. Y si te cuento demasiado, nunca podrás resumirlo en nueve líneas.

Andrew sonrió con malicia.

—¿Quiere eso decir que estás de acuerdo en quedar a cenar en Joe's Shanghai?

—Si ganas la apuesta. Soy una mujer de palabra.

Caminaron en silencio por las calles desiertas del SoHo hasta la Sexta Avenida. Andrew cogió a Valérie del brazo para ayudarla a cruzar las calles de adoquines irregulares de ese viejo barrio de la ciudad.

Andrew paró un taxi que subía por la avenida, le abrió la puerta a Valérie y ella se acomodó en el asiento trasero.

—Ha sido una grata sorpresa volver a verte, Valérie Ramsay.

—Lo mismo digo, Ben.

—¿Adónde puedo enviarte mis nueve líneas?

Valérie rebuscó en su bolso, cogió su lápiz de ojos y le pidió a Andrew que le ofreciera la palma de la mano, donde le apuntó su número de teléfono.

—Si sólo son nueve líneas, deberías poder mandármelas por SMS. Buenas noches, Ben.

Andrew se quedó mirando el taxi, que se alejaba hacia el norte. Cuando lo perdió de vista siguió a pie hasta su apartamento, a quince minutos de allí. Necesitaba respirar aire fresco. Aunque había memorizado al primer vistazo el número escrito con kohl en la palma de su mano, Andrew tuvo mucho cuidado de no cerrarla en todo el trayecto hasta su casa.

3

Hacía tiempo que Andrew no resumía una vida en pocas líneas. Llevaba dos años trabajando en la sección «Actualidad internacional» del periódico. Le interesaban particularmente la vida y las costumbres en los diferentes países del mundo, y alimentaba una profunda curiosidad por todo lo relacionado con el extranjero.

Ahora que las pantallas de ordenador reemplazaban las máquinas de composición donde antaño trabajaban los linotipistas, todos los miembros de la redacción tenían acceso a los artículos que aparecerían en la edición del día siguiente. Mientras trabajaba en la sección de enlaces, más de una vez Andrew había advertido errores de análisis o verdades a medias en las páginas de actualidad internacional. Sus comentarios en los comités de redacción semanales que reunían a todos los periodistas habían evitado varias veces las rectificaciones que se debían publicar después de que los lectores escribieran para manifestar su descontento. Sus conocimientos no pasaron inadvertidos, y a Andrew no le resultó difícil elegir entre una prima a final de año o un nuevo puesto en el periódico.

La idea de tener que redactar una vez más una «crónica de vida», como le gustaba llamar a sus viejos escritos, le resultaba muy estimulante; sintió incluso una pizca de nostalgia al iniciar la de Valérie.

Dos horas y ocho líneas y media más tarde, tecleó su prosa en el teléfono y se la envió a la interesada.

Pasó el resto del día tratando, en vano, de escribir un artículo sobre la posibilidad de que el pueblo sirio se sublevara. Un hecho que sus colegas juzgaban más que improbable, por no decir imposible.

No conseguía concentrarse, su mirada iba de la pantalla del ordenador a la de su móvil, que permanecía desesperadamente mudo. Cuando se iluminó por fin a eso de las cinco de la tarde, Andrew se precipitó sobre el aparato. Falsa alarma, la tintorería le avisaba de que sus camisas estaban listas.

No recibió el SMS que esperaba hasta el día siguiente, hacia mediodía: «El jueves que viene, a las siete y media. Valérie».

Contestó enseguida: «¿Sabes la dirección?».

Y lamentó su precipitación al leer, unos segundos después, un «sí» de lo más lacónico.

Andrew reanudó su trabajo y no empinó el codo durante siete días seguidos. Ni una gota de alcohol. Bueno, siempre y cuando uno considere, como Andrew, que la cerveza no llega a ser una bebida alcohólica.

El miércoles pasó por la tintorería para recoger el traje que había dejado el día anterior y fue a comprarse una camisa blanca. Aprovechó para cortarse el pelo y la barba. Y, como todos los miércoles por la noche, quedó con Simon, su mejor amigo, hacia las nueve en una pequeña taberna de aspecto algo cutre pero que servía el mejor pescado de todo el West Village. Andrew vivía a dos pasos, y la cocina del Mary's Fish le apañaba la cena cuando salía tarde del periódico, lo que le ocurría con frecuencia. Mientras Simon, como siempre que quedaban, despotricaba de los republicanos, que impedían que el presidente emprendiera las reformas para las que lo habían elegido, Andrew, cuya mente estaba absorta en otras cosas, miraba por la ventana a los viandantes y a los turistas que paseaban por las calles de su barrio.

—Y aunque reconozco que puede sonar increíble, sé de buena tinta que, al parecer, Barak Obama se ha quedado prendado de Angela Merkel.

—Es bastante guapa —contestó Andrew distraídamente.

—¡O estás trabajando en un artículo que es una bomba, en cuyo caso te perdono, o has conocido a alguien, y en ese caso quiero que me lo cuentes todo inmediatamente! —exclamó Simon furioso.

—Ni una cosa ni la otra —contestó Andrew—. Lo siento, estoy cansado.

—¡A mí no me vengas con ésas! No te he visto con un afeitado tan apurado desde que salías con esa morena que te sacaba una cabeza. Sally, si la memoria no me falla.

—Sophie, pero no tiene importancia, ello demuestra lo mucho que me escuchas tú también cuando te hablo. ¡Cómo podría molestarme que te hayas olvidado de su nombre, si sólo estuvimos saliendo un año y medio!

—Era rematadamente aburrida, nunca la vi reír —prosiguió Simon.

—Porque tus chistes no le hacían gracia. Termínate lo que estás comiendo, quiero irme a la cama —suspiró Andrew.

—Si no me cuentas lo que te preocupa, pienso pedirme un postre tras otro hasta reventar.

Andrew miró a su amigo a los ojos.

—¿Hay alguna chica que haya marcado tu adolescencia? —le preguntó, indicándole a la camarera con un gesto que les llevara la cuenta.

—¡Sabía que no era el trabajo lo que te tenía así!

—No te creas, estoy ahora con algo indignante, una sórdida historia que le revolvería las tripas a cualquiera.

—¿De qué se trata?

—¡Secreto profesional!

Simon pagó la cuenta en efectivo y se levantó.

—Vamos a caminar un poco, necesito que me dé el aire.

Andrew cogió su gabardina del perchero y fue a reunirse con su amigo, que ya lo esperaba en la calle.

—Kathy Steinbeck —murmuró Simon.

—¿Kathy Steinbeck?

—La chica que marcó mi adolescencia, me lo has preguntado hace cinco minutos, ¿es que ya no te acuerdas?

—Nunca me habías hablado de ella.

—Nunca me habías hecho esta pregunta —replicó Simon.

—Valérie Ramsay —declaró Andrew.

—En realidad te trae sin cuidado saber por qué Kathy Steinbeck marcó mi vida cuando era joven. Sólo me has hecho esa pregunta para poder hablarme de tu Valérie.

Andrew cogió a Simon del hombro y lo arrastró unos metros. Tres peldaños bajaban al sótano de un pequeño edificio de ladrillos. Empujó la puerta de Fedora, un bar en el que en tiempos habían actuado jóvenes artistas como Count Basie, Nat King Cole, John Coltrane, Miles Davis, Billie Holiday o Sarah Vaughan.

—¿Te parece que soy un egocéntrico? —preguntó Andrew a su amigo.

Éste no contestó.

—Debes de tener razón. A fuerza de tirarme tantos años resumiendo las vidas de desconocidos, he acabado por creer que el único día en que se interesen por mí será cuando yo mismo aparezca en mis malditas columnas sobre fiambres.

Y, alzando su copa, Andrew se puso a declamar en voz alta:

—«Nacido en 1975, Andrew Stilman trabajó la mayor parte de su vida en el *New York Times*...». ¿Lo ves, Simon? Por eso los médicos no pueden curarse a sí mismos, les tiemblan las manos cuando se tienen que operar. Sin embargo, es el abecé del oficio, los calificativos han de reservarse al difunto. Vuelvo a empezar... «Nacido en 1975, Andrew Stilman colaboró numerosos años en el *New York Times*. Su fulgurante ascenso lo llevó a principios de la década de 2020 a ocupar el puesto de redactor jefe del periódico. Bajo su batuta, el diario conoció un nuevo impulso y volvió a ser una de las publicaciones más respetadas del mundo...» Quizá esté exagerando un poco, ¿no?

—¡No irás a volver a empezar tu necrológica desde el principio!

—Ten paciencia, deja que acabe, luego me pongo con la tuya, verás cómo nos reímos.

—¿A qué edad piensas morir, para que sepa cuánto tiempo va a durar esta pesadilla?

—Pues con los progresos de la medicina, vete tú a saber... ¿Por dónde iba? Ah, sí, «gracias a su impulso, blablablá, el periódico recuperó su esplendor. En 2021, Andrew Stilman recibió el Premio Pulitzer por su artículo visionario sobre...». Bueno, ahora mismo no se me ocurre, pero ya te precisaré el tema más tarde. «Un tema que, por cierto, le dio pie a escribir su primer libro, que también recibió numerosos premios y que se estudia actualmente en todas las grandes universidades.»

—*Tratado de la modestia en los periodistas*, ése era el título de tu primer libro —se burló Simon—. ¿Y a qué edad te concedieron el Nobel?

—A los setenta y dos años, ahora te lo iba a contar... «Tras una exitosa carrera, abandonó su puesto de director general y se jubiló a la edad de setenta y un años, para recibir, al año siguiente...»

—«... Una orden de detención por homicidio voluntario, pues mató de aburrimiento a su mejor amigo.»

—No muestras mucha compasión conmigo.

—¿Y por qué habría de hacerlo?

—Estoy pasando por una época extraña, mi querido Simon; la soledad me pesa, lo cual no es normal, pues nunca me gusta tanto la vida como cuando estoy soltero.

—¡Tienes ya casi cuarenta años!

—Muchas gracias, pero aún me quedan unos cuantos años antes de alcanzar esa cifra. El ambiente en el periódico es irrespirable —prosiguió Andrew—, vivimos con una espada de Damocles sobre la cabeza. Sólo quería animarme un poco... Entonces ¿quién era esa Kathy Steinbeck?

—Mi profesora de Filosofía.

—Anda, nunca habría pensado que la chica que marcó tu adolescencia... no fuera una chica.

—La vida está mal hecha; cuando tenía veinte años, las mujeres que protagonizaban mis fantasías me sacaban quince años, y ahora que tengo treinta y siete, las únicas que me hacen volver la cabeza a su paso son las que tienen quince menos que yo.

—La que está mal hecha no es la vida, sino tu cabeza, chaval.

—Bueno, ¿qué? ¿Me vas a contar algo más sobre tu Valérie Ramsay?

—Me crucé con ella la semana pasada cuando salía del bar del Marriott.

—Entiendo.

—No, no entiendes nada de nada. Estaba loco por ella en el instituto. Cuando se marchó del pueblucho en el que vivíamos, sin despedirse de nadie, tardé años en olvidarla. Para serte sincero, me pregunto incluso si de verdad la he olvidado del todo.

—Y ahora que has vuelto a verla, ¿te has llevado una gran decepción?

—Al contrario. Algo ha cambiado en ella, y la hace aún más perturbadora.

—¡Se ha convertido en una mujer, algún día te explicaré en qué consiste eso! ¿Me estás diciendo que te has vuelto a enamorar de ella? ¡Andrew Stilman, fulminado por un flechazo en la calle Cuarenta, noticia bomba!

—Lo que te estoy diciendo es que estoy turbado y que hacía tiempo que no me pasaba algo así.

—¿Sabes cómo volver a contactar con ella?

—Mañana ceno con ella y tengo el mismo miedo que cuando era adolescente.

—Yo también seré sincero contigo y te diré que ese miedo no nos abandona nunca. Diez años después de que muriera mi madre, mi padre conoció a una mujer en un supermercado. Tenía entonces sesenta y ocho años, y la víspera de su primera cena con ella, tuve que llevarlo al centro. Quería comprarse a toda costa un traje nuevo. En el probador de la sastrería me repetía lo que le iba a decir durante la cena y me pedía mi opinión. Era patético. Moraleja: siempre perdemos los papeles ante una mujer que nos sobrecoge, da igual la edad que se tenga.

—Muchas gracias, esto que me dices me tranquiliza mucho para mi cita de mañana.

—Te lo digo para avisarte de que meterás la pata una vez tras otra, te dará la impresión de que le estás hablando de cosas sin interés, y probablemente sea cierto, y, al volver a casa, te maldecirás por haberte comportado de forma patética durante toda la velada.

—Sobre todo sigue animándome, Simon, es tan bueno tener amigos de verdad...

—Espera antes de refunfuñar. Sólo quiero ayudarte a que no te obsesiones. Mañana por la noche disfruta todo lo que puedas de ese momento que no esperabas. Sé tú mismo: si le gustas, le gustas.

—¿Tanto nos dominan las mujeres?

—No tienes más que mirar a nuestro alrededor, en este bar. Bueno, ya te volveré a hablar de mi profesora de Filosofía otro día. Comemos juntos el viernes, quiero el relato pormenorizado de ese reencuentro. Aunque, bueno, pensándolo bien, quizá un poco menos pormenorizado que tu necrológica.

El frescor de la noche los sorprendió a ambos cuando salieron de Fedora. Simon cogió un taxi, y Andrew volvió a pie a su casa.

El viernes Andrew le confió a Simon que la velada se había desarrollado tal y como él había previsto, o quizá incluso peor. Su conclusión fue que probablemente se había enamorado de Valérie Ramsay, algo nada práctico, pues, aunque no le había dado demasiados detalles al respecto, sí le había dicho varias veces que había un hombre en su vida. No lo llamó ni al día siguiente ni la semana siguiente. Y Andrew se deprimió. Pasó el sábado entero trabajando en el periódico y el domingo quedó con Simon para jugar al baloncesto en la esquina de la Sexta Avenida con West Houston. Intercambiaron numerosos pases, pero ni una palabra.

El domingo por la noche fue tan triste como puede serlo un domingo por la noche. Cenó comida china, que pidió por teléfono, mientras con el mando a distancia iba cambiando de canal. Pasó de una película que ya había visto a un partido de hockey y, después, a la típica serie de siempre en que unos científicos de la policía investigaban sórdidos asesinatos. Una noche lúgubre hasta que, hacia las nueve, la pantalla de su móvil se iluminó. No era un mensaje de Simon, sino de Valérie, que quería verlo lo antes posible porque necesitaba hablar con él.

Andrew respondió enseguida. Sin el más mínimo reparo le dijo que estaría encantado y le preguntó cuándo quería verlo.

«Ahora.» El SMS siguiente le indicaba el lugar del encuentro, en la esquina de la calle Novena con la Avenida A, frente a Tompkins Square, en el East Village.

Andrew se echó un vistazo en el espejo del salón. ¿Cuánto tardaría en recobrar la apariencia de un ser humano? El pantalón corto y el viejo polo que no se había quitado desde su partido de baloncesto con Simon no eran muy presentables, y una buena ducha no habría estado de más. Pero había percibido en el mensaje de Valérie un tono apremiante que lo angustiaba. Se puso unos vaqueros y una camisa limpia, cogió sus llaves y bajó precipitadamente las tres plantas que lo separaban de la calle.

El barrio estaba desierto, no había un alma y mucho menos un taxi. Echó a correr hacia la Séptima Avenida, vio uno parado en el semáforo en la esquina con Charles Street y lo alcanzó justo antes de que se volviera a poner en marcha. Le prometió una generosa propina al conductor si lo llevaba a su destino en menos de diez minutos.

Zarandeado de un lado a otro en el asiento trasero, Andrew se arrepintió de su promesa, pero llegó antes de lo previsto, y el taxista cobró una cantidad nada desdeñable.

Valérie lo esperaba ante la puerta cerrada de un café, el Pick Me Up, lo que le provocó una sonrisa. Sin embargo, se le borró de la cara cuando vio que Valérie tenía una expresión muy abatida.

Se acercó a ella, y la chica le propinó una sonora bofetada.

—¿Me has hecho cruzar la ciudad para darme una torta? —preguntó frotándose la mejilla—. ¿Qué he hecho para merecer tantas atenciones?

—Mi vida era casi perfecta hasta que me crucé contigo a la salida de ese maldito bar, y ahora estoy totalmente perdida.

Andrew, que sintió que lo embargaba una oleada de calor, se dijo que acababa de recibir la bofetada más deliciosa de toda su vida.

—No te voy a devolver el gesto, un caballero no hace esa clase de cosas, pero lo mismo podría reprocharte yo a ti —le dijo en voz baja sin apartar la mirada de ella—. Acabo de pasar dos semanas de lo más deprimentes.

—Hace quince días que no dejo de pensar en ti, Andrew Stilman.

—Cuando abandonaste Poughkeepsie, Valérie Ramsay, pensé en ti día y noche, durante tres años... Bueno, cuatro en realidad, quizá más incluso.

—Eran otros tiempos. No te hablo de cuando éramos adolescentes, sino de ahora.

—Ahora es igual, Valérie. No ha cambiado nada, ni tú ni cómo me siento al volver a verte.

—Dices eso, pero a lo mejor sólo quieres vengarte de lo que te hice pasar.

—No sé de dónde sacas unas ideas tan retorcidas. Si piensas así, quizá tu vida no sea tan perfecta como dices.

Y antes de que Andrew entendiera lo que le estaba pasando, Valérie le rodeó el cuello con los brazos y lo besó. Primero fue un beso tímido que apenas rozó sus labios, pero después Valérie se volvió más audaz. Interrumpió su abrazo y lo miró con los ojos empañados.

—Lo llevo claro —dijo.

—Valérie, por más que lo intento, no entiendo nada de lo que me dices.

Ella volvió a acercarse a él, lo besó más apasionadamente todavía y de nuevo lo apartó de sí.

—Todo está jodido.

—Pero ¡deja ya de decir esas cosas, maldita sea!

—Lo único que aún podía salvarme era que este beso fuera...

—¿Fuera qué? —preguntó Andrew. Le latía el corazón como cuando se encontraba con ella después de clase.

—Andrew Stilman, te deseo a más no poder.

—Lo siento, pero la primera noche no. Es una cuestión de principios —le contestó sonriendo.

Valérie lo golpeó flojito en el hombro y, mientras Andrew seguía sonriéndole feliz, tomó la mano de él entre las suyas.

—¿Qué vamos a hacer, Ben?

—Vamos a recorrer un trecho juntos, Valérie, un trecho y algo más... si no vuelves a llamarme Ben.

4

Para recorrer ese trecho, a Valérie sólo le quedaba dejar a su pareja, pero dos años de vida en común no podían deshacerse en una discusión de una noche. Andrew aguardó su regreso, consciente de que si precipitaba las cosas, podía estropearlo todo.

Veinte días más tarde recibió en plena noche un mensaje casi idéntico al que había puesto su vida patas arriba aquel domingo. Cuando su taxi llegó a la puerta del Pick Me Up, allí lo esperaba Valérie, con el rímel corrido por las lágrimas y una maleta a los pies.

De vuelta en su casa, Andrew llevó la maleta a su habitación y dejó que Valérie se instalara. Cuando volvió, estaba bajo las sábanas y ni siquiera había encendido la luz. Se sentó a su lado, la besó y volvió a salir. Ella necesitaba estar sola para pasar el duelo de una relación que acababa de terminar. Andrew le deseó buenas noches y le preguntó si seguía gustándole el chocolate caliente. Valérie asintió con la cabeza, y él se retiró.

Esa noche, desde el sofá del salón, donde no lograba conciliar el sueño, la oyó llorar. Se moría de ganas de ir a consolarla, pero se contuvo; curarse de esa clase de tristeza sólo dependía de ella.

Por la mañana, Valérie descubrió en la mesa baja del salón una bandeja de desayuno con un cuenco de chocolate y una notita:

Esta noche te llevo a cenar.

Será nuestra primera vez.

Te he dejado una copia de las llaves en la entrada.

Un beso,

ANDREW

Valérie le prometió a Andrew que sólo se quedaría hasta que su ex se llevara sus cosas del apartamento. Si su amiga Colette no viviera en Nueva Orleans, se habría instalado en su casa. Diez días más tarde, para gran pesar de Andrew, que disfrutaba cada vez más con su presencia, Valérie hizo las maletas para regresar al East Village. Ante la expresión afligida de Andrew, ella le recordó que como mucho los separaban quince manzanas de casas.

Llegó el verano. Los fines de semana en que el calor de Nueva York se hacía insoportable, cogían el metro hasta Coney Island y allí pasaban horas en la playa.

En septiembre, Andrew salió del país y estuvo fuera diez días seguidos. Se negó a darle a Valérie la más mínima información sobre su viaje. Invocó el secreto profesional y le juró que no tenía motivo alguno para dudar de él.

En octubre volvió a ausentarse, y para hacerse perdonar le prometió que la llevaría de vacaciones en cuanto pudiera. Pero a Valérie no le gustaban los premios de consolación y le replicó que se fuera al cuerno con sus vacaciones.

Al final del otoño Andrew recibió su recompensa por el trabajo que tanto lo había acaparado. Tras semanas de pesquisas y dos viajes a China en los que recopiló testimonios y cotejó distintas fuentes para poder confirmar su autenticidad, reveló los detalles de una trama de tráfico de niños en la provincia de Hunan. Se trataba de una de esas investigaciones que ponen de manifiesto el horror del que puede ser capaz el ser humano. Su artículo, publicado en la edición dominical del periódico, la más leída, levantó mucho revuelo.

A lo largo de los diez últimos años, sesenta y cinco mil bebés chinos habían sido adoptados por familias estadounidenses. El escándalo concernía a varios centenares de niños a quienes sus padres legítimos no habían abandonado, como atestiguaban los documentos oficiales, sino que se los habían quitado a la fuerza para ingresarlos en un orfanato que percibía por cada adopción la cantidad de cinco mil dólares. Esta trama había enriquecido a una mafia de policías y funcionarios corruptos, responsables de ese sórdido tráfico. Las autoridades chinas pusieron fin al escándalo con la mayor diligencia, pero el mal ya estaba hecho. El artículo de Andrew hizo que numerosos padres estadounidenses se plantearan un dilema terrible: si devolver el niño a sus legítimos padres, o quedarse con él y tratar de ocultar la verdad para siempre.

El nombre de Andrew circuló por toda la redacción y se mencionó en los informativos televisivos de la noche, que tenían la costumbre de desarrollar temas que sacaban de las columnas del *New York Times*.

Andrew recibió las felicitaciones de sus compañeros, así como un correo electrónico de su redactora jefa y numerosas cartas de lectores sobrecogidos por su investigación. Pero se atrajo también la envidia de algunos de sus colegas, y al periódico llegaron tres cartas anónimas amenazándolo de muerte, algo que ocurría con cierta frecuencia.

Pasó solo las celebraciones de fin de año. Valérie había abandonado Nueva York para reunirse con su amiga Colette en Nueva Orleans.

Al día siguiente de su marcha, asaltaron a Andrew en un aparcamiento. Su agresor la emprendió contra él con un bate de béisbol, y el ataque podría haber terminado en tragedia de no ser por la intervención del mecánico con el que Andrew se había citado en el lugar de los hechos.

Simon se fue a pasar el fin de año a Beaver Creek, Colorado, con un grupo de amigos aficionados al esquí.

Para Andrew, ni Navidad ni Año Nuevo tenían ninguna relevancia; detestaba las fiestas programadas en las que había que divertirse a toda costa. Ambas noches se acercó él solo al Mary's Fish y pidió para cenar una bandeja de ostras y unas cuantas copas de vino blanco seco.

El año 2012 arrancó bajo mejores auspicios, excepto por un pequeño accidente ocurrido a principios de enero. Lo arrolló un coche que salía de la comisaría de policía de Charles Street. Su conductor —un agente retirado que, de paso por Nueva York, había aprovechado para realizar una visita nostálgica a su antiguo lugar de trabajo— estaba tan confundido por haberlo atropellado como aliviado al verlo levantarse del suelo totalmente ileso. Insistió en invitarlo a cenar en el restaurante que él eligiera. Andrew no tenía planes para esa noche, y un buen entrecot era mejor que un parte para el seguro. Además, un periodista no rechazaba jamás una cena con un viejo policía neoyorquino con ganas de charla. El inspector le contó su vida, así como los episodios más notables de su carrera.

Valérie había conservado su apartamento, al que Andrew llamaba su «paracaídas», pero a partir de febrero durmió en su casa todas las noches, y empezaron a pensar en mudarse juntos a otro sitio más grande. El único obstáculo era que Andrew se negaba a abandonar el West Village, donde se había prometido a sí mismo que viviría hasta el final de sus días. En un barrio compuesto principalmente por casas pequeñas era difícil encontrar pisos de dos habitaciones. Por más que Valérie lo tildara de maniático, sabía que nunca lo arrancaría de esas calles insólitas cuyas leyendas y anécdotas tan bien conocía. Y le encantaba contárselas cuando paseaban juntos por tal o cual cruce de Greenwich Avenue, donde en tiempos se encontraba el restaurante que había inspirado a Hopper su célebre cuadro *Nighthawks*, o pasaban bajo las ventanas de una casa en la que había vivido John Lennon antes de mudarse al edificio Dakota. El West Village había sido escenario de todas las revoluciones culturales, había albergado los cafés, cabarets y nightclubs más famosos de todo el país, y cuando Valérie le explicaba que la mayoría de los artistas actuales habían emigrado a Williamsburg, Andrew la miraba muy serio y exclamaba:

—Dylan, Hendrix, Streisand, Peter, Paul & Mary, Simon y Garfunkel, Joan Baez, todos ellos dieron sus primeros pasos en el Village, en los bares de mi barrio, ¿acaso no te parece razón suficiente para querer vivir aquí?

Y Valérie, que no habría querido disgustarlo por nada del mundo, le contestaba:

—¡Claro que sí!

Cuando ella ensalzaba las comodidades de los bloques de apartamentos que se erguían a pocas manzanas de allí, Andrew le replicaba que no pensaba vivir jamás en una torre de acero. Quería oír la calle, las sirenas, las bocinas de los taxis en los cruces, el crujido de los viejos parquets, los ruidos de las cañerías y el ronroneo de la caldera de su edificio, el chirriar de la puerta principal, todos esos sonidos que le recordaban que estaba vivo y rodeado de otros seres humanos.

Una tarde salió temprano del periódico, volvió a su casa, vació los armarios y trasladó casi todas sus cosas a un guardamuebles cercano. Después abrió el ropero y le anunció a Valérie que ya no era en absoluto urgente mudarse, pues ahora ella tenía todo el espacio necesario para instalarse de verdad.

En marzo, su redactora jefa le encomendó una nueva investigación en la misma línea de la anterior. Un tema importante en el que se enfrascó enseguida, encantado de que esta vez su trabajo lo llevara a viajar a Argentina.

A primeros de mayo volvió de Buenos Aires. Como sabía que iba a tener que regresar allí al poco tiempo, Andrew no encontró mejor manera de hacerse perdonar que declararle a Valérie en el transcurso de una cena que quería casarse con ella.

Ésta lo miró fijamente, circunspecta, antes de echarse a reír. La risa de Valérie lo turbaba profundamente. Andrew la miró, emocionado al darse cuenta de que esa petición de mano que había formulado sin pensarlo demasiado lo hacía muy feliz.

—Estás de broma, ¿verdad? —le preguntó Valérie limpiándose las lágrimas de risa.

—¿Por qué habría de estarlo?

—Hombre, Andrew, sólo llevamos juntos unos pocos meses... Quizá no sea tiempo suficiente para tomar una decisión como ésa.

—Estamos juntos desde hace un año y nos conocemos desde la adolescencia; ¿no crees que hemos tenido tiempo de sobra?

—Con un pequeño interludio de veinte añitos de nada...

—Para mí, el hecho de que nos conociéramos siendo adolescentes, nos perdiéramos de vista y luego nos reencontráramos por casualidad en una acera de Nueva York es una señal.

—Pero, bueno, ¿desde cuándo un periodista racional y cartesiano como tú cree en las señales?

—¡Desde que te veo delante de mí!

Valérie lo miró a los ojos en silencio y luego le sonrió.

—Pídemelo de nuevo.

A su vez, Andrew observó a Valérie. Ya no era la chica rebelde que había conocido veinte años atrás. La Valérie que cenaba esa noche con él había cambiado sus vaqueros rotos por una falda ceñida, sus zapatillas de deporte pintarrajeadas por zapatos de charol, y la eterna chaqueta militar que ocultaba sus formas generosas por un jersey de cachemir de cuello de pico que le perfilaba los pechos a la perfección. Ya no se maquillaba exageradamente los ojos, ahora apenas llevaba un velo de sombra y un poco de rímel. Valérie Ramsay era, con diferencia, la mujer más guapa que había conocido en su vida, y nunca se había sentido tan cerca de nadie como de ella.

Andrew notó que empezaban a sudarle las palmas de las manos, algo que no le ocurría nunca. Apartó la silla, rodeó la mesa y se arrodilló junto a ella.

—Valérie Ramsay, no tengo anillo que ofrecerte porque mi intención es tan espontánea como sincera. Pero si aceptas ser mi esposa, iremos juntos a comprar uno este fin de semana, y tengo la firme voluntad de comportarme como el mejor de los hombres para que lleves ese anillo toda tu vida. O, bueno, toda mi vida, en el caso de que decidieras volver a casarte después de que yo me haya muerto.

—¡No puedes evitar el humor negro ni cuando me estás pidiendo que me case contigo!

—Te aseguro que, en esta postura y con toda esta gente mirándome, no intentaba ser gracioso.

—Andrew —susurró Valérie inclinándose para hablarle al oído—, te voy a decir que sí porque me apetece y también para evitarte hacer el ridículo delante de todo el restaurante. Pero cuando te hayas vuelto a sentar, te plantearé la única exigencia que le impongo a nuestra unión. Así que este «sí» que voy a pronunciar en voz alta quedará en condicional durante los próximos minutos, ¿estamos de acuerdo?

—Estamos de acuerdo —susurró a su vez Andrew.

Valérie lo besó en los labios y pronunció un «sí» muy claro. A su alrededor, los clientes del restaurante, que contenían el aliento, prorrumpieron en sonoros aplausos.

El dueño de la *trattoria* se acercó para felicitar a su fiel cliente. Abrazó muy fuerte a Andrew y le dijo al oído, con su fuerte acento italoneoyorquino que parecía sacado de una película de Scorsese:

—¡Espero que sepas lo que acabas de hacer!

Luego se inclinó hacia Valérie y le besó la mano.

—¡Puedo hacerlo, ahora que ya es usted la señora de Stilman! Ahora mismo os traen una botella de champán para celebrarlo, invita la casa. ¡Sí, sí, insisto!

Y Maurizio volvió tras su mostrador y le indicó a su único camarero que les llevara el obsequio sin tardanza.

—Te escucho —susurró Andrew justo cuando aquél descorchaba la botella.

El camarero llenó sus copas, y Maurizio volvió a la mesa, dispuesto a brindar con los futuros esposos.

—Quédate un momento, Maurizio —dijo Andrew reteniendo al dueño del brazo.

—¿Quieres que te diga mi condición delante de él? —preguntó Valérie sorprendida.

—¡Es un viejo amigo, no tengo secretos con mis viejos amigos! —contestó Andrew en tono irónico.

—¡Me alegro! Pues bien, señor Stilman, me casaré con usted con la condición de que jure por su honor que nunca me mentirá, me engañará ni me hará sufrir intencionadamente. Si algún día dejara de amarme, yo quiero ser la primera en enterarme. Ya he tenido mi cupo de relaciones que terminan en noches de tristeza. Si me hace esta promesa, entonces accedo encantada a ser su esposa.

—Te lo juro, Valérie Ramsay.

—¿Por tu vida?

—¡Por mi vida!

—¡Si me traicionas, te mato!

Maurizio miró a Andrew y se santiguó.

—Bueno, ¿ya podemos brindar? —preguntó—, porque tengo más clientes que atender.

Después de invitarlos a dos tiramisús de la casa, Maurizio se negó a llevarles la cuenta.

Andrew y Valérie regresaron caminando por las calles del West Village.

—¿De verdad vamos a casarnos? —dijo Valérie, tomando la mano de Andrew y estrechándola con fuerza.

—Sí, de verdad. Y, para serte sincero, no imaginaba al pedírtelo que me sentiría tan feliz.

—Yo también estoy feliz —contestó Valérie—. Es tremendo. Tengo que llamar a Colette para decírselo. Hemos estudiado juntas, hemos compartido buenos y malos momentos, sobre todo malos; será mi testigo de boda. Y tú, ¿a quién vas a elegir?

—A Simon, supongo.

—¿No tienes ganas de llamarlo?

—Sí, lo llamaré mañana mismo.

—¡Esta noche, llámalo esta noche mientras yo llamo a Colette!

A Andrew no le apetecía molestar a Simon tan tarde para anunciarle una noticia que podía esperar al día siguiente, pero había percibido en los ojos de Valérie algo así como una súplica infantil, y esa mirada en la que de pronto se mezclaban la alegría y el miedo lo conmovió.

—¿Llamamos cada uno por nuestro lado, o despertamos juntos a nuestros dos mejores amigos?

—Tienes razón, tenemos que empezar a acostumbrarnos a hacer las cosas juntos —contestó Valérie.

Colette le prometió a Valérie que iría a verla a Nueva York en cuanto pudiera. Felicitó a Andrew y le dijo que todavía no tenía ni idea de lo afortunado que era de que la vida le hubiera regalado esa oportunidad. Su mejor amiga era una mujer excepcional.

En cuanto a Simon, primero pensó que se trataba de una broma. Le pidió que le dejara hablar con Valérie, y Andrew tuvo que disimular la irritación cuando Simon le dio la enhorabuena a ella primero. Y, encima, se autoinvitó a almorzar con ellos al día siguiente sin consultárselo siquiera.

—No, si es sólo que me habría gustado anunciárselo yo —le dijo Andrew a Valérie, que no entendía por qué refunfuñaba.

—Pero si es lo que acabas de hacer.

—No, a mí no me ha creído, se lo has dicho tú. ¡Y es mi mejor amigo, no el tuyo, caramba!

—Pero estamos de acuerdo en que la culpa no es mía —dijo Valérie acercando el rostro al de Andrew.

—No, no es culpa tuya, y me estás mordiendo el labio.

—Ya lo sé.

Hicieron el amor toda la noche y, entre dos momentos de ternura, encendieron el televisor que estaba sobre la cómoda, al pie de la cama, y estuvieron viendo una vieja serie en blanco y negro. Muy temprano por la mañana cruzaron la ciudad y se sentaron en un banco frente al East River para contemplar juntos el amanecer.

—Tienes que recordar siempre esta noche —le murmuró Andrew a Valérie.

5

Andrew pasó los primeros diez días de junio en Buenos Aires. Al regresar de ese segundo viaje a Argentina encontró a Valérie más radiante que nunca. Una noche quedaron para cenar los novios y sus respectivos testigos, lo que dio pie a una de las veladas más agradables en la vida de Andrew. Colette lo encontró francamente encantador.

Mientras se acercaba la boda, prevista para finales de mes, Andrew pasaba los días y numerosas noches puliendo su artículo y soñando a veces con que le valdría el Premio Pulitzer.

El aire acondicionado de su casa se había estropeado, y la pareja se instaló en el apartamento de Valérie en el East Village. A veces, Andrew se quedaba hasta bien entrada la madrugada en el periódico, pues el ruido del teclado no dejaba dormir a Valérie cuando trabajaba en su casa.

Hacía un calor insoportable en la ciudad. Tormentas que la televisión describía como apocalípticas asolaban Manhattan casi todos los días. Al oír la palabra *apocalipsis*, Andrew no imaginaba siquiera hasta qué punto pronto su propia vida iba a dar un brusco giro.

Se lo había prometido solemnemente a Valérie: nada de escapadas a un club de striptease, nada de ir a uno de esos antros llenos de chicas solas. Se trataba sólo de una velada entre amigos para arreglar el mundo.

Para su despedida de soltero, Simon invitó a Andrew a uno de los restaurantes de moda. En Nueva York, los restaurantes de esta índole abren y cierran al mismo ritmo que las estaciones del año.

—¿Estás seguro de tu decisión? —le preguntó Simon leyendo la carta.

—Todavía dudo entre el chateaubriand y el solomillo —contestó Andrew con voz distante.

—Me refería a tu vida.

—Ya me había dado cuenta.

—Pues contesta a mi pregunta.

—¿Qué quieres que te diga, Simon?

—Cada vez que saco el tema de tu boda, eludes la cuestión. ¡Joder, que soy tu mejor amigo! Sólo quiero que compartas conmigo lo que estás viviendo.

—Mentiroso, me observas como si fuera una rata de laboratorio. Quieres saber lo que me pasa por la cabeza por si tú también algún día llegas a estar en mi misma situación.

—¡Huy, eso no va a ocurrir, descuida!

—Yo mismo podría haber dicho eso hace unos meses.

—Entonces ¿qué ha pasado para que des este paso? —le preguntó Simon inclinándose hacia él—. Vale, sí, eres mi rata de laboratorio, y ahora dime si notas un cambio en ti desde que tomaste esa decisión.

—Tengo treinta y ocho años, tú también, y sólo veo dos caminos ante nosotros: seguir retozando con esas criaturas de ensueño que se mueven por los locales de moda...

—¡Un programa bastante atractivo, no me digas que no! —exclamó Simon.

—... y convertirnos en uno de esos solterones solitarios que coquetean con chicas treinta años más jóvenes mientras creen atrapar una juventud que corre más deprisa que ellos.

—No te pido que me des una lección sobre la existencia, sólo que me digas si piensas que quieres a Valérie hasta el punto de estar dispuesto a pasar toda tu vida con ella.

—Y yo, si no te hubiera pedido que fueras mi testigo, probablemente te habría contestado que eso no es asunto tuyo.

—Pero ¡soy tu testigo!

—Toda mi vida no lo sé, además no depende sólo de mí. En cualquier caso, ya no me imagino mi vida sin ella. Soy feliz, la echo de menos cuando no está, nunca me aburro cuando estoy con ella, me gusta su risa, y se ríe mucho. Me parece que para mí eso es lo más seductor en una mujer. En cuanto a nuestra vida sexual...

—¡Vale, vale, me has convencido! —lo interrumpió Simon—. Lo demás no es asunto mío.

—Eres mi testigo, ¿sí o no?

—No tengo por qué dar testimonio de lo que ocurre en la oscuridad de vuestra alcoba.

—Pero si no apagamos la luz cuando...

—¡Vale, Andrew, déjalo ya! ¿Podemos cambiar de tema?

—Me voy a decantar por el solomillo... —dijo Andrew—. ¿Sabes una cosa que me encantaría?

—Que te escribiera un bonito discurso para la ceremonia.

—No, no puedo pedirte lo imposible, pero me encantaría que terminásemos la noche en mi nuevo bar preferido.

—¡El bar cubano de TriBeCa!

—Argentino.

—Había pensado en algo distinto, pero es tu noche, así que tú mandas, y yo obedezco.

El Novecento estaba abarrotado. Simon y Andrew se las apañaron para abrirse camino hasta la barra.

Andrew pidió un Fernet con Coca-Cola. Se lo dio a probar a

Simon, que hizo una mueca y se decantó por una copa de vino tinto.

—¿Cómo te puedes beber eso? Está superamargo.

—Me he hecho cliente de algunos bares en Buenos Aires estos últimos tiempos. Te acostumbras, créeme, y al final hasta te acaba gustando.

—No, gracias, todo para ti.

Simon se había fijado en una criatura de piernas interminables, por lo que no tardó en abandonar a Andrew, sin molestarse siquiera en inventarse una buena excusa. Solo en la barra, Andrew sonrió viendo a su amigo alejarse. De los dos caminos en la vida que habían mencionado antes, no cabía duda sobre cuál elegía Simon.

Una mujer se sentó en el taburete que acababa de dejar libre su amigo y le dedicó una sonrisa justo cuando pedía su segundo Fernet con Coca-Cola.

Intercambiaron unas cuantas frases anodinas. La joven se reconoció sorprendida de ver que un estadounidense apreciaba esa bebida, no era algo corriente. Andrew le contestó que él tampoco era un tipo corriente. La mujer sonrió un poco más y le preguntó qué lo distinguía del resto de los hombres. La pregunta desconcertó a Andrew, pero aún más la profundidad de la mirada de su interlocutora.

—¿A qué se dedica?

—Soy periodista —balbuceó Andrew.

—Una profesión interesante.

—Depende del día —contestó Andrew.

—¿Periodista financiero?

—Huy, no, ¿qué le hace pensar eso?

—No estamos muy lejos de Wall Street.

—Si hubiéramos estado tomando una copa por los alrededores del antiguo matadero, ¿habría pensado que soy carnicero?

La chica rio con ganas, y a Andrew le gustó su risa.

—¿Escribe sobre asuntos de política? —siguió preguntando ella.

—Tampoco.

—De acuerdo, me gustan las adivinanzas —declaró—. Está moreno, por lo que deduzco que viaja.

—Estamos en verano, usted también está morena... Pero sí, en efecto, mi profesión me hace viajar.

—Soy de tez oscura, es por mis orígenes. ¡Es usted periodista de investigación!

—Sí, más o menos, se podría llamar así.

—¿Y qué está investigando en este momento?

—Nada de lo que pueda hablarle en un bar.

—¿Y en otro sitio? —le susurró ella.

—Sólo en la sala de redacción —contestó Andrew, que sintió de pronto una oleada de calor.

Cogió una servilleta de papel de la barra y se enjugó la nuca. Se moría de ganas de saber más cosas sobre ella, pero el solo hecho de prestarse a su conversación daba pie a un juego menos anodino que el de las adivinanzas.

—¿Y usted? —masculló buscando desesperadamente a Simon con la mirada.

La chica consultó su reloj y se levantó.

—Lo siento —dijo—. Se me ha hecho tarde, tengo que marcharme. Ha sido un placer; ¿cómo se llama?

—Andrew Stilman —contestó él levantándose también.

—Quizá nos volvamos a ver en otra ocasión...

Se despidió. Andrew no apartó la mirada de ella. Esperaba incluso que se volviera antes de salir por la puerta del bar, pero nunca supo si lo hizo, pues en ese momento llegó Simon, le puso una mano en el hombro y lo distrajo.

—¿Qué estás mirando con tanta atención?

—Vámonos ya, ¿quieres? —le dijo Andrew casi sin voz.

—¿Tan pronto?

—Necesito tomar el aire.

Simon se encogió de hombros y arrastró a su amigo al exterior.

—¿Qué te pasa? Estás muy pálido... ¿Te ha sentado mal ese brebaje que te has tomado? —le preguntó preocupado al salir del bar.

—Sólo quiero irme a casa.

—Antes dime qué te ha pasado. ¡Tienes una expresión en la cara que me está dando miedo! ¡Me parece bien que respetemos tus secretos profesionales, pero ahora, que yo sepa, no estabas trabajando!

—No lo entenderías.

—Dime una sola cosa que no haya entendido de ti en estos últimos diez años.

Andrew no le contestó y empezó a andar hacia arriba por West Broadway. Simon lo siguió.

—Creo que acabo de tener un flechazo —murmuró Andrew.

Simon se echó a reír. Andrew apretó el paso.

—¿Lo dices en serio? —le preguntó tras alcanzarlo.

—Totalmente.

—¿Has tenido un flechazo con una desconocida mientras yo estaba en el baño?

—No estabas en el baño.

—¿Te has enamorado hasta la médula en cinco minutos?

—¡Me has dejado solo en la barra más de un cuarto de hora!

—No tan solo, al parecer. ¿Me puedes explicar qué ha pasado?

—No hay nada que explicar, ni siquiera sé cómo se llama...

—¿Y?

—Creo que acabo de conocer a la mujer de mi vida. Nunca había sentido nada igual, Simon.

Simon agarró a Andrew del brazo y lo obligó a detenerse.

—No ha pasado nada de eso. Has bebido un poco más de la cuenta, se acerca la fecha de tu boda, y las dos cosas forman un cóctel de lo más peligroso.

—Te estoy diciendo la verdad, Simon, no estoy de broma.

—¡Ni yo! El miedo habla por tu boca. Te inventarías lo que fuera con tal de poder dar marcha atrás.

—No tengo miedo, Simon. Bueno, al menos no lo tenía antes de entrar en ese bar.

—¿Qué has hecho cuando esa criatura ha hablado contigo?

—He mantenido con ella una conversación de lo más anodina, y cuando se ha marchado, me he sentido patético.

—Mi rata de laboratorio está descubriendo los efectos secundarios de la pócima del matrimonio, lo cual no deja de ser extraño, habida cuenta de que aún no se la han inoculado...

—¡Lo que tú digas!

—Mañana por la mañana no te acordarás siquiera del rostro de esa chica. Te voy a decir lo que vamos a hacer: nos vamos a olvidar de esta velada en el Novecento, y todo será otra vez como antes.

—Ya me gustaría a mí que fuera tan fácil.

—¿Quieres que volvamos mañana por la noche? Con un poco de suerte tu desconocida estará allí y, al verla, saldrás de dudas.

—No puedo hacerle eso a Valérie. ¡Me caso dentro de quince días!

Aunque a veces se comportaba con una desenvoltura que podía pasar por arrogancia, Andrew era un hombre honrado, un hombre de principios. Había ingerido demasiado alcohol para tener las ideas claras. Seguramente Simon tenía razón: el miedo lo hacía desvariar. Valérie era una mujer excepcional, la vida le había dado una oportunidad inesperada al ponerla en su camino, como no había dejado de repetirle Colette, su mejor amiga.

Le hizo jurar a Simon que nunca contaría nada de lo que acababa de ocurrir y le dio las gracias por haberlo hecho entrar en razón.

Cogieron el mismo taxi, Simon dejó a Andrew en el West Village y prometió llamarlo a mediodía para ver cómo estaba.

Al despertarse al día siguiente, Andrew sintió lo contrario de lo que Simon había vaticinado. Recordaba perfectamente los rasgos de la desconocida del Novecento, así como el olor de su perfume. En cuanto cerraba los ojos volvía a ver sus largas manos jugueteando con la copa de vino, recordaba el timbre de su voz y su mirada. Y, mientras se preparaba un café, notó un vacío, o más bien una ausencia, así como la imperiosa necesidad de encontrar a la única persona que podía apaciguar esa sensación.

Se oyó el timbre del teléfono; Valérie lo devolvió a una realidad que le encogió el corazón. Le preguntó si su despedida de soltero había estado a la altura de sus expectativas. Andrew le contó que había cenado con Simon en un restaurante de moda y luego habían tomado una copa en un bar de TriBeCa. Nada del otro mundo. Al colgar, Andrew se sintió culpable de haberle mentido a la mujer con la que se disponía a casarse.

Ya le había mentido un poco cuando, al volver de Buenos Aires, le había jurado que ya había llevado a arreglar el traje que pensaba ponerse el día de la boda. Como para borrar su falta, llamó enseguida al sastre y se citó con él a la hora del almuerzo.

Quizá fuera ésa la razón de su infortunio. En la vida, todo tiene un porqué. En este caso se trataba de recordarle la necesidad de meterle el dobladillo al pantalón de su traje de boda y acortarle las mangas a la chaqueta. Puede que la escena de la noche anterior hubiera ocurrido simplemente para evitarle el feo de presentarse ante su futura esposa con un traje que parecía que se lo hubiera prestado su hermano mayor.

—Pero si ni siquiera tienes hermano mayor, idiota —masculló Andrew, hablando solo—. A imbécil no hay quien te gane.

A mediodía se ausentó del periódico. Mientras el sastre trazaba con jaboncillo los retoques necesarios para las mangas de la chaqueta, le ceñía un poco la espalda, asegurándole que había que entrarle aquí y allá para que le quedara bien, y se quejaba por enésima vez de que su cliente lo hubiera dejado todo para el último momento, Andrew sintió un profundo malestar. Una vez terminada la prueba se quitó el traje y volvió a vestirse a toda prisa. El sastre le dijo que estaría listo el viernes siguiente, Andrew podría pasar a recogerlo a última hora de la mañana.

Cuando encendió el móvil descubrió varios mensajes de Valérie. Estaba preocupada, habían quedado para almorzar en la calle Cuarenta y Dos, llevaba una hora esperándolo.

Andrew la llamó para disculparse y le dijo que había surgido una reunión imprevista en la sala de conferencias: si en secretaría le habían dicho que había salido era sólo porque, en ese periódico, nadie prestaba atención a nadie. Segunda mentira del día.

Esa noche, Andrew se presentó en casa de Valérie con un ramo de flores. Desde que le había pedido que se casara con él se las enviaba a menudo: rosas malva, sus preferidas. Encontró el apartamento vacío y una notita garabateada sobre la mesa baja del salón: «Ha habido una urgencia en el trabajo y he tenido que salir. Volveré tarde. No me esperes. Te quiero».

Bajó a cenar al Mary's Fish. Durante la cena no dejó de consultar su reloj. Pidió la cuenta antes de haber terminado el segundo plato y cogió un taxi nada más salir.

De vuelta en TriBeCa recorrió la acera arriba y abajo delante del Novecento, muriéndose de ganas de entrar a tomarse una copa. El portero, encargado de la seguridad del local, sacó un cigarro y le preguntó a Andrew si tenía fuego. Hacía siglos que el periodista había dejado de fumar.

—¿Quiere entrar? Está muy tranquilo esta noche.

Andrew se tomó esa invitación como una segunda señal.

La hermosa desconocida de la noche anterior no estaba sentada a la barra. Andrew recorrió la sala con la mirada, el portero no le había mentido. Le bastó una ojeada para comprobar que la chica no había vuelto. Se sintió grotesco, se tomó su Fernet con Coca-Cola y le pidió la cuenta al barman.

—¿Una sola copa esta noche? —le preguntó éste.

—¿Se acuerda de mí?

—Sí, ya lo he visto por aquí, o al menos eso creo; en cualquier caso, ayer se tomó cinco Fernets con Coca-Cola seguidos, y eso no se olvida.

Andrew vaciló un instante antes de pedirle que le pusiera otro. Y, mientras le servía la copa, le hizo una pregunta extraña, sobre todo viniendo de un hombre que estaba a punto de casarse.

—¿También se acuerda de la chica que estaba a mi lado? ¿Suele venir por aquí a menudo?

El barman pareció reflexionar.

—Veo a muchas chicas guapas en este bar. Pero no, no me fijé, ¿es importante?

—Sí, bueno, no —contestó Andrew—. Tengo que irme, dígame qué le debo.

El barman se dio la vuelta para teclear la cuenta en la caja registradora.

—Si por casualidad —dijo Andrew poniendo tres billetes de veinte dólares sobre la barra— volviera por aquí y le preguntara quién era el hombre del Fernet con Coca-Cola, aquí le dejo mi tarjeta, no dude en dársela.

—¿Es usted periodista del *New York Times*?

—Eso pone en la tarjeta...

—Si algún día le apetece escribir un artículo sobre nuestro local, nosotros encantados.

—Me acordaré —dijo Andrew—, y usted acuérdese también de lo que le he pedido.

El barman le guiñó un ojo antes de guardar la tarjeta de visita en la caja registradora.

Al salir del Novecento, Andrew consultó el reloj. Si la urgencia de Valérie iba para largo, tal vez llegara a casa antes que ella. De no ser así, le diría que había trabajado hasta tarde en el periódico. Poco importaba ya una mentira más o una menos...

Desde esa noche, Andrew ya no conoció un momento de sosiego. Cada día estaba más intranquilo. Tuvo incluso un violento altercado con un colega de trabajo al que sorprendió curioseando entre sus cosas. Freddy Olson siempre andaba metiendo las narices donde no debía, era un envidioso, un tipejo desagradable. Pese a todo, Andrew no tenía costumbre de perder los nervios. Las dos últimas semanas de junio estarían cargadas de acontecimientos de gran relevancia, ésa era su excusa. Debía terminar ese artículo que lo había llevado dos veces a Argentina y que, según esperaba, tendría el mismo éxito que el de China. La fecha de entrega a la que se había comprometido era el lunes siguiente, pero Olivia Stern era una redactora jefa muy minuciosa, sobre todo cuando se trataba de una investigación que debía ocupar una página entera de la edición del martes. Le gustaba dedicar el sábado a leer el artículo y a elaborar una lista de sugerencias que comunicaba al autor esa misma noche. El sábado, en que Andrew prestaría juramento ante Dios, sería un día extraño. Y también lo sería ese domingo, en que tendría que conseguir que Valérie lo perdonara por haber tenido que aplazar su luna de miel por culpa de su dichoso trabajo y por ese artículo que tan importante era para su jefa.

Nada de todo aquello logró ahuyentar a la desconocida del Novecento de los pensamientos de Andrew. El deseo de volver a ver a esa mujer se estaba convirtiendo ya en una obsesión, sin que acertara a entender por qué.

El viernes, cuando fue a recoger su traje, Andrew se sintió más perdido que nunca. El sastre lo oyó suspirar mientras el periodista se miraba en el espejo de cuerpo entero.

—¿Hay algo en el corte que le disguste? —le preguntó con voz afligida.

—No, señor Zanelli, su trabajo es impecable.

El sastre observó a Andrew y le subió un poco el hombro derecho de la chaqueta.

—Pero le preocupa algo, ¿verdad? —insistió, poniéndole un alfiler en la manga.

—Es complicado.

—Decididamente, tiene un brazo más largo que el otro, no me había fijado al hacerle las pruebas. Deme unos minutos, vamos a corregirlo enseguida.

—No se moleste, éste es el tipo de traje que uno sólo se pone una vez en la vida, ¿verdad?

—Así se lo deseo, pero las de la boda son también la clase de fotografías que uno mira y remira toda su vida, y cuando sus nietos le digan que la chaqueta no le quedaba del todo bien, no quiero que les cuente que tenía usted un mal sastre. Así que déjeme hacer mi trabajo.

—Es que esta noche tengo que terminar un artículo muy importante, señor Zanelli.

—Sí, y yo tengo que terminar un traje muy importante dentro de un cuarto de hora. ¿Decía que se trataba de algo complicado?

—En efecto —suspiró Andrew.

—Y, si no es indiscreción, ¿podría precisarme un poco más de qué se trata?

—Imagino que usted también está sujeto al secreto profesional, ¿no, señor Zanelli?

—¡Si hace usted el esfuerzo de no pronunciar mal mi apellido, lo respetaré! ¡Es Zanetti, no Zanelli! Quítese la chaqueta y siéntese en esta silla, vamos a charlar a la vez que trabajo.

Y, mientras el señor Zanetti le arreglaba la manga de la chaqueta, Andrew le contó cómo un año antes, al salir de un bar, había reanudado una relación con su amor de juventud, y cómo poco antes de casarse, en otro bar, había conocido a una mujer que lo obsesionaba desde que sus miradas se habían encontrado.

—Tal vez debería dejar de frecuentar locales nocturnos por un tiempo, le simplificaría mucho la vida. —El sastre sacó una bobina de hilo del cajón de una cómoda y añadió—: Tengo que reconocer que su historia no es nada banal.

—Simon, mi mejor amigo, me dice justo lo contrario.

—Su amigo Simon tiene un extraño concepto de la vida. ¿Puedo hacerle una pregunta?

—Todas las que quiera, si eso puede ayudarme a aclararme las ideas.

—Si se pudiera volver a empezar, señor Stilman, si pudiera elegir entre no haber reanudado la relación con la mujer con la que está a punto de casarse o no haber conocido a la que lo atormenta, ¿qué preferiría usted?

—Una es mi álter ego, y la otra... ni siquiera sé cómo se llama.

—Entonces, usted mismo ve que tampoco es tan complicado.

—Visto así...

—Dada la edad que nos separa, me voy a permitir hablarle como un padre, señor Stilman, y al decirle esto tengo que confesarle que no tengo hijos, y, por lo tanto, tampoco mucha experiencia en la materia...

—Dígame de todas maneras lo que quiere decirme.

—¡Si insiste! La vida no es como uno de esos aparatos modernos en los que basta con pulsar un botón para rebobinar hasta un momento determinado. No se puede volver atrás, y algunos de nuestros actos tienen consecuencias irreparables. Como encandilarse de una ilustre desconocida, por muy cautivadora que sea, la víspera de su boda. Si se obceca, mucho me temo que pueda llegar a lamentarlo seriamente, por no mencionar el daño que haría a quienes lo rodean. Me dirá usted que uno no manda en su corazón, pero también dispone de una cabeza, así que utilícela. Que una mujer lo turbe no tiene nada de malo, siempre y cuando la cosa no pase de ahí.

—¿Nunca ha tenido la impresión de haberse cruzado con su alma gemela, señor Zanetti?

—¡El alma gemela, qué idea más bonita! Cuando tenía veinte años creía conocerla cada sábado, cuando iba a bailar. De joven era un gran bailarín y todo un rompecorazones. Me he preguntado muchas veces cómo puede uno estar seguro de haber conocido a su alma gemela antes incluso de haber construido algo juntos.

—¿Está usted casado, señor Zanetti?

—¡Lo he estado cuatro veces, así que fíjese si sé de lo que hablo!

Antes de despedirse, el señor Zanetti le aseguró que las dos mangas tenían ahora el largo adecuado; ya nada podía empañar la felicidad que lo aguardaba. Andrew Stilman salió de la sastrería decidido a lucir orgulloso su traje de boda al día siguiente.

6

La madre de Valérie se acercó a Andrew justo antes del inicio de la ceremonia y, mientras le sacudía el polvo del hombro con una palmadita que quería ser cordial, le murmuró al oído:

—¡Este Ben!... Eres la prueba de que, con perseverancia, uno siempre consigue lo que quiere. Recuerdo cuando tenías dieciséis años y cortejabas a mi hija... Entonces no habría apostado ni un céntimo a que consiguieras tu propósito. ¡Y mira dónde estamos, en la iglesia!

Andrew entendía mejor ahora por qué su futura esposa se había ido de casa en cuanto se le había presentado la ocasión.

Valérie estaba más guapa que nunca. Llevaba un vestido blanco discreto y elegante. Se había recogido el cabello y lucía un sombrerito blanco que recordaba a los de las azafatas de la Pan Am de otros tiempos, aunque los de éstas fueran azules. Su padre la llevó hasta el altar, donde la esperaba Andrew. Valérie le sonreía con todo su amor.

La homilía fue perfecta, y Andrew se emocionó.

Intercambiaron promesas y alianzas, se dieron un largo beso y salieron de la iglesia entre los aplausos de Colette, Simon y los padres de la novia. Levantando los ojos al cielo, Andrew no pudo evitar imaginar que sus propios padres también estaban viendo cómo se casaba.

El pequeño cortejo recorría el sendero del parque que bordea la iglesia de Saint Luke in the Fields. Los rosales trepadores se plegaban bajo la abundancia de flores, los arriates de tulipanes estallaban de vibrantes colores, el día era hermoso, Valérie estaba radiante, y Andrew, feliz.

Feliz hasta que, al salir a la calle Hudson, vio el rostro de una mujer en la ventanilla de un todoterreno detenido en un semáforo. Una mujer a la que no reconocería si volviera a cruzarse con ella, le había asegurado su testigo de boda, una mujer con la que había intercambiado unas frases anodinas en un bar de TriBeCa.

Se le hizo un nudo en la garganta y de pronto sintió ganas de un Fernet con Coca-Cola, aunque era sólo mediodía.

—¿Estás bien? —se inquietó Valérie—. De repente se te ve muy pálido.

—Es la emoción —replicó Andrew.

Sin poder apartar la mirada del cruce, seguía con los ojos el todoterreno, que se perdía entre los coches. Andrew sintió que se le encogía el corazón, estaba casi seguro de que la desconocida del Novecento le había dirigido una sonrisa.

—Me estás haciendo daño —gimió Valérie—. Me aprietas la mano demasiado fuerte.

—Perdona —dijo Andrew aflojando la presión.

—Me gustaría que se hubiera acabado ya la fiesta para estar a solas contigo en casa —suspiró ella.

—Es usted una mujer llena de sorpresas, Valérie Ramsay.

—¡Stilman! —exclamó ella—. ¿Y por qué soy una mujer llena de sorpresas?

—No conozco a ninguna otra mujer que desearía que el día de su boda pasara deprisa. Cuando te pedí que te casaras conmigo, pensaba que querrías organizar una ceremonia por todo lo alto. Imaginaba que estaríamos rodeados por doscientos invitados a los que habríamos tenido que saludar uno tras otro, todos tus primos, todos tus tíos, y cada uno habría querido soltar su parrafada sobre recuerdos a los que yo me habría sentido totalmente ajeno. Me daba tanto miedo este día... Y aquí estamos: somos sólo seis.

—Deberías habérmelo dicho antes, te habría tranquilizado enseguida. Siempre he soñado con una boda íntima. Tenía ganas de convertirme en tu esposa, no de jugar a ser Cenicienta vestida para el baile.

—No eran cosas incompatibles...

—¿Te arrepientes?

—No, en absoluto, de verdad —dijo Andrew mirando a lo lejos, hacia la calle Hudson.

Cuarta mentira.

Cenaron en el mejor restaurante chino de Nueva York. En la sala del señor Chow se servían los manjares más refinados de la cocina asiática. La cena fue alegre. Colette y Simon se llevaron de maravilla con los padres de Valérie. Andrew habló poco, y su mujer reparó en lo ausente que estaba.

Fue ella quien rechazó la invitación de su padre para proseguir la fiesta en otro sitio. Y cuando éste se quejó de no haber bailado con su hija, ella se disculpó diciendo que tenía unas ganas locas de estar a solas con su marido.

El padre de Valérie abrazó fuerte a Andrew.

—Más le vale hacerla feliz —le susurró al oído—. Si no, tendrá que vérselas conmigo —añadió en tono de broma.

Era casi medianoche cuando el taxi dejó a los recién casados al pie del apartamento de Valérie. Ésta adelantó a Andrew en la escalera para esperarlo en el rellano.

—¿Qué pasa? —preguntó él buscando las llaves en el bolsillo de la chaqueta.

—Me vas a coger en brazos y me vas a hacer cruzar el umbral

sin que me golpee contra la puerta —contestó ella con una sonrisa maliciosa.

—¿Ves como sí que te importan algunas tradiciones? —dijo Andrew obedeciendo sus órdenes.

Valérie se quitó la ropa en mitad del salón, se desabrochó el sostén y se deslizó el *culotte* a lo largo de las piernas. Se acercó desnuda a Andrew, le quitó la corbata, le desabrochó la camisa y llevó ambas manos a su pecho.

Piel con piel, deslizó los dedos hasta su cinturón, desabrochó la hebilla y le bajó la cremallera.

Andrew le tomó las manos, le acarició la mejilla con un gesto tierno y la llevó hasta el sofá. Después se arrodilló ante ella, apoyó la cabeza en sus muslos y se echó a llorar.

—¿Qué te pasa? —le preguntó Valérie—. Hoy parecías estar tan lejos...

—Lo siento —dijo Andrew alzando los ojos.

—Si algo va mal, si tienes problemas de dinero o de trabajo, tienes que decírmelo, a mí me lo puedes contar todo.

Andrew inspiró hondo.

—Me hiciste prometer que no te mentiría, que nunca te traicionaría, ¿recuerdas? Me hiciste prometer que, si alguna vez algo se rompía, te lo diría enseguida.

Los ojos de Valérie se llenaron de lágrimas. Miró a Andrew sin decir nada.

—Eres mi mejor amiga, mi cómplice, la mujer de la que más cerca me siento...

—Nos hemos casado hoy, Andrew —sollozó Valérie.

—Te pido perdón desde lo más profundo de mi corazón, perdón por haber hecho lo peor que un hombre puede hacerle a una mujer.

—¿Hay alguien más?

—Sí..., no, sólo una sombra... Pero nunca había sentido esto antes.

—¿Has esperado hasta que estuviéramos casados para darte cuenta de que querías a otra?

—Te quiero, sé que te quiero, pero no de esa manera. He sido un cobarde por no confesármelo a mí mismo, por no contártelo. No he tenido valor para anular la boda. Tus padres habían venido desde Florida; tu amiga, desde Nueva Orleans... Esa investigación en la que tanto he trabajado estos últimos meses y que terminó por convertirse en una obsesión... No pensaba más que en eso y me perdí por el camino. Quise ahuyentar mis dudas, pensé que hacía lo mejor, lo correcto.

—Cállate —murmuró Valérie.

Bajó los ojos, y la mirada de Andrew se posó en sus manos, que Valérie retorcía con tanta fuerza que los nudillos se le habían puesto blancos.

—Te lo suplico, no digas una sola palabra más. Márchate. Vete a tu apartamento, a donde quieras, pero vete. Sal de mi casa.

Andrew quiso dar un paso hacia ella, pero Valérie retrocedió hasta el dormitorio y, despacio, cerró la puerta a su espalda.

Era una noche triste, lloviznaba. Con el cuello de la chaqueta de su traje de boda levantado, Andrew Stilman cruzó la isla de Manhattan de este a oeste para llegar hasta su casa.

Quería llamar a Simon para confesarle que, pese a todo lo que él le había dicho, había cometido un error irreparable. Pero Andrew, que siempre había creído no tenerle miedo a nada, temía el juicio de su amigo y se abstuvo de llamarlo.

También le habría gustado sincerarse con su padre, aparecer de improviso en casa de sus padres y contárselo todo. Necesitaba oír cómo su madre le decía que al final todo se arreglaría, que era mejor reconocer que uno se había equivocado casándose en vez de vivir en una mentira, por cruel que eso fuera. Tal vez Valérie lo odiaría unos años, pero terminaría por olvidarlo. Una mujer como ella, con tantas virtudes, no se quedaría sola mucho tiempo. Si no era la mujer de su vida, probablemente él tampoco fuera el hombre de la de ella. Aún era joven, y aunque esos momentos por los que estaba pasando se le antojaran insuperables, con el tiempo no serían más que un mal recuerdo. A Andrew le habría gustado sentir la mano de su madre en la mejilla, el brazo de su padre en el hombro, oír sus voces. Pero los padres de Andrew ya no eran de este mundo, y la noche de su boda se sintió más solo que nunca.

«When the shit hits the fan, it spreads all over»[1] era el dicho preferido de Freddy Olson, su compañero de despacho. Andrew se pasó el domingo rumiándolo mientras corregía su artículo. A primera hora de la mañana recibió un correo electrónico de su redactora jefa, que se deshacía en cumplidos sobre la calidad de su investigación. Olivia Stern le aseguraba que se trataba de uno de los mejores artículos que había leído desde hacía tiempo, y se felicitaba de paso por haberle confiado la responsabilidad de escribirlo. Sin embargo, se lo devolvía lleno de anotaciones y de fragmentos subrayados, y ponía en cuestión la autenticidad de sus fuentes y la veracidad de los hechos revelados. Las acusaciones que vertía en su artículo eran graves, y el Departamento Jurídico querría sin duda asegurarse de que todas tenían fundamento.

¿Se habría expuesto tanto sólo para contar mentiras? ¿Acaso no se había gastado la mitad de su sueldo para dar con fuentes tan fiables como poco habladoras? ¿No lo había ayudado la camarera del

1. En inglés en el original. *(N. de la t.)*

hotelucho cutre en el que se había alojado? ¿Acaso no se había salvado por los pelos de una agresión en la periferia de Buenos Aires gracias a que había logrado dar esquinazo a los dos tipos a los que seguía desde hacía dos días? ¿Acaso no se había arriesgado a acabar en la cárcel? ¿Acaso no había sacrificado su vida personal por esa investigación? ¿De verdad habría hecho todo eso si sólo fuera un mero aficionado? Refunfuñó todo el día mientras ponía en orden sus apuntes.

Olivia le reiteraba su enhorabuena al final del correo y le decía que quería almorzar con él al día siguiente. Era la primera vez. En otro tiempo, una invitación de esa índole lo habría convencido de que estaba a punto de recibir un nuevo ascenso o, por qué no, un premio. Pero, como estaba muy deprimido, nada de eso se le pasó por la cabeza.

Al anochecer llamaron violentamente a su puerta. Andrew pensó que sería el padre de Valérie, que acudía a partirle la cara, y abrió casi aliviado. Una buena paliza quizá le hiciera sentirse menos culpable.

Simon lo apartó sin miramientos y entró en su casa.

—¡Dime que no has hecho lo que has hecho! —exclamó acercándose a la ventana.

—¿Te ha llamado Valérie?

—No, he llamado yo. Quería acercarme a llevaros vuestro regalo de boda y temía molestaros, interrumpiros en plenas efusiones de recién casados. Pero nada más lejos...

—¿Qué te ha dicho?

—¿Qué crees tú que me ha dicho? Tiene el corazón roto en mil pedazos, no entiende nada, sólo que te has reído de ella en su cara y que no la quieres. ¿Por qué te has casado con ella? ¿No podrías haberlo pensado antes? Te has portado como un cabronazo.

—¡Porque todos me convencisteis de no decir nada, de no hacer nada, de no abrir los ojos! ¡Porque todos me explicasteis que lo que sentía era sólo fruto de mi imaginación!

—¿Cómo que «todos»? ¿Te has sincerado con alguien aparte de conmigo? ¿Has tenido otro flechazo con un nuevo mejor amigo? ¿A mí también me vas a dejar?

—No seas gilipollas, Simon. He hablado con mi sastre.

—Lo que faltaba... ¿No podías callarte un poco, intentarlo durante unos meses, concederos al menos una oportunidad? ¿Qué ocurrió anoche que fuera tan grave como para que lo mandaras todo a la mierda?

—Ya que lo quieres saber, te lo diré: no fui capaz de hacerle el amor, y Valérie es demasiado lista como para creer que era algo pasajero.

—Podrías haberme ahorrado los detalles —replicó Simon desplomándose sobre el sofá—. ¡En vaya lío nos hemos metido!

—¿Te incluyes?

—Sí, he sido una persona lo bastante cercana a ti en los malos momentos como para no sentirme parte de esto. Y, después de todo, ahora soy el testigo del matrimonio más corto del mundo.

—¿Es que quieres figurar en el *Guinness*?

—¿La idea de ir a pedirle perdón, de decirle que te has equivocado y que todo esto no es más que una locura pasajera te parece imposible?

—Estoy perdido, ya no sé lo que siento, salvo que nunca antes había estado tan triste.

Simon se levantó y fue a la cocina. Volvió con dos cervezas y le tendió una a Andrew.

—Jo, tío, lo siento por ti, lo siento por ella y, sobre todo, por vuestra relación. Si quieres puedes pasar la semana en mi casa.

—¿Para qué?

—Para que no te quedes en la tuya solo y deprimido.

Andrew le dio las gracias a su amigo, pero, pensándolo bien, quizá necesitara precisamente quedarse en su casa solo y deprimido. No era mucho castigo comparado con el daño que le había hecho a Valérie.

Simon apoyó la mano en el hombro de su amigo.

—Ya conoces la historia del tío al que estaban juzgando ante un tribunal por haber asesinado a sus padres y pidió clemencia al juez recordándole que estaba a punto de condenar a un huérfano...

Andrew miró a Simon, y los dos amigos estallaron en carcajadas, esas carcajadas que sólo la amistad puede provocar en los momentos más negros.

El lunes, Andrew almorzó con su redactora jefa. Ésta eligió un restaurante lejos del periódico.

Olivia Stern nunca había mostrado tanto interés por ninguno de sus artículos. Nunca le había hecho tantas preguntas sobre sus fuentes, la gente a la que había conocido y la manera en que había llevado a cabo su investigación. Y durante todo el almuerzo —aunque no probó bocado— escuchó cómo Andrew le contaba sus viajes a Argentina igual que un niño escucha a un adulto que le cuenta una historia sobrecogedora. Y dos veces le pareció verla a punto de echarse a llorar.

Al final del almuerzo le tomó la mano, le dio las gracias por el trabajo excepcional que había hecho y le sugirió que algún día escribiera un libro sobre el tema. Esperó al final del almuerzo para anunciarle su intención de aplazar una semana la publicación para conseguir que el artículo saliera en un titular en primera página y luego se extendiera en dos páginas completas. Un titular en primera plana del *New York Times* y dos páginas completas, aunque no era el Pulitzer, desde luego sí era una distinción que le granjearía cierta fama en su mundillo. Y cuando Olivia le preguntó, sin que su pregunta dejara en el aire la más mínima duda, si tenía material suficiente para desarrollar un poco más su artículo y ocupar esas dos páginas completas, Andrew le aseguró que se iba a poner manos a la obra de inmediato.

Fue lo que se prometió hacer durante toda la semana. Llegaría pronto a su despacho, comería un bocado allí mismo y trabajaría hasta tarde por las noches. Como mucho, reservaría alguna para cenar con Simon.

Andrew respetó esa planificación a rajatabla, o casi. El miércoles, al salir del periódico, tuvo una dolorosa impresión de *déjà vu*. En la esquina de la calle Cuarenta le pareció ver por segunda vez, en la ventanilla trasera de un todoterreno que estaba aparcado delante del edificio, el rostro de la desconocida del Novecento. Echó a correr hacia ella. En su precipitación, el maletín se le cayó al suelo y las hojas de su artículo se esparcieron sobre la acera. Para cuando las había recogido y se incorporó, el coche ya había desaparecido.

Desde ese día, cuando salía siempre terminaba la noche en el Novecento con la esperanza de volver a ver a la mujer que lo obsesionaba.

Cada noche la esperaba en vano y luego regresaba a su casa despechado y exhausto.

El sábado encontró en el buzón una carta. Al ver la letra del sobre, supo de inmediato quién se la enviaba. La dejó sobre su mesa, prometiéndose no abrirla hasta haber terminado el artículo que Olivia Stern esperaba desde la víspera por la noche.

Después de enviarle el texto a su redactora jefa, llamó a Simon y le dijo que aún tenía trabajo y que no podía quedar para cenar con él.

Luego fue a sentarse en el alféizar de la ventana del salón, respiró el aire nocturno y leyó por fin la carta de Valérie.

Andrew:

Este domingo sin ti ha sido el primero desde la adolescencia en que he abrazado el dolor de la ausencia. Yo me fugué a los diecisiete años, tú casi a los cuarenta. ¿Cómo acostumbrarme a no saber ya cómo estás? ¿Cómo renacer del fondo de tus silencios?

Tengo miedo de los recuerdos que me llevan de vuelta a tus miradas de adolescente, al sonido de tu voz de hombre que llenaba de alegría mis días, a los latidos de tu corazón cuando, con una mano en tu pecho, te escuchaba dormir y sosegaba mis noches.

Al perderte he perdido un amante, un amor, un amigo y un hermano. Me espera un largo duelo.

Te deseo una vida hermosa, aunque te haya querido ver muerto por hacerme sufrir tanto.

Sé que, en algún lugar de esta ciudad en la que paseo sola, respiras. Y eso ya es mucho.

Firmo esta breve carta escribiendo por primera y última vez «Tu mujer». O, mejor dicho, la que lo fue el tiempo que duró un día triste.

7

Andrew se pasó casi todo el domingo durmiendo. Había salido la noche anterior, decidido a abandonarse sin freno a la ebriedad. Durante muchos años había hecho gala de cierto talento para esa clase de ejercicio. Quedarse enclaustrado en su casa habría añadido al desastre una falta de arrojo insoportable.

Empujó la puerta del Novecento más tarde que de costumbre, tomó más Fernet con Coca-Cola que de costumbre y se marchó del bar aún peor que de costumbre. El desastre persistía, pues se había pasado la noche sentado a la barra y sólo había charlado con el camarero. Deambulando sin rumbo en la noche desierta, borracho hasta la médula, a Andrew Stilman de pronto le entró la risa floja. Una risa que no tardó en convertirse en profunda tristeza. Después sollozó durante una hora sentado en el bordillo, con los pies en el arroyo.

Era, sin duda alguna, el idiota más grande del mundo, y eso que había conocido a más de uno a lo largo de su vida.

Cuando despertó a la mañana siguiente, con una resaca que le recordó que ya no tenía veinte años, Andrew comprendió lo mucho que echaba de menos a Valérie. La añoraba profundamente, tanto como lo había hechizado, por motivos oscuros, aquella criatura de una noche. Pero una era su mujer, y la otra, una ilusión. Y Andrew no dejaba de pensar en la carta que Valérie le había escrito.

Encontraría la manera de obtener su perdón, sabría buscar las palabras adecuadas, después de todo era lo que mejor se le daba.

Si su artículo, que aparecería publicado al día siguiente, le proporcionaba un poco de gloria, era con Valérie con quien quería compartirla.

Ese lunes, al salir de su casa bajó por Charles Street como cada mañana, y con zancadas cortas se dirigió al río para su sesión matinal de footing.

Esperó a que el semáforo se pusiera en rojo para cruzar West End Highway. Cuando llegó a la mediana, el muñequito luminoso parpadeaba. Y, como cada mañana, pese a ello Andrew cruzó. Respondió a los bocinazos levantando el puño con el dedo corazón enhiesto. A continuación tomó por el carril peatonal de River Park y aceleró el ritmo.

Esa misma noche llamaría a la puerta de Valérie para pedirle perdón y decirle cuánto se arrepentía de haberse comportado como lo había hecho. Ya estaba absolutamente seguro de lo que sentía por ella, y le entraban ganas de darse de cabezazos contra la pared preguntándose qué estupidez lo había enajenado de esa forma para comportarse así.

Habían pasado siete días desde su separación, siete días que para Valérie debían de haber sido una pesadilla, siete días de innoble egoísmo, pero eso nunca volvería a ocurrir, se lo prometería. Ahora ya sólo buscaría hacerla feliz durante el resto de sus días. Le suplicaría que lo olvidara todo. Y, aunque ella le impusiera el peor calvario imaginable antes de concederle el perdón, soportaría lo que fuera, de rodillas si era necesario.

Andrew Stilman llegó a la altura del muelle 4 con una sola idea en la cabeza: reconquistar el corazón de su mujer.

De repente sintió un dolor fulminante en la parte baja de la espalda, un desgarro terrible que le subía hacia el abdomen. Si el dolor se hubiera localizado más arriba, en el pecho, habría pensado que estaba sufriendo un infarto. Sintió que se le bloqueaba la respiración. No era una sensación, las piernas se le doblaron y apenas tuvo fuerzas para tender los brazos hacia delante y protegerse el rostro al caer.

Una vez en el suelo, de bruces contra el asfalto, le habría gustado poder darse la vuelta y pedir socorro. Andrew Stilman no entendía por qué de su garganta no salía sonido alguno, hasta que un acceso de tos le hizo escupir un líquido espeso.

Al descubrir el charco rojizo que se extendía ante él, Andrew comprendió que era su sangre lo que se vertía sobre el carril peatonal de River Park. Por una razón que ignoraba, se estaba desangrando como un animal en el matadero. Un velo negro empezó a oscurecerle la vista.

Supuso que le habían disparado, aunque no recordaba haber oído ninguna detonación; tal vez lo hubieran apuñalado. Con sus últimos instantes de lucidez, Andrew se preguntó quién había atentado contra su vida.

Respirar le resultaba casi imposible. Lo abandonaban las fuerzas, y se resignó a la inminencia de su final.

Imaginaba que vería desfilar su vida, que habría una luz sublime al final de un pasillo, una voz divina que lo guiaría hacia otro lugar. Pero no ocurrió nada de eso. Los últimos instantes de consciencia de Andrew Stilman no fueron sino una lenta y dolorosa zambullida hacia la nada.

A las siete y cuarto, la mañana de un lunes de julio, la luz se apagó, y Andrew Stilman comprendió que se estaba muriendo.

8

Un aire glacial penetró en sus pulmones, y por sus venas corría un fluido tanto o más frío. El miedo y una luz cegadora le impedían abrir los ojos. Andrew Stilman se preguntaba si se estaba despertando en el purgatorio o en el infierno. Habida cuenta de su conducta reciente, el paraíso le parecía fuera de su alcance.

Ya no oía los latidos de su corazón, y tenía frío, un frío horroroso.

Se suponía que la muerte era eterna, pero no pensaba quedarse a oscuras todo ese tiempo. Se armó de valor y logró abrir los ojos.

Le resultó cuando menos extraño encontrarse apoyado contra el semáforo del cruce de Charles Street con West End Highway.

El infierno no se parecía en absoluto a lo que le habían enseñado en los bancos de la iglesia católica de Poughkeepsie, a menos que ese cruce fuera la entrada. Pero, dada la cantidad de veces que Andrew lo había atravesado haciendo footing, de haberlo sido se habría dado cuenta.

Temblando como una hoja y con la espalda empapada, consultó su reloj con un gesto mecánico. Marcaba las siete en punto, es decir, quince minutos antes de que lo asesinaran.

Esa frase que acababa de formular mentalmente le pareció desprovista de toda lógica. Andrew no creía en la reencarnación, y menos todavía en una resurrección que le permitiera volver al mundo un cuarto de hora antes de su muerte. Miró a su alrededor: el paisaje no parecía en absoluto distinto al que solía ver todas las mañanas. Una marea de coches se dirigía hacia el norte. En el sentido contrario, los vehículos, muy cerca unos de otros, trataban de alcanzar el distrito financiero. Y, bordeando el río, los corredores avanzaban veloces por el carril peatonal de River Park.

Andrew se esforzó por pensar con claridad. Hasta ese momento lo único que le había interesado de la muerte era que libera de todo sufrimiento físico. El dolor tan atroz que sentía en la parte baja de la espalda y la multitud de estrellas que poblaban su campo visual eran la prueba de que, en lo que a él respectaba, su cuerpo y su alma aún formaban un todo.

Su respiración era trabajosa, pero resultaba evidente que sus pulmones aún funcionaban, puesto que también tosía. Lo asaltó una oleada de náuseas, y se inclinó hacia delante para vomitar el desayuno en el suelo.

Nada de seguir corriendo esa mañana, ni de volver a beber una sola gota de alcohol en su vida, ni siquiera un Fernet con Coca-Cola. La factura que acababa de pasarle la vida era lo bastante elevada como para que hubiera aprendido la lección por el resto de sus días.

Recuperando lo que parecía un remedo de fuerzas, Andrew dio media vuelta. Una vez en su casa se daría una buena ducha, descansaría un poco, y todo volvería a la normalidad.

Mientras caminaba, el dolor de la espalda iba disminuyendo, por lo que Andrew pensó que debía de haber perdido el conocimiento unos segundos. Unos segundos que lo habían desorientado por completo.

Sin embargo, habría jurado que se encontraba a la altura del muelle 4 y no en el extremo de Charles Street cuando se había sentido mal. Cuando consultara a un médico, y ya sabía que tendría que hacerlo, le indicaría también que había sufrido esa confusión mental. El incidente era lo bastante inquietante como para dejarlo preocupado.

Sus sentimientos por Valérie, sin embargo, no habían cambiado. Al contrario: el miedo a morir los había reforzado más todavía.

Cuando se hubiera recuperado llamaría al periódico para avisar de que se iba a retrasar y cogería un taxi rumbo a las cuadras de la policía montada de Nueva York, donde se encontraba el consultorio veterinario de su mujer. No esperaría ni un momento más para decirle cuánto lo sentía y pedirle perdón.

Andrew abrió la puerta de su edificio, subió a la tercera planta, introdujo la llave en la cerradura y entró. Las llaves se le cayeron de las manos cuando descubrió a Valérie en el salón. Ésta le preguntó si había visto la bata que había recogido del tinte el día anterior. Llevaba buscándola desde que se había ido a correr y no conseguía encontrarla.

Dejó un momento de rebuscar por la casa, lo observó y le preguntó que por qué la miraba con ese aire estupefacto.

Andrew no supo qué contestar.

—En lugar de quedarte ahí plantado como un pasmarote, podrías ayudarme. Al final voy a llegar tarde, y es el día menos indicado para hacerlo, esta mañana tenemos una inspección sanitaria.

Andrew se quedó inmóvil. Tenía la boca seca, era como si sus labios estuvieran sellados.

—Te he preparado café, lo tienes en la cocina, te iría bien comer algo, estás muy pálido. Corres demasiado y demasiado deprisa —añadió Valérie mientras seguía buscando su bata—. Pero antes, por favor te lo pido, encuéntrame la bata. Tienes que hacerme un poco de sitio en tu armario, ¡estoy más que harta de andar llevando y trayendo mis cosas de una casa a otra, y ya ves el resultado!

Andrew dio un paso hacia Valérie y le agarró los brazos para que lo escuchara.

—No sé a qué estás jugando, pero encontrarte aquí es la sorpresa más bonita de toda mi vida. Sé que no me vas a creer, pero precisamente me disponía a ir a verte a tu consultorio. Tengo que hablar contigo como sea.

—Pues qué bien, porque yo también. Seguimos sin haber tomado ninguna decisión sobre ese proyecto de irnos de vacaciones a Connecticut. ¿Cuándo tenías que regresar a Argentina? Me lo dijiste ayer, pero me apetece tan poco que te vayas que ya se me ha olvidado.

—¿Y por qué tendría yo que regresar a Argentina?

Valérie se volvió y observó a Andrew atentamente.

—¿Y por qué tendría yo que regresar a Argentina? —repitió Andrew.

—¿Porque tu periódico te ha encargado «una investigación muy importante que va a impulsar tu carrera hasta el firmamento»? Me limito a repetirte lo que me explicaste este fin de semana en un estado de sobreexcitación que rayaba el ridículo. ¿Porque tu redactora jefa te llamó el viernes pasado para sugerirte que te marcharas de nuevo, pese a que acabas de volver? Pero es tan insistente y le otorga tanta importancia a esta investigación...

Andrew recordaba muy bien esa conversación con Olivia Stern, salvo que había tenido lugar a la vuelta de su primer viaje a Buenos Aires, a principios del mes de mayo, y ahora estaban a principios de julio.

—¿Me llamó el viernes pasado? —balbuceó Andrew.

—Ve a comer algo, se te está nublando el entendimiento.

Andrew no contestó. Se precipitó a su habitación, cogió el mando a distancia que estaba en la mesilla de noche y encendió el televisor. El canal Nueva York 1 retransmitía el informativo matinal.

Estupefacto, Andrew constató que ya conocía todas y cada una de las noticias que el presentador anunciaba: el terrible incendio que había arrasado un almacén de Queens y había costado la vida a veintidós personas, y el aumento del precio de los peajes de entrada a la ciudad, que entraba en vigor ese mismo día. Sólo que el día en cuestión había sido dos meses antes.

Andrew vio desfilar los titulares en la parte baja de la pantalla. Apareció escrita la fecha del 7 de mayo, y tuvo que sentarse en la cama para tratar de comprender lo que le estaba pasando.

El hombre del tiempo anunció la llegada de la primera tormenta tropical de la temporada, que perdería intensidad antes de alcanzar las costas de Florida. Andrew Stilman sabía que el meteorólogo se equivocaba, que la fuerza de la tormenta se duplicaría al final del día, así como también recordaba el número de víctimas que dejaría a su paso.

Su sastre le dijo un día que la vida no era como uno de esos aparatos en los que bastaba con pulsar un botón para rebobinar hasta el fragmento elegido, que no se podía volver atrás. Aparentemente, el señor Zanetti se equivocaba. Alguien en algún lugar debía de haber pulsado un extraño botón, pues la vida de Andrew Stilman acababa de rebobinarse hasta sesenta y dos días atrás.

Andrew fue a la cocina, contuvo el aliento al abrir la puerta de la nevera y dio con lo que temía encontrar: una bolsa de plástico que contenía la bata que su mujer —que aún no era su mujer— había guardado ahí por error la noche anterior, junto con los yogures que había comprado en la tienda de la esquina.

Se la llevó. Valérie le preguntó por qué estaba helada su bata, Andrew le explicó el motivo, y ella le prometió que nunca más volvería a regañarlo por ser distraído. Era la segunda vez que oía esa promesa; la primera había sido en circunstancias del todo idénticas, dos meses atrás.

—Por cierto, ¿por qué querías venir a verme a mi consultorio esta mañana? —le preguntó cogiendo su bolso.

—Por nada, porque te echaba de menos.

Valérie le dio un beso en la frente y se marchó deprisa. Le recordó que le deseara buena suerte y le avisó de que probablemente volvería tarde.

Andrew sabía que la visita de los servicios sanitarios no se produciría, pues en ese mismo instante el inspector estaba sufriendo un accidente de coche en el puente Queensborough.

Valérie lo llamaría al trabajo a las seis y media de la tarde para proponerle ir al cine. Andrew tardaría en salir del periódico, por su culpa llegarían tarde a la sesión y, para compensarla, Andrew la llevaría a cenar al centro.

Andrew tenía una memoria infalible. Siempre se había sentido orgulloso de ello, pero nunca habría podido imaginar que esa facultad pudiera sumirlo algún día en semejante estado de pánico.

Solo en su apartamento, imaginando lo impensable, Andrew comprendió que disponía de sesenta y dos días para descubrir quién lo había asesinado y por qué razones.

Y debía descubrirlo antes de que el asesino lograra su propósito...

9

Al llegar al periódico, Andrew optó por seguir con su rutina. Necesitaba pensar en lo que le estaba pasando con un poco de distancia y reflexionar antes de tomar ninguna decisión. Además, en su juventud había leído algunos libros de ciencia ficción sobre viajes al pasado y recordaba que alterar el curso de los acontecimientos podía tener consecuencias muy graves.

Pasó el día preparando su segundo viaje a Argentina, algo que ya había hecho en su vida anterior. Pese a todo, se dio el lujo de cambiar el hotel de Buenos Aires, pues aquel en el que había estado la última vez le había dejado muy mal recuerdo.

Tuvo unas palabras con Freddy Olson, su compañero del despacho de al lado. Por envidia, éste buscaba una y otra vez dejarlo en mal lugar en los comités de redacción, y además había intentado robarle los temas de algunos de sus artículos.

Andrew recordaba muy bien el motivo de su altercado, puesto que ya había ocurrido. Al cuerno el orden del mundo, decidió. Mandó a paseo a Olson, y así evitó que la redactora jefa saliera de su jaula de cristal para imponerle la humillación de pedirle disculpas a ese cretino delante del resto de la plantilla. Después de todo, se dijo Andrew volviendo a su mesa, no podía seguir al milímetro todos sus pasos. Probablemente aplastara algunos insectos que habían sobrevivido a sus carreras matinales por el césped de River Park aquellos últimos dos meses... Aquellos próximos dos meses, rectificó mentalmente.

La idea de desafiar el orden de las cosas le gustaba bastante. Todavía no le había pedido la mano a Valérie —no lo haría hasta tres días después, cuando ella le volviera a hablar de su viaje a Buenos Aires—, todavía no le había partido el corazón y, por lo tanto, ya no tenía que pedirle perdón por nada. Salvo por la posibilidad de terminar desangrándose en la calle sesenta y dos días después, esa vuelta atrás a fin de cuentas sólo aportaba cosas buenas.

Cuando Valérie lo llamó a las seis y media, cometió la torpeza de prometerle que se reuniría con ella en el cine enseguida.

—¿Cómo sabías que te iba a proponer ir al cine? —le preguntó sorprendida.

—No lo sabía —masculló con los dedos crispados sobre el lápiz—. Pero es una buena idea, ¿verdad? A menos que prefieras ir a cenar...

Valérie reflexionó un instante y optó por la cena.

—Voy a reservar mesa en Omen.

—Pues sí que estás inspirado esta noche, es precisamente el restaurante en el que estaba pensando.

El lápiz se le partió en la palma de la mano.

—Hay noches así —comentó—. Nos vemos dentro de una hora. —Luego le preguntó cómo había ido la inspección sanitaria, aunque ya conocía la respuesta.

—Al final la han aplazado —contestó Valérie—, el inspector ha sufrido un accidente de coche cuando venía hacia aquí. Luego te lo cuento durante la cena.

Andrew colgó.

—Vas a tener que andarte con más ojo estos próximos meses si no quieres levantar sospechas —se dijo en voz alta.

—¿Qué clase de sospechas? —preguntó Freddy Olson asomando la cabeza por encima del tabique que separaba ambos despachos.

—Oye, Olson, ¿tu madre nunca te dijo que es de mala educación escuchar detrás de las puertas?

—No veo ninguna puerta, Stilman. Tú, que eres tan observador, ¿no te has fijado nunca en que trabajamos en un *open space*? Haber hablado menos alto. ¿Te crees que me gusta oír tus conversaciones?

—No me cabe duda de que sí.

—Bueno, entonces ¿de qué iba la cosa, señor periodista en ascenso?

—¿Qué quieres decir con ese comentario, Olson?

—Venga ya, Stilman, aquí todos sabemos que te has convertido en el protegido de Stern. Qué quieres, siempre ha habido corporativismo...

—Sé que tu talento como periodista te hace dudar de que realmente pertenezcas a nuestra profesión, y no te culpo: si yo fuera tan mediocre como tú, Olson, también dudaría.

—¡Muy gracioso! Pero no me refería a eso, Stilman, no finjas ser más tonto de lo que ya eres.

—¿Y a qué te referías, Olson?

—Stilman, Stern... Son los mismos orígenes, ¿no?

Andrew observó atentamente a Freddy. Pensó que en su vida anterior —y esa idea le parecía tan absurda que todavía le costaba acostumbrarse a ella— ese altercado con Olson se había producido mucho más temprano ese día, a una hora en que Olivia Stern aún estaba en su despacho. Pero ya se había marchado desde hacía al menos media hora, como la mayoría de sus compañeros, que habían dejado el periódico hacia las seis. El curso de las cosas, bajo el influjo de sus actos, se estaba modificando, y Andrew pensó que sería una tontería no aprovecharlo. De modo que le propinó una tremenda bofetada a Freddy Olson, que retrocedió un paso y se lo quedó mirando con la boca abierta.

—Joder, Stilman, podría denunciarte —lo amenazó, frotándose la mejilla—. Hay cámaras de vigilancia por todas partes.

—Adelante, por mí no te prives, yo explicaré por qué te has llevado esta torta. Estoy seguro de que el vídeo tendría un éxito enorme en Internet.

—¡No te saldrás con la tuya!

—¡Puede ser! Bueno, he quedado, y ya me has hecho perder bastante tiempo.

Andrew cogió la chaqueta y se dirigió a los ascensores, haciéndole un corte de mangas a Freddy, que seguía frotándose la mejilla. En la cabina, que bajaba a toda velocidad hacia la planta baja, Andrew seguía furioso con su colega, pero se dijo que más le valía serenarse antes de encontrarse con Valérie, pues no quería contarle lo que acababa de ocurrir.

Sentado a la barra del restaurante japonés del SoHo, a Andrew le costaba mucho prestar atención a lo que le contaba Valérie, y se disculpaba a sí mismo pensando que ya sabía de antemano todo lo que ella le iba a decir esa noche. Mientras le contaba su día, él pensaba en la manera de explotar lo mejor posible la situación cuando menos desconcertante en la que se encontraba.

Lamentó amargamente que siempre le hubiera importado un comino la actualidad financiera. Pensar que habría bastado con que le interesara mínimamente para amasar una pequeña fortuna... Si hubiera memorizado las cotizaciones de Bolsa de las próximas semanas, que para él pertenecían al pasado, habría podido ganar una buena pasta invirtiendo sus ahorros. Pero nada lo aburría más que Wall Street y sus excesos.

—No estás escuchando ni una sola palabra de lo que te estoy contando. ¿Se puede saber en qué piensas?

—Acabas de decirme que *Licorice*, uno de tus caballos preferidos, tenía una tendinitis grave y que te daba miedo que éstos fueran sus últimos días de servicio en la policía montada; también me has precisado que el agente..., vaya, hombre, se me ha olvidado su nombre..., bueno, su jinete no lo superaría si tuvieran que declarar inútil a su animalito.

Valérie miró a Andrew y se quedó sin habla.

—¿Qué pasa? —preguntó Andrew—. ¿No es lo que acabas de decirme?

—No, no es lo que acabo de decirte, pero es exactamente lo que me disponía a decirte ahora. ¿Qué te pasa hoy, has desayunado una bola de cristal o qué?

Andrew hizo un esfuerzo por reírse.

—A lo mejor eres más distraída de lo que crees. No he hecho sino repetir tus palabras. ¿Cómo quieres, si no, que sepa todo eso?

—¡Eso es precisamente lo que te estoy preguntando!

—A lo mejor lo has pensado tan fuerte que lo he oído antes de que llegaras a decirlo, lo que demuestra lo conectados que estamos el uno al otro —dijo luciendo su sonrisa más seductora.

—Has llamado al consultorio, lo ha cogido Sam y él te lo ha contado.

—No conozco a ese tal Sam y te juro que no te he llamado a tu trabajo.

—Es mi asistente.

—¿Lo ves?, no tengo ninguna bola de cristal, habría jurado que se llamaba John o algo así. ¿Podemos cambiar ya de tema? —propuso Andrew.

—Y tú, ¿qué tal tu día?

Esa pregunta sumió a Andrew en una profunda reflexión.

Esa mañana había muerto mientras corría, se había despertado poco después a casi un kilómetro del lugar donde lo habían asesinado y, lo que resultaba aún más sorprendente, dos meses antes de la agresión. Desde ese momento estaba reviviendo un día casi idéntico al que había vivido ya en el pasado.

—Largo —respondió lacónicamente—, mi día ha sido muy largo, por decirlo de alguna manera, ¡tengo la sensación de haberlo vivido dos veces!

Al día siguiente, por la mañana, Andrew coincidió a solas en el ascensor con su redactora jefa. Estaba detrás de él, pero podía ver en el reflejo de las puertas de la cabina que lo miraba raro, como si se dispusiera a darle una mala noticia. Esperó un instante y luego sonrió.

—A propósito —dijo como si prosiguiera una conversación interrumpida—. Antes de que el idiota de Olson venga a chivarse, quería decirle que ayer por la tarde antes de irme le pegué una bofetada.

—¿Que ha hecho qué? —exclamó Olivia.

—Creo que me ha oído perfectamente. Para serle sincero, pensaba que ya lo sabía.

—¿Y por qué ha hecho usted una cosa así?

—No tiene que temer nada por el periódico, pierda cuidado, y si el muy cretino me denunciara, asumiría la responsabilidad por completo.

Olivia apretó el botón de parada y a continuación el de la planta baja. El ascensor se detuvo y volvió a bajar.

—¿Adónde vamos? —quiso saber Andrew.

—A tomar un café.

—La invito a ese café, pero no le pienso decir nada más —contestó Andrew justo cuando se abrían las puertas de la cabina.

Se instalaron en una mesa de la cafetería. Andrew fue a buscar dos *mocaccini* y aprovechó para comprarse un croissant de jamón.

—Lo que ha hecho no cuadra nada con cómo es usted —dijo Olivia Stern.

—Sólo ha sido una torta, nada más, y se la tenía bien merecida.

Olivia lo miró y sonrió a su vez.

—¿He dicho algo gracioso? —quiso saber Andrew.

—Debería echarle un sermón, decirle que esa actitud es inaceptable y que podría costarle una buena reprimenda, cuando no el puesto, pero me siento incapaz.

—¿Y eso por qué?

—Me habría encantado darle yo misma esa torta a Olson.

Andrew se abstuvo de todo comentario, y Olivia siguió hablando:

—He leído sus notas, están bien, pero no son suficientes. Para poder publicar su historia necesito algo concreto, testimonios irrefutables, pruebas... Sospecho que ha suavizado intencionadamente el texto.

—¿Y por qué habría de hacer algo así?

—Porque está detrás de algo gordo y por ahora no quiere revelármelo todo.

—Me adjudica usted unas intenciones de lo más curiosas.

—He aprendido a conocerlo, Andrew. Como esto es un toma y daca, accedo a lo que me pide, puede usted volver a marcharse a Argentina. Pero si quiere que justifique sus gastos, va a tener que alimentar mi curiosidad. Ha vuelto a dar con la pista de ese hombre, ¿sí o no?

Andrew observó a su jefa un momento. Desde que ejercía esa profesión había aprendido a no fiarse de nadie, pero sabía que si no le contaba nada, Olivia no le dejaría volver a Buenos Aires. Y, como ella bien había adivinado, a principios del mes de mayo estaba lejos de haber terminado su investigación.

—Creo que voy por buen camino —reconoció, tras dejar su café en la mesa.

—Y, tal y como sugieren sus notas, ¿sospecha que participó en esos asuntos?

—Es difícil afirmarlo. Numerosas personas estuvieron implicadas, y la gente no habla con facilidad. Es un tema todavía doloroso para muchos argentinos. Y, ya que la cosa va de confidencias, ¿por qué es tan importante para usted esta investigación?

Olivia Stern observó a su periodista.

—Ya ha dado con él, ¿verdad? ¿Ya tiene a Ortiz?

—Puede ser... Aunque comparto su opinión, todavía no tengo material suficiente para poder publicar esta historia, por eso he de volver a Buenos Aires. Pero estará de acuerdo conmigo en que aún no ha contestado a mi pregunta...

Olivia se levantó y le indicó con un gesto que podía terminarse su croissant sin ella.

—Es su prioridad absoluta, Andrew, quiero que se vuelque al ciento por ciento en este asunto. Le doy un mes, ni un día más.

Andrew miró cómo su redactora jefa salía de la cafetería. Se le ocurrieron entonces dos reflexiones. Le traían sin cuidado sus amenazas, pues sabía muy bien que volvería a marcharse a Buenos Aires a finales de mes y que concluiría su investigación. Durante la conversación, Olivia lo había pillado desprevenido, y había tenido que pensar bien las cosas antes de hablar, preguntándose todo el rato qué era lo que se suponía que sabía y qué ignoraba todavía.

Porque no recordaba en absoluto haberle entregado sus notas, ni en aquella vida ni en la que había terminado en el carril peatonal de River Park. Por otro lado, estaba seguro de no haber tenido nunca esa charla con ella en su vida anterior.

Mientras volvía a su despacho, Andrew se dijo que abofetear a Freddy Olson la tarde anterior quizá no había sido una buena idea. A partir de ese momento debía tener más cuidado de no alterar el curso de ciertas cosas.

Andrew aprovechó un descanso para ir a dar un paseo por Madison Avenue y se detuvo ante el escaparate de una joyería. No era un hombre rico, pero su petición de mano era aún más sincera que la primera vez. Se había sentido un poco ridículo en la *trattoria* de

Maurizio al no poder presentar la típica cajita con un anillo dentro en el momento de ponerse de rodillas ante Valérie.

Entró en la tienda y miró con atención todos los expositores. Tuvo que rendirse a la evidencia, no era tan sencillo jugar con el curso de los acontecimientos. La vida tenía un orden que no se trastocaba tan fácilmente. Reconoció entre otros diez el anillo que Valérie eligió cuando fueron juntos a comprarlo. Y, sin embargo, a Andrew no le cabía ninguna duda de que no había sido en esa joyería.

Pero recordaba muy bien el precio. Por eso cuando el joyero trató de hacerle creer que costaba el doble, le replicó con aplomo:

—Ese diamante pesa algo menos de 0,95 quilates y, aunque a primera vista sea bastante luminoso, es una talla antigua y tiene inclusiones suficientes para justificar que su valor no supere la mitad de lo que me pide por él.

Andrew se había limitado a repetir lo que el otro joyero le había explicado cuando había comprado ese anillo con Valérie. Lo recordaba muy bien porque la reacción de su prometida lo había conmovido profundamente. Él había imaginado que elegiría una piedra de mejor calidad, pero al ponerse el anillo Valérie le dijo al vendedor que para ella el anillo estaba bien así.

—Así que sólo veo dos explicaciones posibles —prosiguió Andrew—. O bien se ha equivocado de referencia al mirar la etiqueta, algo de lo que no lo culpo por lo pequeña que es la letra, o bien está tratando de engañarme. Sería una lástima que esto me diera ganas de escribir un articulito sobre los timos de los joyeros. No sé si le he dicho que soy periodista del *New York Times*.

El joyero volvió a examinar la etiqueta, frunció el ceño y anunció muy confuso que sí, en efecto, se había equivocado, ese anillo valía lo que Andrew decía.

Cerraron el trato de la mejor manera, y Andrew salió a Madison Avenue con un precioso estuchito bien guardado en el bolsillo de la chaqueta.

Su segunda compra del día fue un pequeño candado con combinación que pensaba reservar para cerrar con llave el cajón de su escritorio.

La tercera fue un cuaderno Moleskine que se cerraba con una goma elástica. No pensaba destinarlo a las notas sobre su artículo, sino a las de otra investigación que se había vuelto prioritaria para él: descubrir en menos de cincuenta y nueve días la identidad de quien lo había asesinado, e impedir que se saliera con la suya.

Andrew entró en un Starbucks. Se compró algo de comer y se instaló en un sofá para empezar a reflexionar sobre todas las personas que podrían haber querido verlo muerto. Pensar en eso le causó un malestar profundo. ¿En qué había fracasado en su vida para tener que llegar a hacer esa clase de inventario?

Apuntó el nombre de Freddy Olson. No se sabe nunca de qué es verdaderamente capaz un compañero de trabajo, ni adónde puede llevarlo la envidia. Andrew quiso ahuyentar enseguida esa idea: Olson era un cobarde, y además en su vida anterior nunca habían llegado a las manos.

Estaban esas cartas de amenazas que había recibido poco después de que saliera publicado su artículo sobre el tráfico de niños en China. Su investigación había trastocado por completo la vida de numerosas familias de su país.

Los niños son sagrados; todos los padres del mundo lo dirían, y todos estarían dispuestos a hacer cualquier cosa, incluso a matar, para proteger a su prole.

Andrew se preguntó qué habría hecho él mismo si hubiera adoptado un niño y después un periodista hubiese descubierto que el hijo que ahora era suyo se lo habían robado a sus verdaderos padres.

—Probablemente le habría guardado rencor hasta el final de mis días al tipo que hubiera abierto esa caja de Pandora —masculló Andrew.

¿Qué hacer sabiendo que el hijo de uno descubrirá tarde o temprano la verdad, ahora que se había hecho pública? ¿Romperle el corazón a él, y rompérselo a uno mismo, devolviéndoselo a su familia legítima? ¿Vivir en la mentira y esperar a que de adulto le reproche el haber cerrado los ojos ante el tipo de tráfico más abyecto que existe?

Al escribir su artículo, Andrew había tratado de manera muy superficial las implicaciones de tales revelaciones. ¿A cuántos padres y madres estadounidenses había sumido en una situación desgarradora? Pero sólo importaban los hechos, su trabajo consistía en sacar a la luz la verdad; uno siempre ve las cosas según su propio punto de vista, solía decirle su padre.

Tachó el nombre de Olson de la lista y apuntó que debía releer los tres anónimos que lo amenazaban de muerte.

Después se puso a pensar en su investigación en Argentina. La dictadura que había campado a sus anchas entre 1976 y 1983 no había dudado en mandar asesinos fuera de sus fronteras para eliminar a los opositores al régimen o a aquellos que se atrevían a denunciar las acciones criminales de éste. Los tiempos habían cambiado, pero algunos métodos quedan anclados para siempre en los cerebros más retorcidos.

Esa investigación también debía de haber molestado a más de uno. A algún antiguo miembro de las fuerzas armadas, a algún responsable de la ESMA[2] o de alguno de esos campos secretos a los que se conducía a las víctimas de las desapariciones forzosas para torturarlas y asesinarlas; era una hipótesis, si no probable, al menos posible.

En su otro cuaderno, Andrew empezó a apuntar los nombres de aquéllos y aquéllas a quienes había entrevistado durante su primera estancia en Argentina. Por razones evidentes, las notas que

2. Escuela Superior de Mecánica de la Armada, que albergó durante la última dictadura argentina uno de los mayores centros clandestinos de detención.

había tomado durante su segundo viaje no figuraban en él. Cuando regresara a Buenos Aires debería mostrarse aún más vigilante.

—Como de costumbre —se dijo en voz baja pasando las páginas de su libreta—, sólo piensas en tu trabajo.

¿Y el exnovio de Valérie? Ella no hablaba nunca de él, dos años de vida en común no eran ninguna tontería. Un tío al que dejan por otro puede llegar a mostrarse violento.

Pensar en toda la gente que podía haber querido matarlo le quitó el apetito. Andrew apartó su plato y se levantó.

Camino del trabajo jugueteaba con el estuchito que llevaba en el bolsillo, negándose a pararse a pensar siquiera un instante en la hipótesis que acababa de ocurrírsele.

Valérie nunca habría sido capaz de hacer algo así.

«¿De verdad estás seguro?», le murmuró su conciencia como un viento frío que le heló la sangre.

El jueves de la primera semana de su resurrección —esa expresión lo aterrorizaba cada vez que la formulaba—, Andrew, más impaciente que nunca por regresar a Buenos Aires, se dedicó a pulir los últimos detalles de su viaje. Al final renunció a cambiar de hotel, pues allí había conocido a algunas personas decisivas para sus pesquisas.

La camarera del bar, una tal Marisa, le había dado la dirección de un bar donde se reunían antiguos componentes del ERP, el Ejército Revolucionario del Pueblo, y los miembros de los Montoneros que habían sobrevivido a los campos de detención. No eran muchos. También lo había puesto en contacto con una de las Madres de la Plaza de Mayo, esas madres cuyos hijos habían sido secuestrados por los comandos del ejército sin que jamás se hubiera vuelto a saber de ellos; unas mujeres que, desafiando a la dictadura, se habían manifestado en las aceras de la plaza de Mayo durante años blandiendo pancartas con las fotos de sus desaparecidos.

Marisa era muy sexy, y Andrew también tuvo en cuenta ese detalle para no cambiar de hotel. La belleza de las argentinas no era una leyenda.

Simon lo llamó hacia las once para almorzar con él. Andrew no recordaba haber tenido esa cita. Pero pensó que tal vez durante la comida recordara su conversación.

En cuanto Simon le habló de la mujer que lo había llamado el día anterior —la había conocido en sus vacaciones en la nieve—, Andrew recordó que ese almuerzo no tenía el más mínimo interés. Por enésima vez, Simon se había encaprichado de una criatura cuyo físico llamaba más la atención que su sentido del humor. Andrew, que tenía prisa por volver a su artículo, interrumpió a su amigo anunciándole sin miramientos que si seguía por ese camino se iba a pegar un buen batacazo.

—Me has dicho que esa chica vive en Seattle y que viene a Nueva York a pasar cuatro días, ¿no?

—Sí, y es a mí a quien ha decidido llamar para que le enseñe la ciudad —replicó enseguida su amigo, más feliz que nunca.

—La semana que viene estaremos sentados a esta misma mesa, y me dirás, de pésimo humor, que te engañaron como a un primo. Esa chica busca a un buenazo tontorrón como tú que la pasee durante tres días, le pague todos los gastos y le ofrezca un techo bajo el que dormir. Por la noche, al volver a tu apartamento, te dirá que está agotada y que le duele la cabeza, y se dormirá inmediatamente. Como única recompensa podrás esperar un casto beso de despedida en la mejilla el día que se marche.

Simon se quedó boquiabierto.

—¿Cómo que le duele la cabeza?

—¿A estas alturas no sabes para qué ponen las mujeres esa excusa?

—¿Y tú cómo sabes que pasará eso que dices?

—¡Lo sé y punto!

—Lo que te pasa es que estás celoso. Eres patético, Andrew.

—Hace cinco meses de las vacaciones de Navidad. Desde entonces, ¿acaso has tenido noticias de esa chica?

—No, pero, bueno, entre Seattle y Nueva York hay tanta distancia...

—¡Créeme, ha hojeado su agenda de direcciones y se ha quedado en la letra T de «tonto del haba», que es lo que tú eres!

Andrew pagó la cuenta. Esa conversación le recordó las vacaciones de Navidad, así como el incidente ocurrido el día de Año Nuevo, cuando lo atropelló un coche que salía de la comisaría de policía de Charles Street. Las investigaciones periodísticas se le daban bien, eran lo suyo, pero las criminales requerían aptitudes específicas de las que él carecía. Los servicios de un policía, aunque ya no estuviera en activo, podían serle muy útiles, de modo que buscó en su agenda el número de teléfono que le había dejado un tal inspector Pilguez.

10

Tras despedirse de Simon, Andrew llamó al inspector Pilguez. Le contestó el buzón de voz, pero no se decidió a dejar un mensaje y colgó.

Al llegar al periódico empezó a tiritar y sintió un dolor intenso en los riñones, tan fuerte que tuvo que apoyarse en la barandilla de la escalera. Andrew nunca había sufrido de la espalda, y esa anomalía le recordó su siniestro final, cada vez más próximo. Si la inminencia de la muerte iba a manifestarse de esa manera, pensó, más le valía ir al médico para que le recetara una buena dosis de analgésicos.

Su redactora jefa, que volvía de almorzar, lo sorprendió al pie de la escalera, crispado por el dolor mientras pugnaba por recuperar el aliento.

—¿Se encuentra bien, Andrew?

—He estado mejor, si he de serle sincero.

—Me preocupa, está usted muy pálido. ¿Quiere que llame a una ambulancia?

—No, sólo me duelen un poco los riñones, enseguida se me pasará.

—Debería tomarse la tarde libre y descansar.

Andrew le dio las gracias. Iba a refrescarse un poco la cara, y todo volvería a la normalidad.

Andrew se miró en el espejo del cuarto de baño y le pareció ver a la muerte a su espalda. Se oyó a sí mismo murmurar:

—Te han dado una partida gratis, chaval, pero ya te puedes ir espabilando si quieres que dure. ¡No creerás que esta clase de cosas le pasan a todo el mundo! Has escrito suficientes obituarios para saber lo que significa que el cuentakilómetros se detenga. Ya no se te puede escapar nada, ningún detalle. Los días pasan, y lo hacen cada vez más deprisa.

—¿Otra vez hablando solo, Stilman? —preguntó Olson, tras salir de uno de los cubículos del cuarto de baño.

Se subió la bragueta y se acercó a Andrew, que seguía junto al lavabo.

—No estoy de humor —le contestó éste mojándose la cara.

—Ya lo veo. Te encuentro de lo más raro últimamente. No sé lo que estarás tramando, pero seguro que nada bueno.

—Olson, ¿por qué no te ocupas de tus putos asuntos y me dejas a mí en paz con los míos?

—¡No te he denunciado! —anunció Freddy orgulloso, como jactándose de una heroicidad.

—Muy bien, Freddy, te estás haciendo un hombre.

Olson avanzó hacia el rollo de toalla y tiró con todas sus fuerzas de la tela.

—Estos chismes nunca funcionan —dijo golpeando el aparato.

—Deberías escribir un artículo, estoy seguro de que sería un éxito, tu mejor artículo de la temporada: «La maldición de los rollos de toalla», de Freddy Olson.

Olson le lanzó una mirada asesina.

—Vale, era una broma, no te lo tomes todo tan a pecho.

—No me caes bien, Stilman, y no soy el único del periódico que no soporta tu arrogancia. Pero yo, al menos, no finjo. Somos muchos los que estamos esperando verte caer. Quizá pienses que estás en lo más alto, pero de los pedestales sólo se puede caer, ya lo sabes.

Andrew se quedó mirando a su colega.

—¿Y quién más pertenece al alegre club de los antiStilman?

—Busca más bien a los que te aprecian y verás que la lista no es muy larga.

Olson le lanzó una última mirada de desprecio y salió del cuarto de baño.

Luchando contra el dolor, Andrew lo siguió y lo alcanzó ante los ascensores.

—¡Olson! Siento haberte pegado. Estoy un poco nervioso últimamente, quería pedirte disculpas.

—¿De verdad?

—Entre compañeros de trabajo deberíamos intentar llevarnos un poco mejor.

Freddy miró a Andrew.

—Vale, Stilman, acepto tus disculpas.

Olson le tendió la mano, y Andrew hizo un esfuerzo sobrehumano por estrechársela. Su colega tenía las manos asquerosamente sudadas.

Durante toda la tarde, Andrew se sintió tan cansado que fue incapaz de escribir. Aprovechó para releer las primeras líneas de su artículo sobre los acontecimientos ocurridos en Argentina en el período de la dictadura.

Andrew Stilman, *New York Times*

En Buenos Aires, el 24 de marzo de 1976, un nuevo golpe de Estado lleva al poder a un tirano. Tras prohibir partidos políticos y sindicatos, e instituir la censura de la prensa en todo el país, el general Jorge Rafael Videla y los miembros de la junta militar organizan una campaña de represión como nunca había conocido la nación argentina.

El objetivo declarado es prevenir toda forma de insurrección y suprimir a cualquier persona sospechosa de disidencia. Empieza entonces una verdadera persecución a lo largo y ancho del país. Todos aquellos que se opongan al régimen, sus amigos o sus simples conocidos, así como todos aquellos que expresen opiniones en contra de los valores conservadores de la civilización cristiana, serán considerados terroristas, sin importar sexo ni edad.

La junta abre centros de detención clandestinos, crea secciones especiales compuestas por unidades de policía y miembros pertenecientes a los tres cuerpos del ejército. Ya están en marcha los escuadrones de la muerte.

Bajo el mando de responsables regionales, su misión es la de secuestrar, torturar y asesinar a toda persona sospechosa de simpatizar con la oposición. Durante diez años, la junta en el poder convertirá en esclavas y hará desaparecer a más de treinta mil personas, hombres y mujeres de todas las edades, por lo general muy jóvenes. Arrancarán de los brazos de sus madres a varios centenares de niños nada más nacer y los entregarán a simpatizantes del régimen. La identidad de esos niños se borrará metódicamente y se les fabricará una totalmente nueva. La doctrina del poder reivindica una moral cristiana inquebrantable: sustraer unas almas inocentes a unos padres de ideales pervertidos para ofrecerles la salvación confiándoselas a familias dignas de educarlas.

A los «desaparecidos», como se los llama, se los enterrará en fosas comunes, y a muchos de ellos los sedarán en los centros de detención antes de transportarlos a bordo de aviones clandestinos desde los que se los arrojará vivos al Río de la Plata y al mar.

No quedará de esa matanza ni un solo rastro que pueda incriminar a los dirigentes en el poder.

Andrew recorrió por enésima vez la lista que recogía los nombres de los ejecutores de aquella barbarie. Región por región, ciudad por ciudad, centro de detención por centro de detención. Pasaba las horas del día desgranando uno a uno los nombres de los verdugos mientras seguía estudiando las transcripciones de testimonios y de confesiones de juicios que no habían servido para nada. Una vez restablecida la democracia, los bárbaros habían disfrutado de una impunidad casi total gracias a la ley de amnistía que se aprobó.

Mientras llevaba a cabo ese minucioso trabajo, Andrew seguía buscando sin tregua la pista de un tal Ortiz. Según la información que le había dado su redactora jefa, aquel individuo era uno de aquellos simples soldados que se habían convertido en los cómplices tácitos de las peores atrocidades.

¿Por qué él en particular? Su destino era uno de los más misteriosos, le declaró Olivia Stern. Ya se tratara de Argentina o de cualquier otro país, la pregunta seguía siendo la misma: ¿qué fervor había inspirado el poder para transformar a unos hombres normales y corrientes en torturadores?, ¿cómo podía un padre de familia volver a su hogar y besar a su mujer y a sus hijos después de pasarse el día torturando y asesinando a otras mujeres y a otros niños?

Andrew sabía que había estado a punto de encontrar a Ortiz. ¿Acaso era uno de sus antiguos cómplices, uno de sus compañeros de armas, quien le había dado caza en River Park?

Algo no cuadraba en esa teoría. A Andrew lo habían matado dos días antes de que se publicara su artículo, por lo que no podía tratarse de una venganza. No obstante, se dijo, cuando volviera a Buenos Aires tendría que ser mucho más cauto de lo que lo había sido en su vida anterior.

Cuanto más lo pensaba, más evidente le parecía que necesitaba ayuda. Volvió a llamar al inspector Pilguez.

El policía, que ya estaba jubilado, supuso que esa llamada no presagiaba nada bueno y que Andrew al final había decidido llevarlo a juicio por el accidente del que era responsable.

—Es cierto que me duele la espalda, pero no es culpa suya —lo tranquilizó Andrew—. Mi llamada no tiene nada que ver con su manera algo enérgica de salir de un aparcamiento.

—Ah, ¿no? —preguntó Pilguez con un hilo de voz—. Entonces ¿a qué debo el placer?

—Necesito verlo, es urgente.

—Lo invitaría encantado a tomar un café, pero vivo en San Francisco, le pilla un poco lejos.

—Entiendo —suspiró Andrew.

—¿De qué clase de urgencia se trata? —prosiguió Pilguez tras vacilar un instante.

—Una urgencia vital.

—Si se trata de un caso criminal, sepa que estoy jubilado. Pero puedo recomendarle a alguno de mis colegas neoyorquinos. Confío plenamente en el inspector Lucas, de la comisaría del distrito seis.

—Sé que está jubilado, pero es con usted con quien quiero sincerarme, es una cuestión de instinto.

—Entiendo...

—Lo dudo mucho. La situación en la que me encuentro es, cuando menos, absurda.

—Le escucho. Estoy acostumbrado a las situaciones absurdas, créame —insistió el inspector.

—Por teléfono sería demasiado complicado. No me creería... Discúlpeme por esta llamada intempestiva. Le deseo una feliz noche.

—En San Francisco todavía es por la tarde.

—Entonces le deseo una feliz tarde, inspector.

Andrew colgó. Se llevó las manos a la cabeza, tratando de poner orden en sus ideas.

Había quedado una hora después con Valérie, y más le valía cambiar de humor si no quería estropear una velada tan importante. En su vida anterior había rebasado con creces su cupo de egoísmo.

Le pidió que se casara con él como si fuera la primera vez. Ella admiró el anillo que Andrew le puso en el dedo y le aseguró, emocionada, que le encantaba.

Después de cenar, Andrew llamó por teléfono a Simon y enseguida le tendió el auricular a Valérie para que le diera la noticia; y luego llamaron a Colette.

Al llegar al pie del pequeño edificio del East Village, Andrew sintió vibrar su móvil en el fondo del bolsillo. Intrigado, contestó a la llamada.

—He estado pensando en nuestra pequeña conversación. A mi mujer le encantaría perderme de vista unos cuantos días. Al parecer, desde que me jubilé estoy como un león enjaulado... y no me vendría mal distraerme un poco. Quería decirle que mañana por la mañana cojo un avión para Nueva York. Aprovecharé estos días de libertad para ver a unos cuantos viejos amigos. ¿Por qué no quedamos para cenar mañana hacia las nueve en el mismo restaurante que la última vez? Sea puntual, ha despertado mi curiosidad, señor Stilman.

—Hasta mañana, inspector, a las nueve en Frankie's —contestó Andrew aliviado.

—¿Quién era? —quiso saber Valérie.

—Nadie.

—¿Y mañana por la noche vas a cenar con nadie?

La sala estaba en penumbra. Sentado al fondo del restaurante, el inspector Pilguez aguardaba. Andrew se sentó y consultó el reloj.

—No ha llegado tarde, es que yo me he adelantado —aclaró el inspector tras estrecharle la mano.

El camarero les ofreció las cartas, y el expolicía frunció el ceño.

—Esta manía de las luces tenues en los restaurantes me exaspera. No consigo leer ni una sola línea de esta carta —dijo, y se sacó unas gafas del bolsillo.

Andrew echó una rápida ojeada a la carta y luego la dejó sobre la mesa.

—Aquí siguen sirviendo buena carne —añadió Pilguez renunciando a leerla.

—Muy bien, pues tomaré carne entonces —contestó Andrew—. ¿Ha tenido buen viaje?

—¡Qué pregunta! ¿Cómo quiere que hoy en día un viaje en avión sea agradable? Pero vayamos a lo que nos ocupa; ¿qué puedo hacer por usted?

—Ayudarme a detener a la persona que me ha...

Andrew vaciló un momento antes de proseguir.

—... que ha intentado asesinarme —prosiguió sin más preámbulos.

Pilguez dejó sobre la mesa su botella de cerveza.

—¿Ha puesto una denuncia en comisaría?

—No.

—Si de verdad alguien ha querido matarlo, quizá debería empezar por ahí, ¿no cree?

—Es que la cosa es un poquito más complicada... Digamos que el hecho aún no ha ocurrido.

—No me queda muy claro. ¿Han intentado asesinarlo o van a intentar asesinarlo?

—Si contestara con sinceridad a esa pregunta, mucho me temo que me tomaría usted por loco.

—Inténtelo de todos modos.

—Pues las dos cosas, inspector.

—Entiendo, ha sido víctima de un intento de asesinato, y supone que el autor lo volverá a intentar dentro de poco, ¿es eso?

—Por así decirlo, sí.

Pilguez le hizo un gesto al camarero para que acudiera a tomarles nota. En cuanto éste se alejó, se quedó mirando fijamente a su interlocutor.

—Acabo de pasarme seis horas encerrado en una lata de sardinas a treinta mil pies de altura porque usted me ha pedido ayuda. Me cae bien y me siento un poco en deuda después de haberlo atropellado.

—Sólo me dio un golpecito, y no me pasó nada.

—Precisamente: en esta ciudad de chalados que te llevan a juicio por nada tenía todas las papeletas de que intentara usted conseguir una buena indemnización a mi costa. No lo ha hecho, de lo cual deduzco que es usted un hombre honrado. He percibido que estaba preocupado, preocupado de verdad. En cuarenta años de carrera, mi olfato me ha engañado pocas veces. Y, créame, he sido testigo de acontecimientos que ni se imagina. Si le contara algunos, sería usted quien pensaría que estoy majara. Así que o me explica exactamente de qué se trata, o me termino este filete y me voy a la cama. ¿Me he expresado con claridad?

—Meridiana —contestó Andrew bajando la mirada.

—Le escucho, odio que se me quede la comida fría —prosiguió el inspector atacando su filete.

—Me asesinaron el 9 de julio.

El inspector se puso a contar con los dedos.

—Hace, pues, diez meses. Luego me explicará en qué circunstancias, pero, en primer lugar, ¿qué le hace pensar que van a volver a atentar contra su vida?

—No me ha oído bien, me han matado este verano.

—Sólo estamos a 11 de mayo, y lo veo a usted vivito y coleando...

—Se lo había avisado.

—Para ser periodista tiene usted serias dificultades para expresarse. Si he comprendido bien lo que me está dando a entender, está convencido de que van a asesinarle el 9 de julio. ¿Por qué ese día en concreto?

—Es un poco más complicado que eso...

Y Andrew le hizo un relato pormenorizado de lo que le había ocurrido en el carril peatonal de River Park la mañana del 9 de julio, así como de la increíble experiencia que estaba viviendo desde entonces.

Cuando terminó de hablar, el inspector se bebió su cerveza del tirón y pidió otra.

—Debo de tener un don para los casos raros, o será que me han echado una maldición.

—¿Por qué lo dice?

—Le sería difícil entenderlo...

—A estas alturas no creo que nada pueda sorprenderme mucho.

—Le hablaré de ello en otra ocasión. Bueno, resumiendo, pretende usted convencerme de que lo han asesinado y de que, nada más morir, ha dado un salto de dos meses al pasado. ¿Se ha hecho un escáner para comprobar que todo le funciona bien aquí dentro? —preguntó el inspector en tono burlón, señalándose la cabeza.

—No.

—Quizá deberíamos empezar por ahí. A lo mejor tiene usted una piedrecita atascada en algún lugar del cerebro que le hace ver lo que no es. Una íntima amiga mía de San Francisco es neurocirujana, una mujer sorprendente que también ha vivido experiencias extrañas. Puedo llamarla, seguro que podrá recomendarle a algún colega suyo aquí, en Nueva York.

—¿Y si le dijera que puedo contarle lo que va a ocurrir de aquí a julio?

—¡Vaya, así que además es usted adivino!

—No, sólo tengo una memoria excelente, recuerdo lo que he vivido en los últimos dos meses de mi vida.

—Fantástico, así podemos descartar que el suyo sea un caso de alzhéimer precoz. Ahora en serio, Stilman, ¿de verdad se cree usted lo que me está diciendo?

Andrew se quedó callado. Pilguez le dio una palmadita amistosa en la mano.

—¡Claro que se lo cree! Justo tenía que ocurrirme esto a mí, ¿qué le habré hecho yo al Señor para que me castigue así?

—No importa —dijo Andrew—, ya me imaginaba que no tendría muchas probabilidades de convencerlo. Yo mismo, en su lugar...

—¿Le gusta el deporte? —lo interrumpió Pilguez lanzando una mirada al televisor colgado encima del mostrador.

—Sí, como a todo el mundo.

—No se vuelva, los Yankees están jugando contra los Mariners de Seattle. El partido se está terminando. ¿Puede decirme el resultado final?

—No lo recuerdo con exactitud, lo que puedo decirle es que, contra todo pronóstico, los Mariners han empezado una temporada excepcional, los Yankees deben de estar mordiendo el polvo.

—Bueno... —suspiró Pilguez—, cualquier hincha de los Mariners diría lo mismo.

—Hincha de los Mariners y neoyorquino... ¡Está de guasa! Los Yankees se van a recuperar en los últimos minutos y van a ganar por los pelos.

—Pues por ahora no parece que vayan por ahí los tiros —suspiró Pilguez.

—Mañana por la mañana compre el *New York Times*. En primera página leerá que la marina estadounidense ha disparado contra un barco de la marina iraní que bloqueaba el estrecho de Ormuz.

—¡Vamos, Stilman! Es usted periodista del *New York Times*, ¿no pretenderá tratar de impresionarme haciéndome creer que ha adivinado la primera plana del diario en el que trabaja?

—El incidente dará pie a un comunicado por parte del Pentágono hacia las once y media de la noche; el periódico se cierra hacia medianoche, y aún falta para eso. Pero ya que no me cree, escuche: mañana, a última hora de la mañana, un tornado golpeará el pueblecito de Gardner, en Florida. El centro quedará arrasado.

—¿Y eso lo recuerda porque es un fan de la meteorología?

—Lo recuerdo porque mis futuros suegros viven en Arcadia, una pequeña ciudad a unos treinta kilómetros de allí. Recuerdo perfectamente que mi futura mujer estaba preocupadísima, y como eso ocurrió dos días después de que le pidiera la mano, no he olvidado la fecha.

—Mi más sincera enhorabuena a ambos. ¿Algo más, señor adivino?

—A uno de sus colegas de la policía montada lo atropellará una ambulancia por la tarde. Tendrá suerte, sólo se romperá la clavícula. Por desgracia, a su caballo habrá que sacrificarlo. Mi mujer es veterinaria, se ocupa de los caballos de la policía montada de Nueva York. Entre el tornado y la pérdida de un caballo, Valérie volvió a casa tan nerviosa que me preocupó. Ya le he hecho perder suficiente tiempo esta noche y no me apetece seguir con este jueguecito, que no me resulta nada agradable. Es mi invitado, dígame también lo que le debo por el billete de avión.

—Le dejo que pague la cuenta de la cena. Los gastos del viaje ya soy mayorcito para asumirlos yo solo, pero gracias de todas maneras.

Andrew pagó la cuenta y se levantó.

—Se me ocurre algo, Stilman. Suponiendo que de verdad sea capaz de predecir lo que va a ocurrir en los próximos meses, ¿por qué no intenta impedir que ocurra?

—Porque no puedo cambiar el curso de las cosas. Las pocas veces que he intentado hacerlo en estos dos últimos días sólo he conseguido aplazar los acontecimientos unas pocas horas.

—Entonces ¿qué le hace creer que podrá impedir su asesinato?

—La esperanza o la desesperanza, según mi estado de ánimo.

Andrew se despidió del inspector y salió del restaurante.

Pilguez se quedó sentado solo, pensativo. Vio el final del partido. En los últimos minutos, los Yankees consiguieron un *home run* y ganaron.

11

Andrew no esperó a llegar a su despacho para leer la edición del *New York Times*. Se compró el periódico en el quiosco de la esquina de su calle, echó un vistazo a la primera página y reparó en el artículo que Freddy Olson había redactado en el último momento tras el anuncio que había hecho el Pentágono media hora antes del cierre del diario. Un crucero de la marina de Estados Unidos había abierto fuego contra una fragata iraní que se estaba acercando demasiado a la Sexta Flota en la desembocadura del estrecho de Ormuz. El disparo no había causado daños al barco, que había dado media vuelta, pero la tensión entre ambos países no hacía sino aumentar.

Andrew esperaba que el inspector leyera también el artículo. A primera hora de la tarde miró el rótulo de noticias que desfilaban sin cesar por las pantallas de televisión de la oficina. Llamó a Valérie para informarla, antes de que se enterara por su cuenta, de que un tornado de fuerza 5 había destruido una pequeña ciudad no muy lejos de donde vivían sus padres. No tenía que preocuparse por ellos porque, al enterarse de la noticia, mintió Andrew, se había interesado enseguida por la situación en Arcadia y sabía que allí no había pasado nada.

Después llamó a una floristería, encargó un ramo de peonías y escribió unas palabras de amor en una tarjetita para acompañar las flores. Esa noche se mostraría especialmente atento con ella. Sabía que Valérie iba a tener un mal día.

Dedicó toda la tarde a su investigación. El comentario que le había hecho el policía la noche anterior le había dado que pensar. ¿Por qué no trataba de alterar el curso de los acontecimientos?

Cuando había querido evitar el altercado con Olson, solamente había conseguido aplazar unas horas su enfrentamiento, y éste había sido mucho más violento que en su vida anterior.

Al ir a comprar un anillo para su petición de mano, pese a haber entrado en otra joyería, al final había elegido el mismo modelo.

¿Debía aprovechar la experiencia adquirida, o era mejor no hacerlo? Tal vez en su próximo viaje a Buenos Aires consiguiera algo de ese hombre al que no había podido convencer de que testificara. Si lograba hacer hablar al comandante Ortiz, su redactora jefa le concedería la primera plana en cuanto leyera su artículo, y podría llevar a su mujer de luna de miel al día siguiente de la boda.

«¿Y si se pudiera volver atrás?», garabateó Andrew en la primera página de su libreta... ¿Quién no ha soñado con eso? Corregir los errores, lograr lo que antes no se ha conseguido. La vida le estaba dando una segunda oportunidad...

«¿Y seguro que no irás al Novecento?», le preguntó una vocecita interior.

Andrew ahuyentó esa idea de su cabeza. Recogió sus cosas, pues tenía intención de llegar a casa antes de que volviera Valérie. Su teléfono sonó, la telefonista le pasó la llamada: un inspector de policía quería hablar con él.

—Es usted muy bueno —dijo Pilguez sin saludarlo siquiera—; lo ha acertado casi todo.

—¿Casi?

—Mi colega no se ha roto la clavícula, sino el fémur; es más grave. No le voy a mentir: al leer el periódico esta mañana he pensado que era usted un estafador de altos vuelos. Tras el paso del tornado, y aunque las imágenes de la televisión eran aterradoras, todavía no me decidía a creerle. Pero acabo de hablar hace menos de una hora con este amigo que trabaja en la comisaría del distrito seis. Ha hecho unas cuantas pesquisas para mí y me ha confirmado lo del accidente ocurrido por la tarde, cuando una ambulancia ha atropellado a uno de nuestros compañeros de la policía montada. Usted no ha podido adivinar todo eso.

—No, la verdad es que no.

—Tenemos que volver a vernos, señor Stilman.

—¿Mañana?

—No creo que tarde tanto en bajar dos pisos en ascensor, estoy en el vestíbulo de su periódico. Aquí lo espero.

Andrew llevó a Pilguez al bar del Marriott. El inspector se pidió un whisky, y, sin pensarlo, Andrew optó por un Fernet con Coca-Cola.

—¿Quién puede querer verlo muerto? —preguntó Pilguez—. ¿Por qué le divierte mi pregunta?

—He empezado a confeccionar una lista y no pensaba que fuera a ser tan larga.

—Podemos proceder por orden alfabético, si eso lo ayuda —contestó Pilguez, y se sacó una libretita del bolsillo.

—Primero he pensado en Freddy Olson, un compañero del periódico. Nos odiamos. Aunque ayer hice las paces con él, por precaución.

—El rencor es un sentimiento tenaz. ¿Y sabe qué tiene en contra de usted?

—Envidia profesional. Le he pisado unos cuantos artículos estos últimos meses.

—Si tuviera uno que recelar de todos los compañeros que le ponen la zancadilla a lo largo de su carrera profesional... Pero, bueno, no hay nada imposible. ¿Qué más?

—He recibido tres cartas con amenazas de muerte.

—Es usted un tipo curioso, Stilman, me lo dice como si se tratara de folletos publicitarios...

—Ocurre de vez en cuando en mi profesión.

Andrew le hizo un resumen de las conclusiones de la investigación que había llevado a cabo en China.

—¿Conserva esas cartas?

—Se las entregué al Departamento de Seguridad del periódico.

—Recupérelas, quiero leerlas mañana mismo.

—Son anónimas.

—Hoy en día nada es totalmente anónimo. Se podrían encontrar huellas.

—Las mías desde luego, y las de los agentes de seguridad.

—La policía científica sabe separar el grano de la paja. ¿Conserva los sobres?

—Creo que sí, ¿por qué?

—El matasellos nos puede dar alguna información. Quien ha escrito esas cartas debía de estar enfadado, y la rabia nos vuelve imprudentes. El autor quizá se contentó con echarlas en un buzón cerca de su domicilio. Llevará tiempo, pero habrá que dar con los padres que adoptaron niños de ese orfanato y comprobar dónde viven.

—No se me habría ocurrido.

—Que yo sepa, usted no es policía. Un compañero de trabajo, tres amenazas de muerte... Decía que la lista era larga, ¿quién más hay?

—En este momento estoy volcado en una investigación tan delicada como la anterior sobre las acciones de ciertos militares durante la dictadura argentina.

—¿Anda tras alguien en concreto?

—El protagonista de mi artículo es un antiguo comandante del Ejército del Aire. Se sospecha que participó en los vuelos de la muerte. La justicia lo exculpó. Su carrera militar es el hilo conductor de mi artículo.

—¿Ha conocido en persona a ese militar?

—Sí, pero no he logrado hacerlo hablar; espero obtener su confesión en mi próximo viaje a Argentina.

—Si he de creer en sus absurdas afirmaciones, ese viaje ya lo hizo en el pasado, ¿no?

—Sí, así es.

—Pensaba que no podía alterar el curso de los acontecimientos.

—Eso pensaba yo anoche, sin ir más lejos, pero el hecho de que esté usted aquí y que mantengamos esta conversación que nunca existió antes me demuestra lo contrario.

Pilguez hizo girar los cubitos de hielo en su vaso de whisky.

—Hablemos claro, Stilman. Ha demostrado usted ciertos dones para la adivinación, pero de ahí a que me crea sin reservas su historia hay un paso que todavía no he dado. Vamos a ponernos de acuerdo sobre una versión que no me resulte tan difícil de creer.

—¿Cuál?

—Sospecha que van a asesinarlo y, como a la vista está que tiene usted un instinto digno de respeto, acepto echarle una mano. Digamos que estoy socorriendo a una persona que supuestamente está en peligro.

—Si eso le facilita las cosas... Para volver a lo que nos ocupa, no pienso que ese comandante del Ejército del Aire argentino haya podido seguirme hasta aquí.

—Pero puede haber enviado a alguien. ¿Por qué lo ha elegido a él como hilo conductor de su artículo?

—Es el personaje principal del expediente que me ha confiado mi redactora jefa. «La historia de los pueblos sólo interesa a los lectores cuando trata de seres de carne y hueso con los que pueden identificarse. De otro modo, los relatos más detallados, incluso los peores horrores, no pasan de ser meras sucesiones de hechos y de fechas.» ¡Son palabras textuales de ella! Tenía sus motivos para creer que la trayectoria de ese hombre sería una buena manera de contar cómo personas normales y corrientes, empujadas por sus gobiernos o por el fervor populista, pueden convertirse en auténticos bárbaros. Con los tiempos que corren es un tema bastante interesante, ¿no le parece?

—¿Confía plenamente en su redactora jefa, no recela lo más mínimo de ella?

—¿De Olivia? En absoluto, no tiene motivo alguno para odiarme, nos entendemos muy bien.

—¿Cómo de bien?

—¿Qué insinúa?

—Está a punto de casarse, ¿no? La envidia y los celos no son monopolio de sus colegas varones, que yo sepa.

—No va bien encaminado, entre nosotros no hay la más mínima ambigüedad.

—Pero ¿y ella? ¿No ha podido entender las cosas de otra manera?

Andrew pensó un momento en la pregunta del inspector.

—No, sinceramente no lo creo.

—Si usted lo dice, descartemos entonces a esa tal Olivia...

—Stern, Olivia Stern.

—¿Con o sin «e» al final?

—Sin.

—Gracias —contestó el inspector apuntando el nombre en su libreta—. ¿Y su futura esposa?

—¿Qué pasa con ella?

—Señor periodista, al término de una larga carrera puedo asegurarle que, una vez descartados los actos cometidos por desequilibrados, quedan sólo dos tipos de asesinatos: los que tienen como móvil el dinero y los pasionales. Tengo tres preguntas que hacerle: ¿tiene usted deudas o ha sido testigo de algún crimen?

—No, ¿cuál es la tercera pregunta?

—¿Ha engañado usted a su mujer?

El inspector pidió otro whisky, y Andrew le relató entonces un hecho que podía estar relacionado con su asesinato...

Acaparado por su trabajo, hacía varios meses que Andrew no había tenido ocasión de conducir su viejo Datsun. Debía de estar enterrado bajo una gruesa capa de polvo en la tercera planta de un aparcamiento subterráneo situado muy cerca del Marriott. Seguramente se habría agotado la batería, y Andrew se temía que los neumáticos tampoco estuvieran en buen estado.

Había llamado a una grúa para que fuera a recoger su coche a la hora del almuerzo y lo llevara hasta el taller mecánico de Simon.

Como cada vez que le confiaba su automóvil, Andrew sabía que su amigo le echaría la bronca por no haberlo cuidado. Le recordaría el tiempo y la energía que habían empleado sus mecánicos para restaurar ese coche que tanto le había costado encontrar para darle una sorpresa, y acabaría diciendo que una pieza de colección como ésa no merecía estar en manos de un imbécil como él. Se lo quedaría el doble del tiempo necesario para dejarlo como nuevo, igual que un maestro confisca un juguete para castigar al alumno, pero le devolvería su Datsun tan esplendoroso como el primer día.

Andrew salió del periódico y cruzó la avenida. A la entrada del aparcamiento saludó al vigilante, que, enfrascado en su periódico, no le prestó la más mínima atención. Mientras bajaba la rampa, Andrew oyó un ruido a su espalda que parecía cuadrar con el ritmo de sus pasos, por lo que dedujo que sería un eco.

Un único fluorescente iluminaba débilmente la última planta

del parking. Andrew recorrió el camino central hacia la plaza 37, la más pequeña de todas, encajada entre dos columnas. Abrir la puerta y sentarse al volante exigía ciertas aptitudes gimnásticas, pero a cambio de ese pequeño inconveniente había conseguido a buen precio esa plaza, en la que pocos conductores podían aparcar su coche.

Pasó la mano por el capó y constató que su Datsun estaba aún más sucio de lo que pensaba. Golpeó los neumáticos delanteros con el pie y se tranquilizó al notar que parecían lo bastante inflados como para poder remolcar el coche sin que sufriera daños. La grúa estaría a punto de llegar. Andrew se llevó la mano al bolsillo en busca de sus llaves. Rodeó la columna y, al inclinarse sobre la cerradura de la puerta, notó una presencia a su espalda. No tuvo tiempo de volverse, un bate de béisbol se abatió sobre su cadera y lo hizo doblarse en dos. Tuvo el reflejo de darse la vuelta para enfrentarse a su agresor, pero entonces un segundo golpe, esta vez en el estómago, lo dejó sin respiración y lo tumbó.

Acurrucado en el suelo, Andrew no alcanzaba a distinguir la silueta de aquel individuo, que ahora lo obligaba a tenderse boca arriba, presionándole el tórax con el bate.

Si lo que le interesaba era el coche, era todo suyo. De todas formas, no conseguiría arrancarlo. Andrew agitó las llaves, pero recibió una patada en la mano que lanzó despedido el llavero.

—Coja la pasta y déjeme —suplicó Andrew, y se sacó la cartera del bolsillo de la chaqueta.

Con un golpe de una precisión aterradora, el bate de béisbol envió la cartera al otro lado del sótano.

—¡Hijo de puta! —gritó el agresor.

Andrew pensó que el hombre que lo atacaba era un desequilibrado o que se había equivocado de persona, en cuyo caso más valía decírselo cuanto antes.

Consiguió apoyarse en la puerta del coche.

El bate de béisbol hizo añicos el cristal de la ventanilla. Otro golpe pasó silbando a unos centímetros por encima de la cabeza de Andrew y arrancó de cuajo el retrovisor.

—¡Pare! —gritó Andrew—. ¿Se puede saber qué le he hecho yo, joder?

—¿Ahora lo preguntas? ¿Y yo? ¿Qué te había hecho yo?

No cabía duda, era un desequilibrado, concluyó Andrew muerto de miedo.

—Ha llegado el momento de que pagues por lo que has hecho —dijo el hombre blandiendo el bate.

—Por favor —suplicó Andrew con un gemido—, no entiendo nada de lo que dice, no lo conozco, le aseguro que se equivoca de persona.

—Sé perfectamente quién eres. ¡Eres escoria, alguien que no piensa más que en su carrera de mierda, un cabronazo que no tiene ninguna consideración por los demás, gentuza, eso es lo que eres! —gritó el hombre en un tono más amenazador todavía.

Andrew deslizó la mano discretamente en el bolsillo de su chaqueta y encontró el móvil. Con las yemas de los dedos trató de identificar las teclas necesarias para llamar a emergencias, pero cayó en la cuenta de que estaba en un sótano y allí seguramente su móvil no tendría cobertura.

—Te voy a romper las manos y los hombros, te voy a hacer picadillo.

Andrew sintió que el corazón se le salía del pecho, ese loco iba a acabar por matarlo. Tenía que hacer algo, pero la adrenalina que corría por sus venas le aceleraba el corazón a un ritmo infernal. Temblaba como una hoja, seguramente las piernas no lo sostendrían si trataba de ponerse en pie.

—Ya no se te ve tan gallito, ¿eh?

—Póngase en mi lugar —dijo Andrew.

—¡Tiene gracia que me digas eso a la cara! Me habría gustado que te pusieras tú en mi lugar. Si lo hubieras hecho, no estaríamos aquí ahora —suspiró el hombre apoyando el bate de béisbol sobre la frente de Andrew.

Andrew vio el bate elevarse por encima de su cabeza y abatirse sobre el techo del Datsun, que se hundió bajo el impacto.

—¿Cuánto has sacado? ¿Dos mil, cinco mil, diez mil dólares?

—Pero ¿de qué habla?

—¡No te hagas el tonto! ¿O me vas a decir que no era por dinero, que trabajas por la gloria? Es verdad que el tuyo es el oficio más bonito del mundo, ¿eh? —añadió el hombre, asqueado.

Se oyó el ruido de un motor, el crujido de un embrague, y dos focos de luz surgieron en la oscuridad.

El agresor vaciló un momento; en un arranque de desesperación, Andrew encontró fuerzas para levantarse y se precipitó hacia él para agarrarlo del cuello. El hombre se zafó de él sin dificultad, le propinó un gancho en la mandíbula y escapó corriendo hacia la rampa. En su huida, pasó justo al lado de la grúa que iluminaba a Andrew con los faros.

El conductor bajó del vehículo y se acercó.

—¿Qué ocurre?

—Me acaban de agredir —contestó Andrew frotándose la cara.

—¡Vaya, pues entonces he llegado a tiempo!

—Diez minutos antes habría estado aún mejor, pero se lo agradezco, creo que acaba de salvarme de algo grave.

—Me gustaría poder decir lo mismo de su coche, se lo han destrozado. Pero, bueno, mejor el coche que usted.

—Sí, aunque me sé de uno que no pensará lo mismo —suspiró Andrew mirando el Datsun.

—Lo que está claro ya es que no he venido en balde. ¿Tiene las llaves? —preguntó el conductor de la grúa.

—Estarán por aquí en algún sitio, tiradas en el suelo —contestó Andrew, y se puso a buscarlas a tientas.

—¿Está seguro de que no quiere que lo lleve a urgencias? —preguntó el conductor.

—No hace falta, gracias, no tengo nada roto, sólo el orgullo.

Gracias a la luz de los faros de la grúa, Andrew encontró su llavero junto a una columna, y su cartera no muy lejos de un Cadillac. Le entregó las llaves al conductor de la grúa y le dijo que había cambiado de idea y que no lo acompañaría hasta el taller. El conductor le dio el resguardo del justificante del servicio. Andrew garabateó en él la dirección de Simon y se lo devolvió.

—¿Y qué le digo al del taller?

—Que estoy bien y que lo llamaré esta noche.

—Suba, lo acompaño hasta la salida del aparcamiento. Nunca se sabe, igual ese desequilibrado sigue por aquí. Debería ir a la policía.

—¿Para qué? No puedo describir a mi agresor. Lo único que puedo decir es que yo le sacaba una cabeza por lo menos, y no es como para estar orgulloso.

Andrew se despidió del conductor de la grúa en la calle Cuarenta y volvió al periódico. El dolor de la cadera se le iba pasando, pero se sentía como si unas tenazas le retorcieran la mandíbula. No tenía ni idea de quién podía ser su agresor, pero estaba bastante seguro de que no lo había asaltado por error, y eso lo preocupaba seriamente.

—¿Cuándo ocurrió esa agresión? —quiso saber Pilguez.

—En Navidad, antes de fin de año, yo estaba solo en Nueva York.

—Su agresor parecía manejar bien el bate, ¿no? Los padres de familia suelen jugar al béisbol con sus hijos los domingos. No me extrañaría que el autor de uno de esos anónimos con amenazas de los que me ha hablado no se limitara a la pluma para manifestarle su descontento. ¿Y no es capaz de describírmelo?

—El aparcamiento estaba muy oscuro —dijo Andrew bajando la mirada.

Pilguez le puso la mano en el hombro.

—¿Le he dicho cuántos años he trabajado en la policía antes de jubilarme? Treinta y cinco. Es bastante, ¿no le parece?

—Sí, supongo que sí.

—Según usted, en treinta y cinco años de carrera, ¿a cuántos sospechosos diría que he interrogado?

—¿Es importante que lo sepa?

—Para serle sincero, ni yo mismo sabría decírselo, pero lo que sí puedo asegurarle es que, incluso ahora que estoy jubilado, sigo sabiendo si me ocultan algo. Cuando alguien te está contando un cuento, siempre hay algo que no cuadra.

—¿El qué?

—El lenguaje corporal no miente. Todo el mundo frunce el ceño, crispa los labios o se pone colorado. O baja la mirada, como usted ahora mismo, qué casualidad. ¿Lleva bien limpios los zapatos?

Andrew levantó la cabeza.

—No era mi cartera la que recogí del suelo del aparcamiento, sino la de mi agresor. Se le debió de caer cuando salió corriendo.

—¿Y por qué me ha ocultado ese detalle?

—Me da vergüenza que me haya atacado un tipo mucho más bajo que yo. Y al registrar su cartera descubrí que era profesor.

—¿Y qué pasa por que sea profesor?

—No es el clásico perfil de un bestia. Ese hombre no me agredió porque sí, uno de mis artículos debió de perjudicarle.

—¿Conserva aún esos documentos de identidad?

—Están en el cajón de mi escritorio, en mi despacho.

—Pues vamos a darnos una vuelta por su despacho, aprovechemos que está aquí al lado.

12

Pilguez pasó a recoger a Andrew a las seis y media de la mañana. Si querían pillar a Frank Capetta, profesor de Teología en la Universidad de Nueva York, más les valía esperarlo en la puerta de su casa antes de que saliera a trabajar.

El taxi los dejó en el cruce de la calle Ciento Uno con Amsterdam Avenue. Los edificios, de alquiler protegido, pertenecían al ayuntamiento. Con veinte plantas, el del número 826 se levantaba frente a una cancha de baloncesto y un parquecito rodeado por una verja en el que jugaban unos niños.

Pilguez y Andrew se sentaron en un banco situado frente al portal del edificio.

El hombre llevaba una gabardina y una bolsa con libros y papeles debajo del brazo, y caminaba con la espalda encorvada, como si él solo cargara con todo el peso del mundo. Andrew reconoció enseguida a Capetta, cuya foto en su permiso de conducir había mirado tantas veces preguntándose qué podía haberle hecho a ese hombre para sacarlo de sus casillas de aquella manera.

Pilguez miró a Andrew, y éste le confirmó con un gesto que era la persona que buscaban.

Se levantaron, apretaron el paso y lo alcanzaron antes de que llegara a su parada de autobús. El profesor palideció cuando Andrew se colocó frente a él.

—No le importará que tomemos un café antes de que se vaya a trabajar, ¿verdad? —le preguntó Pilguez en un tono que no admitía réplica.

—Voy a llegar tarde a mi clase —contestó Capetta secamente—, y la verdad es que no me apetece tomar un café con este individuo —añadió—. Déjeme pasar o pido socorro, la comisaría está a menos de cien metros.

—¿Y qué le dirá a la policía? —le espetó Pilguez—. ¿Que hace unos meses apaleó a este señor con un bate de béisbol y le destrozó su coche de colección para divertirse un rato durante las fiestas?

—¡Y, encima, cobarde! —murmuró Capetta mirando a Andrew con desprecio—. ¿Ha venido con un matón para vengarse?

—Gracias por el cumplido —dijo Pilguez—. Al menos no niega los hechos. No soy su guardaespaldas, sólo un amigo. Habida cuenta de cómo se comportó la última vez que se vieron, no le reprochará que haya venido acompañado.

—No he venido hasta aquí para vengarme, señor Capetta —interrumpió Andrew.

—¿Cómo ha dado conmigo?

Andrew le entregó la cartera al profesor.

—¿Por qué ha esperado tanto tiempo? —le preguntó éste tras recuperar sus documentos.

—Bueno, ¿qué? ¿Tomamos ese café? —insistió Pilguez, que ya se estaba impacientando.

Entraron en el café Roma y se instalaron en una mesa al fondo de la sala.

—¿Qué quieren? —preguntó Capetta.

—Un café largo —contestó Pilguez.

—Comprender por qué me agredió —añadió Andrew.

Pilguez se sacó del bolsillo su libreta y un bolígrafo, y los puso en la mesa, delante de Capetta.

—Mientras voy a servirme le agradecería que escribiera el texto siguiente: «Un asado de ternera, cuatro kilos de patatas, orégano, dos cebollas rojas, un bote de nata semidescremada, un sobrecito de mostaza en polvo, dos bolsas de queso *gruyère* rallado, un manojo de espárragos y..., ah, sí, una tarta de queso».

—¿Y por qué tendría que escribir eso? —quiso saber Capetta.

—Porque se lo he pedido con educación —contestó Pilguez poniéndose de pie.

—¿Y si no me apetece?

—A mí tampoco me apetece mucho ir a contarle al jefe de personal de la Universidad de Nueva York a qué se dedica uno de sus profesores durante las vacaciones de Navidad, ¡si entiende lo que quiero decir! ¡Hala, póngase a ello! Enseguida vuelvo, ¿quiere algo? ¿Un té, por ejemplo?

Andrew y Capetta intercambiaron una mirada de extrañeza. Capetta obedeció, y mientras copiaba lo que le había dictado Pilguez, Andrew le preguntó lo que tanto lo atormentaba:

—¿Se puede saber qué le he hecho yo, señor Capetta?

—¿Usted es tonto o se lo hace?

—Las dos cosas, quizá.

—¿Su gorila ha dicho sobrecito o tarro de mostaza? Ya no me acuerdo.

—Sobrecito, creo.

—Me ha arruinado la vida por completo —suspiró Capetta mientras seguía escribiendo—, ¿le basta con eso o quiere detalles?

El profesor levantó la cabeza y miró a Andrew.

—¡Quiere detalles, claro! Yo tenía dos hijos, señor Stilman, un niño de siete años y una niña de cuatro y medio. Sam y Léa. El nacimiento de Sam le acarreó complicaciones médicas a mi mujer. Los médicos nos anunciaron que ya no podríamos tener más hijos. Siempre habíamos querido que Sam tuviera un hermano o una hermana. Paulina, mi mujer, es uruguaya. Los niños son toda su vida. Ella también es profesora, de Historia, y sus alumnos son mucho más jóvenes que los míos. Cuando admitimos por fin que no había esperanza, decidimos recurrir a la adopción. Bien sabe usted que el proceso es largo y complicado. Algunas familias esperan años antes de poder ver cumplido su sueño. Nos informaron de que en China no sabían qué hacer con miles de niños abandonados. Su ley sobre el control de la natalidad sólo permite un hijo por familia. Las autoridades chinas son muy estrictas. Muchos padres no pueden acceder a anticonceptivos. Cuando tienen un segundo hijo, ante la imposibilidad de pagar la multa que se les impondría, a veces no les queda más remedio que abandonarlo.

»Para muchos de esos niños, la vida se reduce a las cuatro paredes de un orfanato, a una educación muy básica y a una existencia sin esperanza. Soy muy creyente, y para mí el drama que vivíamos era una prueba que nos imponía el Señor para que abriéramos los ojos a la miseria de los demás, para que nos convirtiéramos en los padres de un niño abandonado por sus verdaderos progenitores. Recurriendo a la vía china de adopción, de la manera más legal, se lo aseguro, teníamos probabilidades de alcanzar nuestro sueño en un plazo de tiempo más razonable. Y así ocurrió. Nos sometimos a las investigaciones de la Administración de nuestro país y nos concedieron la idoneidad para adoptar. A cambio de cinco mil dólares en concepto de gastos burocráticos que pagamos al orfanato, y le puedo asegurar que era una cantidad nada desdeñable para nosotros, pudimos disfrutar del día más feliz de nuestras vidas después del nacimiento de nuestro hijo Sam. Fuimos a China a recoger a Léa el 2 de mayo de 2010. Tenía justo dos años, según los documentos de identidad que nos entregaron allí. Debería haber visto la alegría de Sam cuando volvimos con su hermanita. Estaba loco con ella. Durante un año fuimos la familia más feliz del mundo. Por supuesto, al principio a Léa le costó adaptarse. Lloraba mucho, todo le daba miedo, pero le dimos tanto amor, tanta ternura y tanto cariño que, al cabo de unos meses, nos premió con el maravilloso regalo de empezar a llamarnos papá y mamá. Siéntese —le dijo a Pilguez—, es muy desagradable notar su presencia a mi espalda.

—No quería interrumpirlo.

—Pues lo ha hecho de todos modos —contestó Capetta.

—Siga contando, señor Capetta —lo instó Andrew.

—Al final del otoño pasado cogí el autobús para volver a mi casa, como cada noche. Me senté atrás del todo y, como siempre hago, me puse a leer el periódico de la mañana.

»Esa noche, no necesito recordarle qué día era, ¿verdad, señor Stilman?, me llamó la atención un artículo sobre un orfanato chino de la provincia de Hunan. Con qué dramatismo describía usted, señor Stilman, a esas madres a las que habían desposeído de su existencia robándoles lo que todo ser humano considera su bien más preciado: su hijo. «Esperan la muerte como se espera a un amigo.» Son palabras suyas. No soy de lágrima fácil, pero lloré al leer su artículo, señor Stilman, lloré al cerrar el periódico y seguí llorando esa noche cuando me fui a la cama, después de darle un beso a mi hija.

»Supuse de inmediato que ella estaba entre esos niños robados. Todo cuadraba, las fechas, el lugar y la cantidad entregada al orfanato. Estaba seguro, pero durante semanas preferí cerrar los ojos. La fe, cuando es sincera, obliga a respetar la propia humanidad. Somos responsables ante Dios de esa parcela de humanidad que Él nos confía entregándonos la vida. Basta con un segundo de abandono, de cobardía o de crueldad y puedes perder para siempre la dignidad. Algunos creyentes temen las tinieblas del infierno, pero a mí, que enseño Teología, siempre me hacen sonreír. El infierno se encuentra mucho más cerca de nosotros, nos abre sus puertas aquí en la tierra cuando perdemos nuestra razón de ser hombres. Esa idea me atormentó día y noche. ¿Cómo podía yo ser cómplice de tal abominación? ¿Cómo seguir oyendo a Léa llamarnos papá y mamá cuando yo sabía que en algún lugar, en otra casa, sus verdaderos padres gritaban su nombre en la desesperación de su ausencia? Queríamos darle todo nuestro amor a una niña a la que sus padres habrían abandonado, no apropiarnos de una niña robada.

»El sentimiento de culpa me corroía de tal forma que acabé por contárselo todo a mi mujer. Paulina no quería saber nada. Léa era nuestra hija. Aquí tendría una vida mejor, una educación, un futuro. Allí sus padres no podrían satisfacer sus necesidades más básicas, ni siquiera un médico. Recuerdo una discusión terrible con mi mujer. Yo le recriminaba su lógica. ¡Quien la oyera habría podido pensar que era justo robarles los hijos a todos los pobres! Le dije que su razonamiento era indigno, que no tenía derecho a pensar así. La herí profundamente, y la discusión sobre Léa se truncó para siempre.

»Mientras Paulina se esforzaba por llevar una vida normal, yo me enfrasqué en una investigación por mi cuenta. Mis colegas chinos de la facultad admiraron mi actitud y me ayudaron. Iba reuniendo información de correo en correo, de conocido en conocido. Pronto tuve que rendirme a la evidencia: Léa era una niña robada. Se la habían arrebatado a sus padres cuando tenía quince meses. Usted conoce los hechos tan bien como yo: en agosto de 2009, una brigada de policías corruptos irrumpió en distintas aldeas de esa provincia y secuestró a varios niños de corta edad. Léa jugaba en la puerta de su casa cuando llegaron. Los policías se la llevaron ante los ojos de su madre, a la que molieron a palos cuando intentaba proteger a su hija.

»Le debo mucho a William Huang, un colega muy querido que dirige el Departamento de Lenguas Orientales en la universidad donde trabajo. Tiene valiosos contactos en su país, adonde va con frecuencia. Le entregué una foto de Léa. Le bastó un viaje para traerme la terrible noticia. La policía anticorrupción, enviada desde Pekín para detener a la chusma responsable de ese tráfico, había encontrado a los padres legítimos de Léa. Viven en una pequeña aldea situada a ciento cincuenta kilómetros del orfanato.

»A principios del pasado mes de diciembre, Sam se fue con su madre a Uruguay una semana para visitar a sus abuelos. Habíamos convenido que yo me quedaría solo con Léa. Yo había tomado una decisión desde el regreso de mi colega chino, desde que ya no había ninguna duda sobre la verdad. Empecé entonces a organizar lo más terrible que he tenido que hacer en mi vida.

»Al día siguiente de marcharse mi mujer y nuestro hijo, Léa y yo tomamos un avión. Dados el origen de mi hija y mis intenciones, no me resultó difícil conseguir los visados. Un guía oficial nos esperaba en el aeropuerto de Pekín. Viajó con nosotros en avión hasta Changsha y luego nos llevó a la aldea.

»No se imagina, señor Stilman, lo que viví las veinticinco horas que duró ese viaje. Mil veces quise dar marcha atrás. Cada vez que Léa me sonreía, maravillada al ver dibujos animados en la pantallita del asiento de delante, cada vez que me llamaba papá y me preguntaba adónde íbamos. Cuando el avión ya se disponía a aterrizar, le conté la verdad, o casi. Le dije que íbamos a visitar el país en el que había nacido y vi en su mirada infantil una mezcla de alegría y extrañeza.

»Y entonces llegamos a su aldea. Estábamos muy lejos de Nueva York, las calles no estaban asfaltadas, apenas ninguna casa de adobe tenía luz eléctrica. Léa se asombraba de todo, se aferraba a mi mano y gritaba de alegría. El mundo es maravilloso cuando lo descubres a los cuatro años, ¿verdad?

»Llamamos a la puerta de una pequeña granja, y un hombre acudió a abrirnos. Cuando vio a Léa se quedó sin habla, nuestras miradas se encontraron, y comprendió por qué estábamos allí. Se le llenaron los ojos de lágrimas, y a mí también. Léa lo miraba, preguntándose quién sería ese tipo que lloraba delante de ella. El hombre se volvió y llamó a su mujer a voces. Cuando la vi aparecer, la última esperanza que yo albergaba se desvaneció en un instante. El parecido era pasmoso. Léa es idéntica a su verdadera madre. ¿Ha contemplado usted la naturaleza cuando renace en primavera, señor Stilman? Uno podría llegar a dudar de que haya existido nunca el invierno. El rostro de esa mujer fue la visión más sobrecogedora de mi vida. Se arrodilló ante Léa, temblando con todo su ser, le tendió la mano, y las fuerzas más indestructibles de la vida se impusieron. Sin el menor asomo de temor, sin la más mínima vacilación, Léa dio un paso hacia ella. Llevó la mano al rostro de su madre, le acarició la mejilla, como si buscara reconocer los rasgos de quien la había traído al mundo, y la abrazó.

»Esa mujer tan frágil alzó en volandas a mi niña y la estrechó con fuerza entre sus brazos. Lloraba y la cubría de besos. Su marido se acercó entonces y, a su vez, las abrazó a las dos.

»Me quedé siete días con ellos, siete días en los que Léa tuvo dos padres. Durante esa semana tan corta le fui explicando poco a poco que había vuelto a su casa, que su vida estaba allí. Le prometí que iríamos a visitarla, que algún día ella cruzaría los mares para vernos... Era una mentira piadosa, pero no tenía fuerzas para decir otra cosa, ya no tenía fuerzas para nada.

»El guía que nos hacía de intérprete comprendía lo que yo sentía, hablábamos mucho. La sexta noche, cuando yo lloraba en la oscuridad, el padre de Léa se acercó y me invitó a seguirlo. Salimos de la casa. Hacía frío, me puso una manta en los hombros, y nos sentamos en los escaloncitos que subían hasta la puerta de entrada de su casa. Me ofreció un cigarrillo. Yo no fumo, pero esa noche acepté. Esperaba que el ardor del tabaco me hiciera olvidar el dolor que sentía. Al día siguiente convine con el guía que nos marcharíamos por la tarde, mientras Léa durmiese la siesta. Decirle adiós se me hacía imposible.

»Después de comer la acosté por última vez y le dije que la quería, que me iba de viaje, que con su familia sería muy feliz y que, un día, nos volveríamos a ver. Se durmió en mis brazos, la besé en la frente, respiré su olor por última vez para impregnarme de él hasta el final de mis días. Y me marché.

John Capetta se sacó un pañuelo del bolsillo, se secó los ojos, lo dobló y respiró hondo antes de proseguir su relato.

—Antes de abandonar Nueva York le dejé una larga carta a Paulina en la que le explicaba lo que había tenido que hacer yo solo, puesto que no habíamos reunido el valor de hacerlo juntos. Le escribí que, con el tiempo, superaríamos esa terrible prueba. Le pedía perdón, le suplicaba que pensara en el futuro que nos aguardaba si yo no hubiera actuado así. ¿Habríamos podido ver crecer a nuestra hija temiendo el instante en que se enterara de la verdad? Siempre llega el momento en que un hijo adoptado siente la necesidad de conocer sus orígenes. Los que no pueden hacerlo sufren por ello durante toda la vida. No se puede hacer nada, el ser humano es así. Pero ¿qué le habríamos dicho entonces? ¿Que sabíamos desde siempre dónde estaban sus verdaderos padres? ¿Que habíamos sido cómplices involuntarios de su secuestro? ¿Que nuestra única excusa era haberla querido? Habríamos merecido que renegara de nosotros, y habría sido demasiado tarde para que reanudara cualquier vínculo con su verdadera familia.

»Le escribí a mi mujer que no habíamos adoptado a una niña para que, de adulta, volviera a ser huérfana.

»Mi mujer quiso a nuestra hija como si fuera suya. El amor no es cosa de genes. Sólo se separaron una vez, cuando Paulina se fue con Sam a Uruguay.

»Pensará usted que soy un monstruo por haberlas separado así. Pero deje que le diga una cosa, señor Stilman: cuando Léa llegó a nuestra casa repetía sin cesar una palabra, «*niang*». Nosotros creíamos que era sólo el parloteo sin sentido propio de un bebé. Gritaba «*niang, niang, niang*» todo el día, con la mirada fija en la puerta. Cuando, más tarde, le pregunté a mi colega si significaba algo, me contestó con aire afligido que, en chino, «*niang*» significa mamá. Léa llamó a su madre durante semanas, y nosotros no lo sabíamos.

»Vivimos dos años con ella, para cuando tenga siete u ocho nos habrá borrado de su memoria. Yo, aunque viva cien años, seguiré viendo su rostro. Hasta el último instante de mi vida oiré su risa, sus gritos de niña, sentiré el perfume de sus mofletes redondos. A un hijo no puedes olvidarlo jamás, ni siquiera aunque no sea del todo tuyo.

»Cuando volví a casa encontré el apartamento vacío. Paulina sólo había dejado nuestra cama, la mesa de la cocina y una silla. No quedaba ni un juguete en la habitación de Sam. Y en la mesa de la cocina, allí donde yo había dejado la carta en la que le suplicaba que me perdonara algún día, sólo había escrito una palabra con tinta roja: «Jamás».

»No sé dónde están, no sé si mi mujer se ha marchado de Estados Unidos, si se ha llevado a mi hijo consigo a Uruguay o si simplemente ha cambiado de ciudad.

Los tres hombres se quedaron un momento callados.

—¿No ha ido a la policía? —preguntó Pilguez.

—¿Y qué podría decir? ¿Que he raptado a nuestra hija, y que mi mujer se ha vengado huyendo con nuestro hijo? ¿Para que la persigan? ¿Para que la detengan, y los servicios sociales envíen a Sam con una familia de acogida hasta que el juez entienda lo sucedido y decida su destino? No, no lo he hecho, ya hemos sufrido bastante. Y ya ve, señor Stilman, la desesperación a veces se transforma en ira. Yo he destruido su coche, y usted, mi familia y mi vida.

—Lo siento de verdad, señor Capetta.

—Lo siente ahora porque se compadece de mi dolor, pero mañana por la mañana se dirá que no es culpa suya, que usted sólo hacía su trabajo, y que eso es algo de lo que se siente orgulloso. Ha sacado a la luz la verdad, sí, eso se lo concedo, pero me gustaría hacerle una pregunta, señor Stilman.

—Todas las que quiera.

—En su artículo escribía usted que quinientas familias norteamericanas, puede que incluso mil, se habían visto involucradas, siendo del todo inocentes, en ese tráfico de niños. ¿Pensó usted un solo instante antes de publicar su artículo en el drama en el que iba a sumirlas?

Andrew bajó la mirada.

—Lo que me imaginaba —suspiró Capetta.

Entonces le tendió a Pilguez las palabras que éste le había ordenado que escribiera.

—Aquí tiene su estúpida nota.

Pilguez cogió la hoja de papel, se sacó del bolsillo las copias de las tres cartas que Andrew había recuperado del Departamento de Seguridad del periódico y las dejó sobre la mesa.

—No —dijo—, no es la misma letra.

—¿De qué habla? —quiso saber Capetta.

—El señor Stilman ha recibido cartas amenazándolo de muerte, quería asegurarme de que no era usted el autor de alguna de ellas.

—¿Para eso han venido?

—Entre otras cosas.

—En ese aparcamiento quise vengarme, pero fui incapaz.

Capetta cogió las cartas y leyó la primera.

—Nunca podría matar a nadie —dijo, tras dejarla encima de la mesa.

Palideció al coger la segunda.

—¿Conserva el sobre en el que venía esta carta? —preguntó con voz trémula.

—Sí, ¿por qué? —quiso saber Andrew.

—¿Podría verlo?

—Antes responda a la pregunta —intervino Pilguez.

—Conozco bien esta letra —murmuró Capetta—. Es la de mi mujer. ¿Recuerda si el matasellos era del extranjero? Si el sello hubiera sido de Uruguay, le habría llamado la atención, ¿no?

—Mañana mismo lo compruebo —contestó Andrew.

—Se lo agradezco, señor Stilman, es importante para mí.

Pilguez y Andrew se levantaron y se despidieron del profesor de Teología. Cuando se dirigían a la salida, Capetta llamó a Andrew.

—Señor Stilman, antes le he dicho que era incapaz de matar a alguien.

—¿Ha cambiado de opinión? —preguntó Pilguez.

—No, pero después de lo que ha ocurrido, no diría lo mismo de Paulina. Yo en su lugar no me tomaría a la ligera sus amenazas.

Pilguez y Andrew entraron en el metro. A esa hora era el medio más rápido para llegar hasta el periódico.

—Tengo que reconocer que tiene usted talento para atraerse la simpatía de la gente, oiga.

—¿Por qué no le ha dicho que era policía?

—Ante un policía habría esgrimido su derecho a guardar silencio y habría exigido la presencia de un abogado. Créame, era mejor que me tomara por un matón amigo suyo, aunque no sea muy halagador para mí.

—Pero está jubilado, ¿no?

—Sí, eso es. Y, qué quiere que le diga, no consigo acostumbrarme.

—Qué buena idea hacerle escribir esa nota, a mí no se me habría ocurrido.

—¿Qué cree, Stilman, que el trabajo de policía lo regalan en una tómbola?

—Pero el texto de la nota, en cambio, qué estupidez.

—Les he prometido a los amigos con los que me alojo que esta noche les preparo yo la cena. Esa estupidez, como usted dice, es la lista de la compra para esa receta. Tenía miedo de olvidarme algún ingrediente. Así que no era tan estúpido, señor periodista. Qué hondo me ha llegado este Capetta. ¿Alguna vez reflexiona usted sobre las consecuencias que sus artículos pueden tener en la vida de la gente?

—¿Usted no ha cometido nunca ningún error en su larga carrera, inspector? ¿Nunca le ha destrozado la vida a ningún inocente para confirmar sus certezas o para resolver a toda costa un caso?

—Pues sí, mire por dónde. Abrir o cerrar los ojos, en mi trabajo, era un dilema cotidiano. Encerrar a un delincuente de poca monta, con todas sus consecuencias, o hacer la vista gorda; redactar un informe inculpatorio, o hacer todo lo contrario. Ningún delito se parece a otro. Cada delincuente tiene su historia. A algunos me habría encantado meterles una bala entre ceja y ceja, a otros me habría gustado poder darles otra oportunidad; pero yo era un simple policía, no un juez.

—¿Y cerró los ojos con frecuencia?

—Ya ha llegado, señor Stilman, no se vaya a pasar de parada.

El convoy frenó y se detuvo. Andrew le estrechó la mano al inspector y salió al andén.

13

Con veinticuatro años, Isabel era madre de una niña de dos. Su marido, Rafael Santos, apenas algo mayor que ella, era periodista. La pareja vivía en un apartamento modesto en el barrio de Barracas. Isabel y Rafael se habían conocido en la facultad. Como él, Isabel estudiaba periodismo. Rafael siempre le decía que su pluma era más firme y más precisa que la de él, y que tenía un talento especial para describir a las personas. Sin embargo, al nacer su hija, Isabel decidió renunciar a su carrera hasta que María Luz fuera al colegio. El periodismo era una pasión que ambos compartían, y Rafael no publicaba jamás un artículo sin que antes lo leyera su mujer. Una vez que María Luz estaba dormida, Isabel se instalaba en la mesa de la cocina, lápiz en mano, para anotar los textos de su marido. Rafael, Isabel y María Luz vivían felices, y el porvenir les prometía lo mejor.

El golpe de Estado que sumió al país en una dictadura militar dio al traste con sus proyectos.

Rafael perdió su empleo. Aunque hubiera adoptado una línea editorial «prudente» con respecto al poder, obligaron al diario centrista *La Opinión* a cerrar. Este hecho acarreó a la pareja grandes dificultades económicas, pero para Isabel supuso casi un alivio. Los únicos periodistas que publicaban habían jurado lealtad al régimen del general Videla. Isabel y Rafael, peronistas de izquierdas, nunca habrían aceptado escribir ni una línea bajo la bandera de diarios como *El Cabildo*, ni de los demás medios que persistían todavía.

Como era un hombre hábil con las manos, Rafael se reconvirtió en ebanista en un taller del barrio. Isabel y su mejor amiga se turnaban para cuidar de sus hijos y ambas trabajaban como vigilantes en el Instituto de Ciencias.

No era fácil llegar a fin de mes, pero con los dos salarios iban tirando y, mal que bien, conseguían criar a su hija.

Cuando Rafael volvía del taller, después de cenar, se instalaban ambos en la mesa de la cocina. Isabel hacía trabajos de costura que le permitían ganarse un dinero extra mientras su esposo escribía para dar testimonio de las injusticias y la represión que el régimen llevaba a cabo. También hablaba de la corrupción del poder y la complicidad de la Iglesia, y denunciaba la tristeza en la que se había sumido el pueblo argentino.

Todas las mañanas a las once, Rafael salía del taller diciendo que iba a fumar. Un ciclista se detenía a su altura y le pedía un cigarrillo. Y, a la vez que le ofrecía fuego, Rafael le entregaba discretamente el artículo redactado el día anterior. El mensajero llevaba el texto prohibido hasta un almacén abandonado que albergaba una imprenta clandestina. Rafael contribuía así a la edición cotidiana de un periódico en contra de la dictadura cuya difusión se realizaba en sumo secreto.

Rafael e Isabel soñaban con abandonar algún día Argentina y afincarse en un país donde al fin pudieran ser libres.

Las noches en que Isabel se desanimaba, Rafael sacaba del cajón de su cómoda una pequeña libreta de tapas rojas. Contaba sus ahorros y los días que les quedaban para marcharse. Ya en la cama, le recitaba en voz baja nombres de ciudades como quien narra un sueño, y así se quedaban dormidos, casi siempre Rafael primero.

Una noche a principios de verano, después de cenar, cuando la pequeña María Luz dormía ya, Rafael, en lugar de ponerse a escribir su artículo diario, se fue a la cama. Isabel dejó de coser e hizo lo mismo. La joven se deslizó desnuda entre las sábanas. Su piel era fina y pálida. Desde que era ebanista, Rafael tenía miedo de que sus manos encallecidas le resultaran ásperas cuando la acariciaba, por eso lo hacía con una ternura infinita.

—Me gustan tus manos de obrero —le murmuraba Isabel al oído, riendo—, deciles que me abracen más fuerte.

Rafael le estaba haciendo el amor a su mujer cuando llamaron a la puerta de su pequeño apartamento.

—No te muevas —dijo el aprendiz de ebanista cogiendo su camisa.

Llamaron a la puerta con más fuerza, y Rafael temió que el jaleo despertara a su hija.

Cuando abrió, cuatro hombres encapuchados lo arrojaron al suelo y lo golpearon salvajemente para obligarlo a permanecer tendido boca abajo.

Mientras uno de los hombres lo mantenía en el suelo clavándole la rodilla en la espalda, otro agarró del pelo a Isabel, que salía asustada de la habitación. La empujó contra la pared de la cocina y le apretó el cuello con un trapo enrollado hasta que dejó de gritar. Su voz se ahogó, y el hombre aflojó un poco la presión para que pudiera respirar. El tercer hombre registró el apartamento rápidamente y volvió al salón unos instantes más tarde con María Luz en brazos. Le había puesto un cuchillo en el cuello.

Sin decir palabra, los hombres les indicaron que se vistieran y los siguieran.

Los arrastraron fuera de la casa y los obligaron a subir a la trasera de una furgoneta. A María Luz la instalaron delante.

El vehículo cruzó la ciudad a toda velocidad. Aunque un tabique los separaba de la cabina y el ruido del motor invadía todo el espacio, Rafael e Isabel oían a su hija llamándolos sin tregua. Cada vez que la pequeña María Luz gritaba «mamá», los sollozos de Isabel se hacían incontrolables. Rafael le daba la mano y trataba de calmarla, pero ¿cómo calmar a una madre que oye gritar a su hijo? La furgoneta se detuvo al cabo de media hora. Las puertas se abrieron bruscamente: estaban en un patio cuadrado. Los hicieron bajar sin miramientos. Rafael recibió otro golpe en la cabeza cuando quiso volverse hacia el lugar donde se encontraba su hija, y cuando Isabel trató de retroceder en esa dirección, uno de los hombres la agarró del pelo y la obligó a seguir avanzando hacia la puerta del edificio que rodeaba el patio adoquinado.

Isabel gritó el nombre de su hija antes de recibir un puñetazo en la mandíbula que la mandó rodando escaleras abajo. Rafael la siguió, empujado por una patada en los riñones.

Aterrizaron al pie de la escalera sobre un suelo de tierra que apestaba a orines. Luego encerraron a Isabel en una celda, y a Rafael en otra...

—¿Qué estás haciendo? —preguntó Andrew al entrar en el salón. Valérie dejó en la mesa las hojas que estaba leyendo.

—Esta investigación te obsesiona tanto porque eran periodistas, ¿no?

—¡Joder, Valérie, todo eso es confidencial! ¿Qué pasa, es que tengo que guardar mis notas bajo llave en mi propia casa? —Andrew se puso a reordenar sus apuntes y, al cabo de un rato, añadió más tranquilo—: Compréndeme, es mi trabajo, sólo te pido que lo respetes.

—Isabel tenía derecho a leer lo que escribía su marido... e incluso a sugerirle cosas.

—Lo siento, no te enfades, pero odio que la gente lea mis apuntes.

—«La gente» es tu futura mujer. «La gente» acepta la soledad cuando te vas de casa durante semanas enteras a causa de tu trabajo. Y, cuando estás aquí, «la gente» entiende que tu cabeza se encuentre en otra parte. «La gente» respeta todo eso por amor. Pero no me pidas que viva contigo si no puedo compartir al menos algo de esa pasión.

—¿Te ha gustado lo que has leído? —quiso saber Andrew.

—Me da un miedo atroz saber lo que le va a ocurrir a esa familia, a María Luz. Y, a la vez, he envidiado la complicidad de Rafael y de Isabel mientras trabajaban juntos en la mesa de su cocina.

—No era más que un esbozo —masculló Andrew.

—Era más que eso.

—Nunca podré publicar su historia si no vuelvo a Argentina. No es ficción, ¿entiendes? Esa gente existió de verdad, no puedo contentarme con uno o dos testimonios.

—Sé muy bien que tienes que volver allí. Esa pasión que te anima es una de las razones por las que te quiero. Sólo te pido que no me mantengas al margen.

Andrew se sentó al lado de Valérie, le cogió la mano y la besó.

—Tienes razón, soy un imbécil, me vuelvo paranoico cuando se trata de mi trabajo. Me obsesiona el secreto, me da miedo deformar la verdad, ser parcial, dejar que me influyan o me manipulen. Ésa es la única razón por la que quería que esperaras a la publicación del artículo para descubrir el motivo por el que lucho. Pero estaba equivocado —dijo asintiendo con la cabeza—, a partir de ahora te dejaré leerlo todo a medida que lo vaya escribiendo.

—¿Y? —añadió Valérie.

—Y... ¿qué?

—¿Y te interesarás un poco más por mi trabajo?

—Pero si a mí me interesa todo lo que tiene que ver contigo, ¿quieres que lea los informes de tus operaciones?

—No —contestó Valérie riendo—, me gustaría que vinieras a visitarme a mi consultorio, aunque sólo fuera una vez, para enseñarte a qué dedico el día.

—¿Quieres que vaya a ver las cuadras de la policía montada?

—Entre otras cosas. Y mi despacho, el quirófano, el laboratorio de análisis...

—Creo que habría preferido que te ocuparas de caniches... La única razón por la que nunca he ido a verte es porque me dan pánico los caballos.

Valérie miró a Andrew y le sonrió.

—No tienes nada que temer de los caballos. Las pocas líneas que acabo de leer son mucho más aterradoras que el más fogoso de nuestros sementales.

—¿Cómo es de fogoso? —preguntó Andrew antes de levantarse.

—¿Adónde vas? —quiso saber Valérie.

—Vamos a tomar un poco el aire, me apetece pasear por el Village y enseñarte un sitio perfecto para que cenemos esta noche.

Cuando le estaba poniendo el abrigo en los hombros, Valérie se volvió y le preguntó:

—¿Qué les ocurrió a Rafael y a Isabel, y a María Luz?

—Después —contestó Andrew cerrando la puerta de su casa—, después te lo contaré todo.

Andrew llegó al periódico hacia las ocho y media. Pasó por el Departamento de Seguridad y se entretuvo un momento en la cafetería para tomar un café antes de subir a su despacho.

Se sentó a su mesa de trabajo, encendió el ordenador, tecleó su contraseña y buscó unos datos. Un poco más tarde cogió una bloc de notas y un bolígrafo.

Señor Capetta:

Su esposa envió la carta desde Chicago, el matasellos es de una oficina de correos situada frente a Warren Park.

Siento enormemente todo lo que le ha ocurrido.

Atentamente,

ANDREW STILMAN

P.S.: Compruébelo usted mismo, pero en todas las imágenes de ese parque que he podido consultar en Internet me ha parecido ver una zona de columpios.

Andrew metió la carta en un sobre, escribió la dirección del destinatario y la dejó en la cesta donde se acumulaba el correo saliente del periódico.

Cuando volvía a su despacho no pudo evitar pensar en las últimas palabras de Capetta sobre su mujer.

«Yo en su lugar no me tomaría sus amenazas a la ligera.»

Y Chicago estaba sólo a dos horas en avión de Nueva York...

Su teléfono sonó, y la recepcionista lo avisó de que una persona lo esperaba en el vestíbulo.

Andrew se dirigió al ascensor. En la cabina sintió un violento escalofrío y un dolor sordo en los riñones.

—No tiene muy buena cara —constató el inspector Pilguez.

—Será el cansancio... No sé lo que me pasa, pero estoy helado.

—Qué raro, porque está usted sudando.

Andrew se pasó la mano por la frente.

—¿Quiere sentarse un momento? —sugirió Pilguez.

—Creo que será mejor que salgamos, necesito tomar el aire —contestó Andrew.

Pero, de pronto, el dolor fue tan intenso que no pudo dar un paso más. Pilguez lo sostuvo y evitó que se cayera, pues las piernas no lo sostenían.

Cuando volvió en sí, Andrew se encontró tendido en un banco en el vestíbulo. Pilguez estaba a su lado

—Ya tiene mejor cara. Qué susto me ha dado, de repente se ha caído redondo. ¿Le ocurre a menudo?

—No, bueno, antes no me pasaba nunca.

—Es el estrés —suspiró Pilguez—. Sé de lo que hablo. Cuando tienes miedo te conviertes en un guiñapo. El corazón te palpita, te zumban los oídos, sientes que estás como flotando entre algodones, los sonidos se vuelven lejanos y, ¡zas!, de repente te ves en el suelo. Ha tenido una crisis de ansiedad.

—Puede ser.

—¿Le ha contado esta historia a alguien más?

—¿A quién quiere que le cuente lo que me está pasando? ¿Quién me creería?

—¿No tiene usted amigos?

—¡Claro que sí!

—¿Muchos amigos con los que pueda contar en cualquier circunstancia? —preguntó Pilguez con aire burlón.

Andrew suspiró.

—Está bien, soy más bien un solitario, pero Simon es como un hermano para mí, y es mejor una sola amistad sincera que mucha camaradería superficial.

—Una cosa no quita la otra. Debería hablar con ese tal Simon y compartir con él esta historia. Le quedan ocho semanas para encontrar a su asesino.

—Gracias por recordármelo. Pienso en ello todas las horas del día. Y, aunque consiguiera olvidarlo un momento, este dolor también me ayuda a acordarme de que mi final está cerca.

—Cuantos más días pasen, más necesitará a alguien.

—¿Es su manera de decirme que me va a dejar tirado?

—No me mire así, Stilman, es sólo un consejo. No tengo intención de dejarlo tirado, pero algún día tendré que volver a mi casa. Tengo una vida, una mujer que me espera, y no soy más que un policía jubilado. Seguiré investigando aquí en Nueva York hasta que usted se marche a Argentina. A partir de entonces, nos mantendremos en contacto por teléfono y por Internet. Después de tantos años escribiendo a máquina los informes, tecleo bastante bien. Mientras tanto, vaya a contárselo todo a su amigo, es una orden.

—¿Por qué ha venido a verme esta mañana, es que tiene alguna novedad?

—La lista de las personas que podrían tener algo contra usted se alargó anoche, y no es una buena noticia. Voy a dedicarme a la pista de la exseñora Capetta. Por su lado, interésese más por los cambios de humor de su colega Freddy Olson. Y también me gustaría saber más sobre su jefa.

—Ya se lo he dicho, va desencaminado con Olivia.

—Si mi vida estuviera en juego, puedo asegurarle que no descartaría a nadie. De hecho, siento mucho volver a sacar el tema, pero hay alguien más en mi lista.

—¿Quién?

—Su mujer, a quien dejó usted tirada al día siguiente de su boda.

—Valérie no le haría daño ni a una mosca.

—Normal, es veterinaria. Pero quizá sí que tuviera la tentación de hacerle daño a un hombre que le rompió el corazón. No tiene ni idea de lo bien que casan la humillación y la imaginación cuando se trata de vengarse. Además, se pasa el día rodeada de policías.

—¿Y qué?

—Pues que si mi mujer hubiera querido que yo fuera pasto de los gusanos, se le habrían ocurrido más maneras que al guionista de una serie de televisión.

—Hablando de gusanos, ¿le ha entrado el gusanillo por esta historia o es que ahora ya me cree de verdad?

—No juguemos con las palabras, señor Stilman, en ese terreno usted tendrá siempre todas las de ganar. Sígame.

—¿Adónde vamos?

—Al lugar de un crimen que aún no ha tenido lugar.

14

—¿Es alquilado? —preguntó Andrew cuando Pilguez le indicó con un gesto que subiera a un todoterreno negro aparcado en la puerta del periódico.

—Prestado.

—Con una radio de policía —dijo Andrew admirado—. ¿De dónde ha sacado este coche?

—Póngase el cinturón y cierre esa guantera. ¿Será posible?... Se cree usted con derecho a todo. Si hubiera sido médico, me habrían prestado una ambulancia, ¿le vale como respuesta?

—Nunca había subido a un coche de policía.

Pilguez miró a Andrew y sonrió.

—Vale, capto el mensaje —dijo inclinándose hacia la guantera.

Cogió el faro, lo dejó sobre el salpicadero y puso en marcha la sirena.

—Qué, ¿contento?

—Mucho —contestó Andrew agarrándose al asiento ante el acelerón de Pilguez.

Diez minutos más tarde, el inspector aparcó en el cruce de Charles Street con West End Highway.

Andrew lo guio hacia el carril peatonal en el que solía hacer footing por las mañanas. Llegaron a la altura del muelle 4.

—Aquí es donde ocurrió. Sólo de estar aquí vuelvo a notar el dolor.

—¡Es psicosomático! Respire hondo, le sentará bien. Cuando piensa en ese sueño premonitorio, ¿consigue identificar el arma del crimen? —preguntó Pilguez recorriendo el horizonte con la mirada.

—¡No fue un sueño premonitorio!

—Vale, ocurrió y volverá a ocurrir si perdemos el tiempo discutiendo.

—Me atacaron por la espalda. Cuando me di cuenta de lo que ocurría, ya me estaba desangrando.

—¿De dónde venía esa sangre?

—La escupía por la nariz y la boca.

—Trate de recordar, ¿en la tripa no tenía sangre?

—No, ¿por qué?

—Porque una bala disparada a quemarropa causa más daños en el punto de salida que en el de impacto. Si le hubieran disparado, sus intestinos habrían acabado esparcidos por el suelo, y se habría dado cuenta de ello.

—¿Y si me hubieran disparado desde mucho más lejos? Con un fusil de mira telescópica, por ejemplo.

—Eso es precisamente lo que estaba mirando. No hay ningún tejado al otro lado de West End Highway desde el que se pueda disparar a un corredor entre otros muchos a tanta distancia. Además, me dijo que murió el 10 de julio, ¿verdad?

—El 9, ¿por qué?

—Levante la vista: pronto las hojas de los árboles ocultarán por completo este carril. A usted lo golpearon en horizontal, y lo hizo alguien que lo seguía.

—No noté ningún dolor en la tripa.

—Entonces lo mataron con arma blanca, habrá que investigar con cuál. Respire, otra vez está muy pálido.

—Esta conversación no es muy agradable.

—¿Dónde puedo encontrar a ese tal Simon?

—A estas horas, en su despacho. Dirige un taller de coches antiguos en Perry Street.

—Pues qué bien, estamos al lado, y me encantan los coches antiguos.

Pilguez se quedó boquiabierto cuando entró en el taller y vio, aparcados en perfecta hilera, un Chrysler Newport, un De Soto, un Plymouth beige descapotable, un Thunderbird del 56, un Ford Crestline del 54 y otros muchos modelos más. El inspector se dirigió a un Packard Mayfair.

—Es increíble —murmuró—, mi padre tenía uno igual que éste, hacía muchísimo tiempo que no veía un coche así.

—Es que se fabricaron muy pocos —explicó Simon, que se había acercado a ellos—. De hecho, éste no me lo voy a quedar mucho tiempo, es un modelo tan raro que como mucho le doy hasta el viernes para encontrar nuevo dueño.

—Venga ya, Simon, cállate, no hemos venido a comprarte un coche —dijo Andrew acercándose—. Este señor viene conmigo.

—¡Estás aquí! Podrías haberme dicho que venías.

—¿Por qué? ¿Es que tengo que pedir cita antes de venir? Si quieres me marcho, ¿eh?

—Que no, hombre, si es sólo que...

—Odia que lo sorprenda en su numerito de vendedor de alfombras —le explicó Andrew a Pilguez—. No me diga que no tiene talento, ¿eh? Un modelo tan raro, como mucho le doy hasta el viernes para encontrar nuevo dueño... ¡Lo que tiene uno que oír! Hace dos años que ese coche está aquí, no se ha podido librar de él en todo este tiempo, el verano pasado nos fuimos un fin de semana con él, ¡y encima se estropeó, no le digo más!

—Bueno, vale, ya está bien, creo que el señor ya ha oído bastante. ¿Querías algo? Porque estoy ocupado, mira tú por dónde.

—Qué amistad más encantadora —comentó Pilguez, irónico.

—¿Podemos ir a tu despacho? —le preguntó Andrew.

—Vaya cara traes, ¿tienes problemas?

Andrew se quedó callado.

—¿Qué clase de problemas? —insistió Simon.

—Sería mejor que fuéramos a hablar a su despacho —intervino Pilguez.

Simon le indicó a Andrew que subiera la escalera que llevaba al entresuelo.

—Si no es indiscreción —le preguntó a Pilguez, cerrando la marcha—, ¿usted quién es?

—Un amigo de Andrew, pero no se ponga celoso, no habrá ninguna rivalidad entre nosotros.

Simon instaló a sus invitados frente a él, en sendas butacas de cuero, y Andrew le contó su historia.

Simon lo escuchó sin interrumpirlo. Y cuando, una hora más tarde, Andrew le dijo que se lo había contado todo, Simon se lo quedó mirando un largo rato y luego descolgó el teléfono.

—Voy a llamar a un amigo con el que voy a esquiar todos los inviernos, es un médico generalista muy bueno. Debes de tener diabetes. He oído decir que, si el azúcar sube mucho, puede provocar turbulencias en la azotea. No te preocupes, daremos con lo que tienes, sea lo que sea...

—No se moleste —dijo Pilguez poniendo la mano sobre el teléfono—, yo le propuse los servicios de una neuróloga amiga mía, pero su amigo está seguro de lo que dice.

—¿Y usted avala su historia? —preguntó Simon volviéndose hacia Pilguez—. Pues vaya influencia tan positiva...

—Señor mecánico, no sé si su amigo está mal de la cabeza o no, pero sé muy bien cuándo alguien es sincero. En treinta y cinco años en la policía, he tenido ocasión de enfrentarme a los casos más extraños. Y no he dimitido.

—¿Es usted policía?

—Lo era.

—Y yo no soy mecánico, sino marchante de arte. Pero, bueno, olvidémoslo. ¿Qué clase de casos?

—En uno de los últimos, un tipo raptó a una mujer que estaba en coma, la sacó de la cama del hospital.

—Muy normal no es, no —reconoció Simon con un silbido.

—El tipo del que yo sospechaba era arquitecto, un hombre de lo más curioso. Enseguida tuve muy claro que era culpable, pero algo no cuadraba, se me escapaba el móvil. Descubrir a un criminal sin saber qué lo mueve a hacer lo que hace es dejar el trabajo a medias. Ese hombre, un tipo normal y corriente, no tenía motivos para comportarse de esa manera.

—¿Y qué hizo usted entonces?

—Lo seguí y al cabo de pocos días di con la mujer. La tenía escondida en una vieja casa abandonada en la zona de Carmel.

—¿Lo detuvo? —quiso saber Simon.

—No, raptó a esa mujer para alejarla de su médico y de su familia. Todos habían decidido desconectarla de las máquinas que la mantenían con vida. Él sostenía que ella le hablaba, que había aparecido en su apartamento y le había pedido ayuda. Una historia absurda, ¿verdad? Pero era tan sincero... Y a fin de cuentas actuó bien, pues la joven salió del coma poco después de que yo la devolviera al hospital. Así que traspapelé el expediente de esa investigación, si entiende lo que quiero decir, pues consideré que, de alguna manera, ese hombre había ayudado a una persona que se hallaba en peligro.

—Más o menos como está haciendo usted conmigo, ¿no? —intervino Andrew.

—Ya le conté todo esto en aquella cena después de que casi lo atropellara, ¿verdad? Por eso recurrió a mis servicios, ¿no? Pensó que un tipo lo bastante chalado como para creerse una historia como ésa también se creería la suya.

—¿Y acaso me equivocaba? —preguntó Andrew sonriendo—. ¿No la cree?

—Hazte sólo un pequeño análisis de sangre, para quedarnos tranquilos —le suplicó Simon—. Yo no te pido mucho, al contrario que tú.

—Todavía no te he pedido nada, que yo sepa.

—Me pides que crea que van a asesinarte dentro de unas semanas y dices que tienes la absoluta certeza porque ya estás muerto... Aparte de eso, no, no me pides casi nada. Bueno, vamos a hacer esos análisis, porque oyéndoos hablar me da a mí que esto es una urgencia.

—Tengo que confesarle que tuve un poco la misma reacción al principio —dijo Pilguez—, pero también hay que reconocer que su amigo tiene un don especial.

—¿Cuál?

—El de anunciar ciertas noticias antes de que se produzcan.

—¡Lo que faltaba! A ver si el que tiene que hacerse análisis soy yo, porque aparentemente soy el único a quien toda esta historia le parece inverosímil...

—Ya está bien, Simon, no debería haberte molestado con todo esto, pero el inspector insistió. Vámonos —dijo, y se levantó.

—¿Adónde vamos? —preguntó Simon bloqueándole el paso.

—Tú te quedas aquí, ya que estás tan ocupado, y nosotros vamos a seguir investigando y a dar con el que quiere matarme antes de que sea demasiado tarde.

—¡Un momento! Esto no me gusta nada, pero nada de nada —masculló Simon recorriendo muy nervioso su despacho—. ¿Y por qué razón tendría yo que quedarme aquí solo mientras vosotros dos...?

—¡Joder, Simon! No es ninguna broma, está en juego mi vida.

—Sí, ya —suspiró Simon, y cogió su chaqueta del respaldo de la silla—. ¿Y se puede saber adónde vais?

—Tengo que hacer un viajecito a Chicago —dijo Pilguez saliendo de la habitación—. Volveré en cuanto pueda. No se moleste en acompañarme a la puerta, sé llegar yo solo.

Simon se acercó al cristal desde el que se veía todo el taller y miró cómo el inspector salía del lugar.

—¿De verdad puedes predecir lo que va a pasar en las próximas semanas?

—Sólo aquello que recuerdo —contestó Andrew.

—¿Voy a vender algún coche?

—El Pontiac, a principios de julio.

—¿Y cómo te puedes acordar de algo así?

—Porque me invitaste a cenar para celebrarlo... y para animarme.

Andrew vaciló y, mirando a su amigo, suspiró.

—¿Sólo el Pontiac? Son malos tiempos, cuando pienso que el año pasado vendía dos coches al mes... ¿Tienes más buenas noticias que darme?

—Vas a vivir más que yo, que no es poco, ¿no te parece?

—Andrew, si me estás gastando una broma, dímelo ahora, y te entrego el Oscar al mejor actor; estoy a esto de creerte.

Andrew no dijo nada.

—¡Bueno, y qué más da después de todo! Lo único que importa es que tú creas que es verdad. Pocas veces te había visto tan perdido. ¿Por dónde empezamos?

—¿Crees que Valérie sería capaz de matarme?

—Si de verdad la dejaste la noche de vuestra boda, puedo entender que te tenga cierto rencor. O quizá fue su padre quien quiso vengar a su hija.

—A él no lo tenía en mi lista. ¡Hala, uno más!

—¿Sabes? Se me ocurre una idea muy sencilla para evitarte males mayores. La próxima vez que te cases, intenta portarte bien durante unos meses, así tendrás dos sospechosos menos.

—Todo esto es culpa tuya.

—¿Cómo que culpa mía?

—Si no me hubieras llevado al Novecento, nunca habría...

—Pero, bueno, qué cara tienes. En la historia que me has contado antes fuiste tú quien me suplicaba que volviéramos allí.

—No la creo capaz de matar, por muy presa de la ira que esté.

—Dices que te asesinaron con arma blanca, a lo mejor te apuñaló con algún instrumento quirúrgico, tiene varios a mano todo el día, y el gesto fue muy preciso, ¿no? Hace falta cierta destreza para actuar así.

—¡Cállate ya, Simon!

—¡No me da la gana, has sido tú quien ha venido a pedirme ayuda! Y puedes decirle a ese inspector jubilado amigo tuyo que, a partir de este momento, somos rivales, ¡a tu asesino lo pienso descubrir yo! Y, por cierto, ¿qué tiene que hacer en Chicago?

—Te lo explico de camino.

Simon abrió el cajón de su mesa y sacó unas llaves. Llevó a Andrew al taller y le enseñó el Packard.

—Tengo que ir a enseñárselo a un cliente, he quedado con él en la puerta de su casa, en la calle Sesenta y Seis, ¿te dejo de camino? Aunque no sé para qué voy a esta cita... Si, total, me has dicho que no venderé nada hasta julio.

—Porque todavía no me crees del todo.

Andrew aprovechó el trayecto para responder a las mil preguntas de Simon. Se separaron delante del edificio del *New York Times*.

Cuando llegó a su mesa de trabajo, Andrew encontró un mensaje encima del ordenador. Olivia Stern le pedía que fuera a verla lo antes posible. Al otro lado del tabique, Freddy Olson hablaba en voz baja al teléfono. Cuando Freddy hablaba así era porque estaba trabajando en un tema que no quería compartir con nadie. Andrew echó la silla hacia atrás y pegó el oído al tabique.

—¿Cuándo tuvo lugar ese homicidio? —preguntó Olson a su interlocutor—. ¿Y es la tercera agresión de ese tipo? Ya veo, ya veo —añadió—. Pero una puñalada por la espalda en Nueva York tampoco es algo tan original, concluir que se trata de un asesino en serie quizá sea un poco precipitado. Lo voy a estudiar. Gracias, lo llamaré si averiguo alguna cosa más. Gracias otra vez.

Olson colgó y se levantó, probablemente para dirigirse al cuarto de baño. Hacía tiempo que Andrew sospechaba que no iba sólo para hacer aguas menores, porque, de ser así, su vejiga no debía de andar muy bien. Dado el permanente estado de agitación de su colega, Andrew sospechaba que se encerraba en el aseo a esnifar coca.

En cuanto Freddy desapareció, Andrew se precipitó a su mesa para hojear sus notas.

Habían apuñalado a un hombre el día anterior en Central Park, junto al estanque de las tortugas. Su agresor lo había golpeado tres veces, y después había huido dándolo por muerto. La víctima, no obstante, había sobrevivido a las heridas y se encontraba en las urgencias del hospital Lenox. La información aparecía en un artículo del *New York Post*, un tabloide especialista en sucesos de ese tipo. Al final de la página, Olson había garabateado dos fechas y dos direcciones: 13 de enero, calle Ciento Cuarenta y Uno, y 15 de marzo, calle Ciento Once.

—¿Se puede saber qué haces aquí?

Andrew se sobresaltó.

—Trabajar, como podrás apreciar, algo que no puede decirse de todo el mundo, parece ser.

—¿Y trabajas en mi mesa?

—¡Ya decía yo que no encontraba mis cosas! —exclamó Andrew—. Me he equivocado de despacho —añadió levantándose.

—¿Me tomas por tonto?

—Me ocurre bastante a menudo, sí. Perdona, pero la jefa quiere verme. Límpiate la nariz, tienes algo blanco encima del labio. ¿Has comido nata?

Freddy se frotó la nariz.

—¿Se puede saber qué insinúas?

—Yo no insinúo nada... ¿Qué pasa, que ahora te interesas por los perros atropellados?

—¿De qué hablas?

—Tus notas... Esas fechas y esas direcciones, ¿son de chuchos atropellados? Ya sabes que mi chica es veterinaria, si necesitas ayuda en tu investigación...

—Un lector ha relacionado tres muertes por arma blanca en Nueva York, está convencido de que se trata de un asesino en serie.

—¿Y tú estás de acuerdo con él?

—Tres apuñalamientos en cinco meses en una ciudad de tantos millones de habitantes no es una estadística muy sólida, pero Olivia me ha pedido que investigue.

—Vaya, menos mal, estamos en buenas manos. Bueno, no es que me aburra contigo, pero me están esperando.

Andrew dio media vuelta y fue al despacho de Olivia Stern. Ésta le indicó con un gesto que entrara.

—¿Cómo va su investigación? —le preguntó sin dejar de teclear.

—Mis contactos en Argentina me han enviado nueva información —mintió Andrew—. Me esperan allí varias citas y una pista interesante que podría obligarme a alejarme un poco de Buenos Aires.

—¿Qué pista?

Andrew se esforzaba por recordar. Desde que había empezado su salto al pasado le había dedicado muy poco tiempo a su artículo, pues su propia suerte lo preocupaba más. Para saciar la curiosidad de su redactora jefa recurría a sus recuerdos, los recuerdos de un viaje que se suponía que aún no había hecho.

—Al parecer, Ortiz se ha ido a vivir a un pueblecito al pie de las montañas, cerca de Córdoba.

—¿Qué pueblecito?

—Lo sabré cuando esté allí. Me voy dentro de menos de dos semanas.

—Ya se lo he dicho: quiero pruebas concretas, documentos, una foto reciente. No puedo contentarme con unos pocos testimonios. Y, en ese caso, tienen que ser de personas importantes.

—Cuando me dice esa clase de cosas tengo la impresión de que me toma por un aficionado. Resulta casi humillante.

—Es usted demasiado susceptible, Andrew, y parano...

—Créame, tengo buenos motivos para serlo —contestó, y se puso en pie.

—Su artículo me está costando mucho dinero. No me deje en la estacada, no tenemos margen de error, ni usted ni yo.

—Hay que ver lo familiar que me resulta esa advertencia últimamente. Por cierto, ¿le ha pedido a Olson que investigue un asunto de un asesino en serie?

—No, ¿por qué?

—Por nada —contestó Andrew, y salió del despacho de Olivia Stern.

El reportero volvió a sentarse ante su ordenador. En la pantalla apareció un plano de Manhattan y localizó las direcciones que había apuntado Olson en sus notas.

Las dos primeras muertes se habían producido junto a un parque, el 13 de enero en la calle Ciento Cuarenta y Uno y también el 15 de marzo en la calle Ciento Once. La última había tenido lugar a la altura de la calle Setenta y Nueve. Si se trataba del mismo asesino, éste parecía perpetrar sus actos desde el norte hacia el sur de la isla. Andrew pensó enseguida que el ataque que había sufrido prolongaba el eje de aquella bajada a los infiernos. Investigó un poco a la última víctima, cogió su chaqueta y salió precipitadamente de su despacho.

En el pasillo echó un vistazo a la calle por la cristalera y entonces un detalle llamó su atención. Cogió el móvil y marcó un número.

—¿Se puede saber qué haces escondido detrás de una planta a la salida de mi periódico?

—¿Cómo lo sabes? —preguntó Simon.

—Porque te estoy viendo, idiota.

—¿Me has reconocido?

—¿Y qué es esa gabardina que llevas, y ese sombrero?

—Mi atuendo para pasar inadvertido.

—¡Pues es muy eficaz! ¿A qué estás jugando?

—No estoy jugando a nada, vigilo las idas y venidas de tu colega Olson. En cuanto sale, lo sigo.

—¡Te has vuelto loco!

—¿Qué otra cosa quieres que haga? Ahora que sé que voy a tardar dos meses en vender un coche, ¡no voy a quedarme en el taller perdiendo el tiempo mientras alguien intenta matarte! Y no hables tan alto, que me van a descubrir por tu culpa.

—No sería por mi culpa, te lo aseguro. Espérame ahí, que ya bajo. ¡Y sal de detrás de esa planta, hombre!

Andrew se reunió con Simon en la calle y lo arrastró del brazo lejos de la puerta del periódico.

—Pareces Philip Marlowe, estás ridículo.

—Esta gabardina me ha costado un ojo de la cara, es de Burberry.

—Hace un sol de justicia, Simon.

—Tú, que te tomas por Jesús resucitado, ¿me vas a echar la bronca porque quiero hacerme pasar por un detective?

Andrew paró un taxi, le dijo a Simon que subiera y pidió al conductor que los llevara a la esquina de Park Avenue con la calle Setenta y Siete.

Diez minutos después, el taxista aparcó en la puerta de las urgencias del hospital Lenox.

Simon entró el primero y se dirigió al mostrador de información.

—Hola —le dijo a la enfermera—, venimos a ver a mi amigo...

Andrew lo volvió a agarrar bruscamente del brazo y lo arrastró unos pasos más allá.

—¿Y ahora qué he hecho? ¿No vienes a ver a un psiquiatra?

—Simon, o te comportas con normalidad, o te largas ahora mismo, ¿entendido?

—Creía que por una vez habías tomado una decisión acertada. Si no has venido a eso, ¿qué hacemos en este hospital?

—Han apuñalado a un tipo por la espalda. Quiero interrogarlo. Me vas a ayudar a entrar en su habitación con la mayor discreción posible.

El rostro de Simon mostraba la alegría que le producía participar en algo así.

—¿Qué tengo que hacer?

—Vuelve a hablar con esa enfermera y dile que eres el hermano de Jerry McKenzie y que vienes a visitarlo.

—Dalo por hecho.

—¡Y quítate esa gabardina!

—¡No me la pienso quitar hasta que me digas que me estás tomando el pelo! —contestó Simon alejándose.

Cinco minutos después, Simon se reunió con Andrew, que lo aguardaba sentado en la sala de espera.

—Bueno, ¿qué?

—Habitación setecientos veinte, pero el turno de visitas no empieza hasta la una, y no podemos entrar, hay un policía en la puerta.

—Pues estamos apañados —exclamó Andrew malhumorado.

—¡A no ser que tengamos una etiqueta como ésta! —añadió Simon, pegándose un adhesivo en la gabardina.

—¿Cómo has conseguido eso?

—Le he enseñado mi documento de identidad, le he dicho que el pobre Jerry era mi hermano, que no tenemos el mismo padre pero sí la misma madre, de ahí la diferencia de apellido, que acababa de llegar de Seattle y que era la única familia de Jerry.

—¿Y te ha creído?

—Debe de ser que inspiro confianza, y con la gabardina lo de Seattle quedaba de lo más auténtico, allí llueve trescientos sesenta y cinco días al año. También le he pedido su teléfono para invitarla a cenar, porque como estoy solo en la ciudad...

—¿Y te lo ha dado?

—No, pero se ha sentido halagada y para compensarme me ha dado otra etiqueta... para mi chófer —añadió Simon, y se la pegó a Andrew en la chaqueta—. ¿Vamos, James?

Mientras la cabina del ascensor subía hacia la séptima planta, Simon le puso una mano en el hombro a su amigo.

—Vamos, Andrew, dilo, te va a sentar bien, ya lo verás.

—¿Decirte el qué?

—Gracias, Simon.

Andrew y Simon tuvieron que dejarse cachear por el policía de guardia antes de entrar en la habitación.

Andrew se acercó al herido, que dormitaba. Éste abrió los ojos.

—No son médicos, ¿verdad? ¿Qué narices están haciendo aquí?

—Soy periodista, no quiero hacerle daño.

—Sí, eso cuénteselo a un político... —dijo el hombre incorporándose en la cama con una mueca—. No tengo nada que decirle.

—No estoy aquí como periodista —dijo Andrew acercándose a la cama.

—¡Lárguese o llamo a alguien!

—A mí también me apuñalaron, como a usted, y otras dos personas han corrido la misma suerte en circunstancias similares. Me pregunto si no se tratará del mismo agresor. Sólo quiero saber si recuerda algo. ¿Su cara? ¿El arma con la que lo agredió?

—Me atacaron por la espalda, ¿es usted idiota o qué?

—¿Y no vio llegar a nadie?

—Oí pasos detrás de mí. Varias personas salíamos del parque en ese momento, sólo sentí una presencia, alguien que se acercaba. Tuve suerte, un centímetro más arriba y el cabrón me habría alcanzado en la arteria, me habría desangrado antes de llegar aquí. De hecho, los médicos me han dicho que, si el hospital no hubiera estado tan cerca, no lo habría contado.

—Yo no tuve esa suerte —suspiró Andrew.

—Pues a mí me parece que tiene usted bastante buen aspecto.

Andrew se puso colorado y miró a Simon, que no pudo contener un gesto de exasperación.

—¿Perdió el conocimiento enseguida?

—Casi —contestó McKenzie—, me pareció ver a mi asesino pasar delante de mí y alejarse corriendo, pero no sé, veía borroso, sería incapaz de describírselo. Iba a visitar a una clienta, así que me han robado diez mil dólares de mercancía. Es la tercera vez que me agreden en cinco años, esta vez voy a solicitar una licencia de armas que no esté limitada a los veinte metros cuadrados de mi joyería. Y a usted, siendo periodista, ¿qué le robaron?

Mientras Andrew y Simon estaban en el hospital, Freddy Olson registraba los cajones de su colega buscando la contraseña que le permitiría acceder a su ordenador.

—¿Y ahora qué hacemos? —preguntó Simon al salir del hospital.

—Voy a ver a Valérie.

—¿Puedo acompañarte?

Andrew se quedó callado.

—Entiendo. Luego te llamo, entonces.

—Simon, prométeme que no volverás al periódico.

—Yo hago lo que me da la gana.

Simon cruzó la calle corriendo y se metió en un taxi.

Andrew presentó su documento de identidad en el mostrador de recepción. Cuando lo llamaron, el sargento de guardia le indicó el camino.

El lugar en el que trabajaba Valérie no se parecía en nada a la idea que Andrew se había hecho.

Entró en un recinto cuadrado. Al fondo del patio se extendía un largo edificio. Era muy moderno, lo que llamó la atención de Andrew. Las cuadras ocupaban toda la planta baja. Una puerta en el centro daba a un largo pasillo que llevaba a los consultorios veterinarios.

Valérie estaba en el quirófano. Uno de sus asistentes le pidió que la esperara en la sala de descanso. Cuando Andrew entró, un agente de policía se levantó de un salto.

—¿Tiene noticias, ha ido bien la operación?

Andrew iba de sorpresa en sorpresa. Ese hombre de aspecto imponente, a quien Andrew habría confesado lo que fuera con tal de no enfadarlo, parecía totalmente desamparado.

—No, ninguna —dijo Andrew sentándose—. Pero no se preocupe, Valérie es la mejor veterinaria de Nueva York. Su perro no puede estar en mejores manos.

—Es mucho más que un perro, ¿sabe? —suspiró el hombre—, es mi compañero de trabajo y mi mejor amigo.

—¿De qué raza es? —quiso saber Andrew.

—Es un retriever.

—Entonces, mi mejor amigo se le debe de parecer un poco.

—¿Usted también tiene un retriever?

—No, el mío es más bien un chucho, pero muy inteligente.

Valérie entró en la sala y se extrañó de ver a Andrew. Se dirigió al policía para anunciarle que podía ir a ver a su perro a la sala de reanimación, la operación había ido bien. Al cabo de unas semanas, y con un poco de rehabilitación, estaría listo para volver a trabajar. El policía desapareció enseguida.

—Qué agradable sorpresa.

—¿Qué tenía? —preguntó Andrew.

—Una bala en el abdomen.

—¿Lo van a condecorar?

—No te burles, ese perro se ha interpuesto entre un agresor y su víctima, no conozco a muchas personas dispuestas a hacer algo así.

—No me estaba burlando —dijo Andrew pensativo—. ¿Me enseñas esto un poco?

El despacho de Valérie era una sala austera y luminosa, con las paredes encaladas y dos ventanales que daban al patio. Una mesa de cristal sobre dos caballetes antiguos hacía las veces de escritorio. El mobiliario lo completaban una pantalla de ordenador, dos vasos para lápices y una silla Windsor que seguramente le habría comprado a un chamarilero. En la mesa se levantaba una pila de carpetas. Andrew miró las fotos que había sobre un mueblecito metálico.

—En ésta salimos Colette y yo cuando estábamos en la universidad.

—¿Ella también es veterinaria?

—No, anestesista.

—Anda, mira, tus padres —dijo Andrew inclinándose sobre otro marco—. Tu padre no ha cambiado, bueno, al menos no mucho después de todos estos años.

—Ni física ni moralmente, por desgracia. Sigue tan cerril y tan convencido de que sabe más que nadie.

—No le caía muy bien cuando éramos adolescentes.

—Odiaba a todos mis amigos.

—¿Tantos tenías?

—Algunos...

Valérie señaló otro marco.

—Mira ésta —dijo sonriendo.

—Anda, ¿soy yo?

—En los tiempos en que te llamaban Ben.

—¿Dónde has encontrado esa foto?

—La he tenido siempre. Estaba entre las pocas cosas que me llevé de Poughkeepsie.

—¿Conservaste una foto mía?

—Formabas parte de mi vida cuando era adolescente, Ben Stilman.

—Eso me conmueve mucho, nunca habría imaginado que quisieras llevarme contigo, aunque sólo fuera en una foto.

—Si te hubiera pedido que te vinieras conmigo, no lo habrías hecho, ¿verdad?

—No tengo ni idea.

—Soñabas con ser periodista. Creaste tú solo el periódico del instituto, y apuntabas metódicamente en una libreta todo lo que ocurría. Recuerdo que quisiste entrevistar a mi padre sobre su trabajo, y que él te mandó a paseo.

—Se me había olvidado todo eso.

—Voy a hacerte una confidencia —dijo Valérie acercándose a él—. Cuando todavía te llamabas Ben estabas mucho más enamorado de mí que yo de ti. Pero ahora, cuando miro cómo duermes por las noches, me da la impresión de que es al revés. A veces me digo que esto no va a funcionar, que no soy la mujer que esperabas, que no nos casaremos y que terminarás por dejarme. Y no te imaginas lo mucho que me entristecen estos pensamientos.

Andrew dio un paso hacia Valérie y la abrazó.

—Te equivocas, eres la mujer con la que nunca he dejado de soñar, mucho más que con ser periodista. Si crees que te he esperado todo este tiempo para luego dejarte...

—¿Tú has conservado una foto mía, Andrew?

—No, estaba demasiado furioso por que te hubieras marchado de Poughkeepsie sin dejar una dirección. Pero tenía tu rostro grabado aquí —añadió Andrew señalándose la frente—, y nunca me abandonó. No te imaginas cuánto te quiero.

Valérie lo invitó a entrar en el quirófano. Andrew miró con asco las vendas ensangrentadas que había en el suelo. Se acercó a un carrito y observó los instrumentos quirúrgicos. Cada uno tenía un tamaño.

—Estas cosas cortan muchísimo, ¿no?

—Como un escalpelo —contestó Valérie.

Andrew se inclinó sobre el más largo y lo cogió con cuidado. Calibró el peso sosteniéndolo por el mango.

—Ten cuidado de no hacerte daño —dijo Valérie, y se lo quitó delicadamente.

Andrew reparó en la destreza con la que lo manejaba. La veterinaria lo volteó sujetándolo entre el índice y el corazón, y lo devolvió al carrito.

—Sígueme, estos instrumentos aún no están desinfectados.

Valérie llevó a Andrew hacia una pila que había en la pared.

Abrió el grifo con el codo, pisó el pedal del jabón y lavó las manos de Andrew a la vez que las suyas.

—La cirugía es de lo más sensual —murmuró Andrew.

—Depende de quién te opere —contestó Valérie.

Abrazó a Andrew y lo besó.

Sentado en la cafetería entre tantos policías, Andrew se acordó del inspector Pilguez, cuyas noticias esperaba recibir pronto.

—¿Estás preocupado? —quiso saber Valérie.

—No, es el ambiente. No estoy acostumbrado a comer rodeado de tantos uniformes.

—Uno se hace a todo con el tiempo. Además, si tienes la conciencia tranquila, aquí estás más seguro que en ningún otro sitio en Nueva York.

—Mientras no vayamos a ver a los caballos...

—Pensaba enseñarte las cuadras en cuanto te terminaras el café.

—Imposible, tengo que volver al trabajo.

—¡Serás cobardica...!

—Lo dejamos para otra ocasión, ¿vale?

Valérie observó a Andrew.

—¿Por qué has venido hasta aquí, Andrew?

—Para tomar un café contigo y visitar tu lugar de trabajo. Me lo habías pedido, y me apetecía hacerlo.

—¿Has cruzado la ciudad sólo para complacerme?

—Y también para que me beses sobre un carrito lleno de instrumentos quirúrgicos... Soy un romántico empedernido.

Valérie acompañó a Andrew hasta el taxi. Antes de cerrar la puerta, éste le preguntó:

—Por cierto, ¿en qué trabajaba tu padre, que no me acuerdo?

—Era dibujante industrial en la fábrica.

—¿Y qué productos elaboraban en esa fábrica?

—Material de costura, tijeras de sastre, agujas de todas clases, ganchos para tricotar... Decías que tenía un trabajo de mujer, te burlabas de él. ¿Por qué me lo preguntas?

—No, por nada.

Besó a Valérie, le prometió que no volvería tarde y cerró la puerta del taxi.

15

Dos hombres sacaron a Rafael de su celda. Mientras uno lo arrastraba agarrándolo del pelo, el otro le golpeaba las pantorrillas con un palo para que no pudiera sostenerse en pie. Le dolía tanto la cabeza que pensaba que le iban a arrancar el cuero cabelludo; cada pocos pasos, Rafael trataba de incorporarse, pero la fuerza de los golpes le doblaba las rodillas. El jueguecito de sus torturadores cesó momentáneamente al llegar ante una puerta de hierro.

La puerta se abría a una gran sala cuadrada sin ventanas.

Las paredes tenían grandes manchas rojizas, y el suelo de tierra batida apestaba a sangre seca y a excrementos, un olor acre insoportable. Del techo colgaban dos bombillas desnudas.

La luz era cegadora, aunque quizá fuera por el contraste con la penumbra de la celda en la que había pasado dos días sin que nadie le llevara nada de comer ni de beber.

Lo obligaron a quitarse la camisa, el pantalón y los calzoncillos, y lo sentaron a la fuerza en una silla de hierro anclada al suelo con cemento. Había dos correas en los reposabrazos y otras dos en las patas delanteras. Cuando ataron a Rafael, el cuero le cortó la carne.

Entró un capitán. Llevaba un uniforme impecablemente planchado. El militar se sentó en una esquina de la mesa, acarició la madera con la mano para quitarle el polvo y dejó encima la gorra. Luego se levantó sin decir nada, se acercó a Rafael y le pegó un puñetazo en la mandíbula. Rafael sintió que se le llenaba la boca de sangre. No se quejó, tenía la lengua pegada al paladar por la sed.

—Antonio... —un puñetazo le rompió la nariz— Alfonso... —otro más le hizo pedazos la barbilla— Roberto... —un tercero le partió una ceja— Sánchez. ¿Te acordarás de mi nombre o querés que te lo repita?

Rafael perdió el conocimiento. Le arrojaron un cubo de agua pestilente en la cara.

—¡Repetí mi nombre, escoria! —ordenó el capitán.

—Antonio Alfonso Roberto hijo de puta —murmuró Rafael.

El capitán levantó el brazo, pero frenó la mano; sonrió, indicando a sus dos acólitos que prepararan la picana eléctrica para ese subversivo mal educado.

Le colocaron placas de cobre en el torso y en los muslos para que la corriente circulara bien, y luego le ataron unos cables pelados en los tobillos, las muñecas y los testículos.

La primera descarga propulsó su cuerpo hacia delante, y comprendió por qué la silla estaba pegada al suelo. Miles de aguijones se le clavaron en la piel.

—¡Antonio Alfonso Roberto Sánchez! —repetía el capitán con voz impasible.

Cada vez que Rafael perdía el conocimiento, un nuevo cubo de agua pútrida lo devolvía a la tortura.

—Ant... Alfonso... Rob... ánchez —murmuró a la sexta descarga.

—Pretende ser un intelectual y ni siquiera sabe pronunciar correctamente un nombre —dijo con desprecio el capitán.

Le levantó la barbilla con la punta de una vara y le rajó la mejilla de un golpe seco.

Rafael sólo pensaba en Isabel, en María Luz y en no deshonrar a los suyos suplicando clemencia.

—¿Dónde está esa cochina imprenta? —preguntó el capitán.

A pesar de tener el rostro tumefacto y el cuerpo magullado, al oír mencionar ese lugar Rafael recordó con exactitud la imprenta. Respiró el olor del papel, la tinta y el alcohol metílico que sus amigos utilizaban para hacer funcionar la máquina multicopista. Ese recuerdo le devolvió un poco de lucidez.

Lo sacudió una nueva descarga, sufrió convulsiones y relajó los esfínteres. La orina, ensangrentada, le resbalaba por las piernas. Sus ojos, su lengua y sus genitales ya eran sólo brasas. Perdió el conocimiento.

El médico lo auscultó, le examinó las pupilas y anunció que, si querían que siguiera con vida, ya había tenido suficiente. Y el capitán Antonio Alfonso Roberto Sánchez quería, y mucho, que su prisionero siguiera vivito y coleando. Si hubiera querido matarlo, no habría tenido más que meterle una bala entre ceja y ceja, pero no era de su muerte de lo que quería saciarse, sino de su sufrimiento, para hacerle pagar su traición.

Cuando los hombres lo arrastraban a su celda, Rafael recobró el conocimiento y sufrió la peor de las torturas cuando oyó, al otro extremo del pasillo, que el capitán Sánchez gritaba: «Tráiganme a su esposa».

Isabel y Rafael pasaron dos meses en el centro de la ESMA. Les pegaron los párpados con cinta adhesiva para que no pudieran dormir y, cuando se sumían en la inconsciencia, los despertaban a patadas y a porrazos.

Durante dos meses, Isabel y Rafael, que nunca se cruzaban por el pasillo que llevaba a la sala de torturas, se alejaron poco a poco de un mundo en el que habían conocido la humanidad. Durante esos días y esas noches que se sucedían sin poder contarlos, cayeron en un abismo de tinieblas que nadie que no haya estado en una situación parecida puede imaginar.

Cuando el capitán Sánchez ordenaba que los llevaran a la sala donde los torturaba, invocaba sus traiciones, la que habían cometido contra su patria y la que habían cometido contra Dios. E, invocando a Dios, Sánchez golpeaba cada vez más fuerte.

El capitán le sacó los ojos a Isabel, pero una luz se resistía a apagarse en ella: la mirada de María Luz. A ratos habría querido que los rasgos de su hija se borraran para abandonarse a la muerte. Sólo la muerte podría liberarla, sólo la muerte le devolvería su humanidad.

Una noche que el capitán Sánchez se aburría, mandó que a Rafael le cortaran los genitales. Uno de sus hombres se los cortó con unas tijeras. El médico se ocupó de la sutura, de ninguna manera había que dejar que se desangrara.

Al principio de su segundo mes de cautiverio les quitaron la cinta adhesiva para arrancarles los párpados. Cada vez que el capitán mandaba que le llevaran a sus víctimas, éstas perdían un poco más de su apariencia humana. Isabel estaba irreconocible. Su rostro y sus senos estaban llenos de quemaduras, pues el capitán Sánchez apagaba sus cigarrillos en su piel. (Y fumaba dos paquetes al día.) Sus intestinos, quemados también por las descargas eléctricas, soportaban difícilmente la papilla que le obligaban a tragar. Hacía tiempo que su nariz ya no percibía el olor de sus propios excrementos, que habían convertido su celda en un lodazal. Despojada de su humanidad, Isabel se llevaba consigo a las tinieblas el rostro de María Luz, cuyo nombre murmuraba sin tregua.

Una mañana, el capitán ya no experimentó placer alguno con su tarea. Ni Rafael ni Isabel le confesarían la dirección de la imprenta. Le traía sin cuidado, desde el principio le traía totalmente sin cuidado. Un capitán de su rango tenía otras misiones más importantes que buscar una vulgar máquina multicopista. Y, mirando a sus víctimas con asco, se alegró de haber destruido sus vidas. Había cumplido con su deber, había aniquilado a dos seres inmorales que habían renegado de su patria y se habían negado a someterse al único orden capaz de devolver a la nación argentina la grandeza que merecía. El capitán Sánchez era un patriota entregado, Dios reconocería a los suyos.

Al anochecer, el médico entró en la celda de Isabel. El colmo de la ironía: para administrarle una inyección de pentotal le desinfectó el antebrazo con un algodón empapado en alcohol. La droga la sumió en un profundo sueño, pero no la mató. De eso se trataba. Luego le tocó a Rafael someterse al mismo trato en la celda que se encontraba en la otra punta del pasillo.

De noche los transportaron en una camioneta hasta un pequeño aeródromo clandestino situado en la inmensa periferia de Buenos Aires. Un bimotor del Ejército del Aire esperaba en un hangar. Tumbaron a Isabel y a Rafael en la carlinga junto con una veintena de prisioneros más, vigilados por cuatro soldados que custodiaban a aquellas almas inanimadas. El aparato despegó con los faros apagados. El comandante había recibido instrucciones de dirigirse hacia el río y luego virar rumbo al sudeste, a muy baja altitud. La línea de vuelo no debía acercarse nunca a las costas uruguayas. En la desembocadura del océano daría media vuelta y volvería al punto de partida. Una misión rutinaria.

Y el comandante Ortiz siguió esas instrucciones al pie de la letra. El aparato se elevó por el cielo argentino, sobrevoló el Río de la Plata y alcanzó su objetivo una hora más tarde.

Entonces, los soldados abrieron la puerta trasera y sólo necesitaron unos minutos para arrojar al mar a diez hombres y a diez mujeres inconscientes pero vivos. El estruendo de los motores no les permitía oír el ruido sordo que hacían los cuerpos al caer al agua antes de hundirse. Unos bancos de tiburones habían adoptado la costumbre de rondar por aquellas turbias aguas a la espera del alimento que les caía del cielo cada noche a la misma hora.

Isabel y Rafael estuvieron los últimos instantes de sus vidas uno al lado del otro. Cuando el avión regresó al aeródromo, pasaron a engrosar para siempre las listas de los treinta mil desaparecidos que se cobró la dictadura argentina.

Valérie dejó las hojas y fue hasta la ventana; necesitaba respirar aire fresco, le resultaba imposible hablar.

Andrew se le acercó por detrás y la abrazó.

—Tú te empeñaste, yo te había dicho que no lo leyeras.

—¿Y María Luz? —quiso saber Valérie.

—No mataban a los niños. Los entregaban a familias cercanas al poder, o a amigos de esas familias. El régimen falsificaba su identidad y les ponía el apellido de los padres que los adoptaban. María Luz tenía dos años cuando secuestraron a Isabel y a Rafael, pero había centenares de mujeres embarazadas en el momento de su detención.

—Ah, pero ¿esos cabronazos torturaban también a las mujeres embarazadas?

—Sí, las mantenían con vida hasta que daban a luz, y luego les arrebataban a los niños. El ejército se jactaba de salvar a esas almas inocentes de la perversión entregándoselas a padres capaces de darles una educación acorde con los valores de la dictadura. Pretendían hacer un acto de caridad cristiana, y las autoridades eclesiásticas, que sabían lo que ocurría, daban su visto bueno sin reservas. En los últimos meses de embarazo encerraban a esas mujeres en maternidades improvisadas en los campos de detención. Nada más nacer, les arrebataban al bebé... Y ya sabes qué suerte corrían ellas después. La mayoría de esos niños, que hoy son adultos, ignoran que a sus verdaderos padres los torturaron antes de arrojarlos vivos al mar. Es muy probable que ése fuera también el destino de María Luz.

Valérie se volvió hacia Andrew. Nunca la había visto tan profundamente sobrecogida y furiosa a la vez, y lo que percibió en sus ojos casi le dio miedo.

—Dime que los que aún no han muerto están en la cárcel y que se pudrirán allí el resto de sus días.

—Me encantaría poder decírtelo. Los culpables de esas atrocidades se beneficiaron de una ley de amnistía, votada en aras de la reconciliación nacional. Y cuando la derogaron, la mayoría de esos criminales supieron esconderse o cambiaron de identidad. No les faltaba ni experiencia en la materia ni apoyos políticos que les facilitaran la tarea.

—Vas a volver allí y a terminar tu investigación. Vas a encontrar a ese Ortiz y a todos esos cabronazos. ¡Júramelo!

—Ésa es mi intención desde que empecé con esto. ¿Entiendes ahora por qué trabajo con tanto ahínco? ¿Ahora ya me guardas menos rencor por haberte descuidado un poco? —preguntó Andrew.

—Me gustaría arrancarles las tripas.

—Lo entiendo, a mí también. Pero ahora cálmate.

—Frente a malnacidos como ésos no te imaginas de lo que podría ser capaz. Me daría menos remordimientos eliminar a esos monstruos que torturaron a mujeres embarazadas que a toda una jauría de perros rabiosos.

—Para acabar en la cárcel hasta el final de tus días... Muy inteligente.

—Confía en mí, sabría qué hacer para no dejar rastro —prosiguió Valérie, incapaz de calmarse.

Andrew la observó y la abrazó con más fuerza.

—No imaginaba que estas páginas te harían sentir así. Quizá no debería haber dejado que las leyeras.

—Nunca había leído nada tan atroz, me gustaría ir contigo para encontrar a esos monstruos.

—No estoy seguro de que sea una buena idea.

—¿Y eso por qué? —preguntó Valérie furiosa.

—Porque muchos de esos monstruos, como tú los llamas, viven todavía, y puede que estos años que han pasado no los hayan vuelto inofensivos.

—Y pensar que a ti te dan miedo los caballos...

A la mañana siguiente, al salir de su casa, Andrew se sorprendió al ver a Simon frente a su edificio.

—¿Tienes tiempo de tomar un café? —le preguntó.

—Podrías decir buenos días, al menos.

—Ven conmigo —le dijo su amigo. Andrew nunca lo había visto tan preocupado.

Subieron por Charles Street, pero Simon no dijo una palabra.

—¿Qué pasa? —preguntó Andrew inquieto, cuando entraron en un Starbucks.

—Tráete dos cafés, yo me quedo guardando la mesa —contestó Simon, y se instaló en un sofá junto al escaparate.

—¡A sus órdenes!

Andrew esperó su turno en la cola sin apartar la mirada de Simon, cuya actitud lo intrigaba.

—Un *mocaccino* para mí, y un *cappuccino* para su alteza —dijo cuando se reunió con él un momento más tarde.

—Tengo malas noticias —anunció Simon.

—Te escucho.

—Se trata de ese tal Freddy Olson.

—Lo has seguido y te has dado cuenta de que no iba a ningún lado... Eso ya lo sé hace tiempo.

—Muy gracioso. Ayer me pasé buena parte de la noche delante del ordenador consultando la página web de tu periódico para investigar un poco tus artículos.

—Tendrías que haberme llamado si tanto te aburrías, mi querido Simon.

—Ya verás como se te quitan las ganas de hacer chistes dentro de un momento. Lo que me interesaba no era tu prosa, sino los comentarios de los lectores. Quería comprobar si algún chalado te insultaba o algo así.

—Supongo que alguno que otro lo hará...

—No te hablo de los que piensan que eres un mal periodista.

—¿Hay lectores que publican esa clase de comentarios en la página web del periódico?

—Unos cuantos, sí, pero...

—Pues no lo sabía —lo interrumpió Andrew.

—¿Me dejas que termine de decirte lo que te quiero decir?

—¿No eran ésas las malas noticias?

—He reparado en una serie de mensajes cuya hostilidad no tenía nada que ver con ninguna opinión sobre tus aptitudes profesionales. Eran palabras de una violencia pasmosa.

—¿Como cuáles?

—Palabras que a nadie le gustaría leer sobre sí mismo. Entre los comentarios más agresivos me llamaron la atención en especial los de un tal Spookie Kid, por lo numerosos que eran. No sé qué le has hecho a ese tío, pero no le caes muy bien. He ampliado el campo de mis investigaciones para comprobar si la persona que se esconde detrás de ese pseudónimo intervenía también en algún foro, o si tenía un blog.

—¿Y?

—La tiene tomada contigo de verdad. Cada vez que publicas un artículo, te asesina. Incluso lo hace cuando no publicas. Si leyeras todo lo que he encontrado en la Red firmado con ese pseudónimo, te llevarías la misma sorpresa que me he llevado yo.

—Si te he entendido bien, un periodista frustrado, que seguramente se extasía ante un póster de Marilyn Manson, odia mi trabajo; ¿eran ésas tus malas noticias?

—¿Por qué Marilyn Manson?

—¡Y yo qué sé, es lo primero que se me ha ocurrido, sigue contándome!

—¿En serio es lo primero que se te ha ocurrido?

—Spookie Kids es el nombre del primer grupo de Manson.

—¿Cómo lo sabes?

—Porque soy un mal periodista, ¡sigue!

—Un conocido mío es un pequeño genio de la informática, si entiendes lo que quiero decir...

—En absoluto.

—Uno de esos piratas de la Red que, para divertirse los domingos, intentan entrar en los servidores del Pentágono o de la CIA. A mí, cuando tenía veinte años, lo que me gustaba eran las chicas; pero, bueno, qué quieres, los tiempos cambian...

—¡Muy elegante! ¿Y cómo es que conoces a un hacker?

—Hace años, cuando monté el taller, los fines de semana alquilaba mis coches a niños de papá para sacarme un dinerito extra. Uno de ellos me devolvió un Corvette y se olvidó algo debajo del reposabrazos central.

—¿Una pipa?

—Hierba, pero suficiente como para que pastara todo un rebaño de vacas. Los porros nunca han sido lo mío. Si la hubiera llevado a la comisaría, le habría dado tiempo a curarse del acné antes de poder volver a ver un ordenador. Pero como no soy ningún chivato, le devolví lo que era suyo. Le parecí «superlegal» y me dijo que, si algún día necesitaba algo, podía contar con él. Así que anoche a las once en punto pensé que había llegado el momento de cobrarme ese favor. No me preguntes cómo lo ha hecho porque no tengo ni idea de informática, pero el caso es que me ha llamado esta mañana después de haber localizado la dirección IP de Spookie, que viene a ser una especie de matrícula de su ordenador que aparece cuando se conecta a Internet.

—¿Tu filibustero de los teclados ha identificado a ese Spookie que escupe su veneno sobre mí?

—No conoce su identidad, pero sí sabe desde dónde publica lo que escribe contra ti. Y te sorprenderá enterarte de que lo hace desde el *New York Times*.

Andrew se quedó mirando a Simon, atónito.

—¿Puedes repetirme eso?

—Me has oído perfectamente. Te he impreso varios ejemplos, no son amenazas de muerte propiamente dichas, pero el nivel de odio es tal que nos acercamos peligrosamente. En tu periódico, ¿quién podría escribir semejantes cosas sobre ti? Por no mencionar más que la última —prosiguió Simon tendiéndole a su amigo una hoja de papel:

—«Si un autobús atropellara al traidor de Andrew Stilman, los neumáticos quedarían manchados de mierda, y nuestra prensa, salvada del desastre». Quizá tenga una idea al respecto —contestó Andrew, anonadado por lo que acababa de leer—. Me voy a ocupar de Olson yo mismo, si no te importa.

—No vas a hacer nada de nada, chaval. Para empezar, no tengo ninguna prueba contra él, no es el único que trabaja en ese periódico. Además, si tú intervienes, se volverá receloso. Así que me vas a dejar hacer a mí, y te vas a estar quietecito hasta que yo te diga. ¿Estamos?

—Estamos —asintió Andrew.

—En el periódico tienes que seguir comportándote como si no pasara nada. A saber de lo que es capaz alguien que te tiene tanto odio, y lo importante es identificarlo sin margen de error. En lo que a mí respecta, ya sea Freddy Olson o no, ese Spookie-Kid está en cabeza del pelotón de los que podrían querer verte muerto, y no se molesta en ocultarlo.

Andrew se despidió de su amigo y se levantó. Cuando ya se alejaba de la mesa, Simon sonrió y le preguntó:

—¿Continúo con mis tareas de detective, o me sigues encontrando ridículo?

Andrew dedicó el resto del día a su artículo sobre Argentina. Hizo todas las llamadas necesarias para preparar su viaje. Al anochecer, cuando aún seguía trabajando, se quedó dormido, y la silueta de una niña se le apareció en sueños. Estaba inmóvil, sola al final de un largo camino bordeado de cipreses que subía por una colina. Sin darse cuenta, Andrew apoyó los pies en la mesa y se reclinó en su butaca.

La niña lo llevó hasta un pueblecito en lo alto de una montaña. Cada vez que creía alcanzarla, la niña apretaba el paso y se alejaba. Su risa lo guiaba en esa loca carrera. Con la noche llegó también el viento. Andrew se estremeció, tenía tanto frío que se puso a tiritar. Delante de él había un granero abandonado. Entró. La niña lo esperaba sentada en el alféizar de una ventana, bajo el tejado, balanceando las piernas en el vacío. Andrew se acercó a la pared, pero no alcanzaba a distinguir los rasgos de la niña. Sólo veía su sonrisa, una sonrisa extraña, casi adulta. La niña le susurraba palabras que el viento le hacía llegar.

—Búscame, encuéntrame, Andrew, no abandones, cuento contigo, no te puedes equivocar, te necesito.

Entonces se dejó caer al vacío. Andrew se precipitó para cogerla, pero la niña desapareció antes de tocar el suelo.

Solo en ese granero, Andrew se arrodilló, temblando. Le dolía la espalda, un violento latigazo de dolor le hizo perder el conocimiento. Cuando lo recobró se encontró atado a una silla metálica. No podía respirar, le quemaban los pulmones, se ahogaba. Una descarga eléctrica recorrió todo su cuerpo. Todos sus músculos se contrajeron, y se sintió propulsado hacia delante por una fuerza inmensa. Oyó gritar una voz a lo lejos: «Otra vez». Su cuerpo volvió a echarse hacia adelante. Sus arterias estaban a punto de explotar y sentía el corazón en llamas. Percibía un intenso olor a carne quemada, las ligaduras que le trababan los miembros le hacían daño, su cabeza se inclinó hacia un lado, y empezó a suplicar que lo liberaran. Los latidos de su corazón se sosegaron. El aire que le había faltado volvió a entrar en sus pulmones, y Andrew inspiró como si saliera de una larga apnea.

Una mano le sacudió el hombro sin miramientos.

—¡Stilman! ¡Stilman!

Andrew abrió los ojos y descubrió el rostro de Olson a escasos milímetros del suyo.

—Duerme en tu despacho si te da la gana, pero al menos sueña en silencio, ¡aquí hay gente que trabaja!

Andrew se incorporó de un salto.

—¡Joder, ¿qué coño haces aquí, Freddy?!

—Llevo diez minutos oyéndote gemir, no me dejas concentrarme. Pensaba que te habías desmayado, o algo así, y me he asomado a ver, pero si es para que me trates así, paso de ti.

Andrew tenía la frente empapada en sudor y, sin embargo, estaba helado.

—Deberías irte a casa y descansar, quizá estés incubando algo. Me da pena verte así —suspiró Freddy—. Me voy a marchar dentro de nada, ¿quieres que te acerque en taxi?

Andrew había tenido pesadillas varias veces en su vida, pero ninguna le había parecido tan real como ésa. Observó a Freddy y se incorporó en la silla.

—Gracias, ya estoy mejor. He debido de comer algo a mediodía que me ha sentado mal.

—Pero si son las ocho de la tarde.

Andrew se preguntó desde cuándo había perdido contacto con la realidad. Tratando de recordar qué hora era cuando miró por última vez el reloj de la pantalla de su ordenador, se preguntó qué quedaba aún en su vida que fuera real.

Llegó agotado a su apartamento, de camino llamó a Valérie para avisarla de que se iría a la cama sin esperarla, pero Sam lo informó de que acababa de entrar en el quirófano y que probablemente acabaría tarde.

16

Su noche no fue sino una sucesión de pesadillas en las que se le aparecía la niña de facciones borrosas. Cada vez que se despertaba, tiritando y empapado en sudor, la buscaba.

En una pesadilla más aterradora que las demás, la niña se paró para hacerle frente y, con un gesto, le ordenó que se callara.

Un coche negro se detuvo entre los dos. Cuatro hombres bajaron sin prestarles atención y entraron en un pequeño edificio. Desde la calle desierta en la que se encontraba, Andrew oyó voces, gritos de mujer y el llanto de un bebé.

La niña estaba en la acera opuesta y, moviendo los brazos, cantaba una cancioncilla con aire despreocupado. Andrew quiso protegerla, pero cuando avanzó hacia ella se encontró con su mirada, una mirada sonriente y amenazadora a la vez.

—¿María Luz? —murmuró.

—No —le contestó ella con voz adulta—. María Luz ya no existe.

Y enseguida, surgiendo del mismo cuerpo, una voz de niña le susurró:

—Encuéntrame, sin ti me perderé para siempre. Vas desencaminado, Andrew, no buscas donde tienes que buscar, te engañas, y todos te engañan, te costará caro si te pierdes. Acude en mi auxilio, te necesito como tú me necesitas a mí. A partir de ahora estamos unidos. Rápido, Andrew, rápido, no tienes margen de error.

Por tercera vez, Andrew se despertó gritando. Valérie aún no había vuelto. Encendió la lámpara de la mesilla de noche y trató de serenarse, pero sollozaba sin poder controlarse.

En esa última pesadilla se le había aparecido, fugaz, la mirada de María Luz. Estaba convencido de haber visto antes esos ojos negros mirándolo fijamente, perdidos en un pasado que no era el suyo.

Andrew se levantó de la cama y fue al salón. Se instaló ante el ordenador. Prefería pasar el resto de la noche trabajando, pero sus pensamientos no lo dejaban concentrarse y no consiguió escribir ni una sola línea. Consultó el reloj, vaciló y se dirigió al teléfono para llamar a Simon.

—¿Te molesto?

—Claro que no, releía *Mientras agonizo* esperando a que me despertaras a las dos de la mañana.

—Yo sí que estoy agonizando.

—Entendido, voy a vestirme. Dentro de un cuarto de hora estoy en tu casa.

Simon llegó antes de lo previsto, se había puesto la gabardina encima del pijama y se había calzado unas zapatillas de deporte.

—Ya lo sé —dijo al entrar en el apartamento de Andrew—, vas a hacer otro comentario desagradable sobre cómo voy vestido, pero acabo de cruzarme con unos vecinos que estaban paseando al perro en albornoz... Eran los vecinos los que iban en albornoz, no el perro...

—Siento mucho haberte molestado en mitad de la noche.

—No, no lo sientes en absoluto, porque si lo sintieras no me habrías llamado. Bueno, ¿qué? ¿Sacas ya la mesa de ping-pong o me dices por qué me has hecho venir?

—Tengo miedo, Simon, nunca había tenido tanto miedo en mi vida. Mis noches son aterradoras, y me levanto cada mañana con un nudo en el estómago al constatar que me queda un día menos de vida.

—No es que quiera quitarle hierro a tu situación, pero somos ocho mil millones de seres humanos, y todos estamos en el mismo caso que tú.

—¡Sólo que a mí me quedan cincuenta y tres días!

—Andrew, esta historia rocambolesca se está convirtiendo en una obsesión. Soy tu amigo y no quiero correr ningún riesgo, pero tienes tantas probabilidades de que te asesinen el 9 de julio como yo de que me atropelle un autobús al salir de tu casa. Aunque con este pijama de cuadros rojos, al conductor le costaría no verme. Me lo compré en Londres, es de felpa, demasiado grueso para la estación en que estamos, pero es el que mejor me sienta. ¿Tú no tienes pijama?

—Sí, pero no me lo pongo nunca, me parece que los pijamas son para viejos.

—¿Parezco viejo yo? —preguntó Simon apartando los brazos del cuerpo—. Ponte una bata y vamos a dar un paseo. Me has sacado de la cama para que te ayude a despejarte un poco, ¿no?

Cuando pasaron delante de la comisaría de Charles Street, Simon saludó al agente que estaba de guardia y le preguntó si había visto a un teckel de pelo corto. El policía lo sentía mucho, no había visto ningún perro. Y, tras darle las gracias, Simon se alejó, gritando *Freddy* a pleno pulmón.

—Preferiría no pasear por la orilla del río —dijo Andrew al llegar al cruce de West End Highway.

—¿Tienes noticias del inspector Pilguez?

—Ninguna por ahora.

—Si el que quiere verte muerto es tu colega del periódico, no tardaremos en descubrirlo. Pero si no es él, y no conseguimos ninguna pista concreta de aquí a principios de julio, te llevaré de viaje lejos de Nueva York antes del nueve.

—Ojalá fuera tan sencillo. Y, aun suponiendo que nos marcháramos, no puedo renunciar a mi trabajo ni pasarme la vida escondiéndome.

—¿Cuándo te vas a Argentina?

—Dentro de unos días, y tengo que reconocer que me encanta la idea de alejarme un poco de aquí.

—Seguro que a Valérie le gusta oír eso. Pero ten cuidado cuando estés allí, ¿eh? Ya hemos llegado. ¿Te ves capaz de volver solo vestido así?

—No estoy solo. Recuerda que *Freddy* me acompaña —contestó Andrew, despidiéndose de Simon.

Y se marchó, comportándose como si paseara a un perro con correa.

El teléfono despertó a Andrew pocas horas después. Contestó desorientado y reconoció la voz del inspector, que lo esperaba en el café de la esquina.

Cuando Andrew entró en el Starbucks, Pilguez estaba sentado en el mismo sitio que Simon el día anterior.

—¿Tiene malas noticias que darme? —le preguntó tras sentarse a su mesa.

—He encontrado a la señora Capetta —contestó el inspector.

—¿Cómo lo ha hecho?

—No creo que eso sea importante, y sólo puedo dedicarle una horita de mi tiempo si no quiero perder el avión.

—¿Se marcha usted?

—No puedo quedarme para siempre en Nueva York, y además usted también se va a marchar pronto. San Francisco es menos exótico que Buenos Aires, pero es mi ciudad. Me espera mi mujer, echa de menos mi conversación, por absurda que sea.

—¿De qué se ha enterado en Chicago?

—La señora Capetta es una mujer muy hermosa, tiene los ojos muy negros y una mirada que fascina. El señor Capetta no ha debido de molestarse mucho en buscarla, porque ni siquiera ha cambiado de identidad. Vive allí, con su hijo, a dos calles del lugar desde donde le mandó esa carta tan encantadora.

—¿Ha hablado con ella?

—No... Bueno, sí, pero no de nuestro asunto.

—No entiendo.

—Me he hecho pasar por el típico abuelete simpaticón que toma el sol en un banco del parque, y le he contado que mi nieto tenía la misma edad que su niño.

—¿Es usted abuelo?

—No, Natalia y yo nos conocimos demasiado tarde para tener hijos. Pero tenemos un sobrino, o como si lo fuera. El hijo de esa amiga neurocirujana de la que le hablé y de su marido, que es arquitecto. Tenemos una relación muy estrecha con ellos. El niño tiene cinco años, y mi mujer y yo estamos un poco chochos con él. Pero deje de preguntarme sobre mi vida, o de verdad voy a perder ese vuelo.

—¿Para qué toda esa comedia si no la ha interrogado?

—Porque hay maneras y maneras de interrogar a alguien. ¿Y qué se suponía que tenía que decirle? «Querida señora, mientras su chavalín juega con la arena, ¿sería tan amable de decirme si tiene intención de apuñalar a un periodista del *New York Times* el mes que viene?» He preferido ganarme su confianza pasando dos tardes en ese parque, charlando de la mar y los peces. ¿Sería capaz esa señora de cometer un asesinato? Para serle sincero, no tengo ni idea. Sin duda alguna, es una mujer de carácter, hay algo en su mirada que le hiela a uno la sangre, y me pareció tremendamente inteligente. Pero me cuesta creer que se expusiera a verse separada de su hijo. Por muy convencido que estés de que vas a cometer el crimen perfecto, nunca hay que descartar del todo la posibilidad de que te cojan. Lo que más me ha impactado es el aplomo con el que me mintió cuando le pregunté si estaba casada. Me contestó sin la menor vacilación que su marido y su hija habían muerto en un viaje al extranjero. Si no hubiera conocido al señor Capetta, la habría creído sin dudarlo. De vuelta en San Francisco recurriré a mis contactos neoyorquinos para seguir investigando a las personas que figuran en mi lista, incluidas su mujer y su redactora jefa, aunque ello lo irrite. Lo llamaré en cuanto sepa algo más y, si es necesario, volveré a Nueva York cuando regrese usted de Buenos Aires, pero esta vez le cobraré el billete.

Pilguez le dio un trozo de papel y se levantó.

—Aquí tiene la dirección de la señora Capetta, usted verá si decide dársela o no a su marido. Vaya con cuidado, Stilman, su historia es de las más rocambolescas que he oído en toda mi carrera, y presiento que algo malo va a pasar, no las tengo todas conmigo.

Al llegar al periódico, Andrew se instaló ante su ordenador. Una lucecita roja en su teléfono indicaba que tenía un mensaje en el buzón de voz. Marisa, la camarera del bar de su hotel en Buenos Aires, tenía cierta información para él y le pedía que la llamara lo antes posible. Andrew creyó recordar esa conversación, aunque las fechas y los acontecimientos empezaban a confundirse en su memoria. No es fácil tener las ideas claras cuando uno vive dos veces las mismas cosas. Se inclinó sobre el cajón de su mesa para coger sus notas. Cuando había cerrado el candado el día anterior y había hecho rodar la combinación de números, le había hecho gracia que las tres cifras que habían quedado coincidieran con los tres primeros números del año en que había nacido. Pero ya no era así, alguien había tratado de acceder a sus pertenencias. Andrew asomó la cabeza por encima del tabique, el despacho de Olson estaba vacío. Hojeó su libreta hasta llegar a la página en la que había apuntado la conversación con Marisa, pero suspiró al comprobar que la hoja estaba en blanco. Marcó enseguida el número que la chica le había dejado en el mensaje.

Una amiga de su tía estaba segura de haber reconocido a un antiguo piloto del Ejército del Aire, el individuo correspondía a la descripción del oficial que llevaba el nombre de Ortiz durante la dictadura. Ahora era dueño de una curtiduría, un buen negocio que abastecía de cuero a numerosos fabricantes de bolsos, zapatos, sillas de montar y cinturones de todo el país.

La amiga de la tía de Marisa lo reconoció un día que fue a entregar la mercancía a uno de sus clientes en la periferia de Buenos Aires. Esa mujer era una de las Madres de la Plaza de Mayo, y había colgado en su salón un cartel con las fotografías de todos los militares amnistiados por los crímenes cometidos durante la dictadura. Vivía noche y día con esas fotos desde que su hijo y su sobrino habían desaparecido en junio de 1977. Tenían ambos diecisiete años. Esa madre nunca había aceptado firmar los documentos que ratificaban el fallecimiento de su hijo y se negaba a hacerlo mientras no viera su cuerpo. Sin embargo, sabía que eso nunca ocurriría, como tampoco les ocurriría a los padres de los otros treinta mil «desaparecidos». Y durante años se había manifestado en la plaza de Mayo en compañía de otras mujeres que, como ella, desafiaban al poder blandiendo una pancarta con la fotografía de sus hijos. Cuando se cruzó con ese hombre que entraba en una sillería de la calle Doce de Octubre, se le heló la sangre. Se aferró a su bolsa de la compra, agarrándola con todas sus fuerzas para que su actitud no delatara la emoción que la embargaba, y se sentó en el alféizar de una ventana hasta que él salió de la tienda. Lo siguió por la calle Doce de Octubre. ¿Quién habría desconfiado de una anciana con una bolsa de la compra? Cuando el individuo se subió a su coche, memorizó el modelo y la matrícula. Al cabo de unas cuantas llamadas, la red de información de las Madres de la Plaza de

Mayo obtuvo la dirección de aquel que, estaba convencida, antaño había sido Ortiz y que ahora se hacía llamar Ortega. Vivía no muy lejos de su curtiduría, en Dumesnil, una pequeña ciudad de la periferia de Córdoba. El vehículo que la mujer había visto en la calle Doce de Octubre era un coche de alquiler que el hombre había devuelto en el aeropuerto antes de tomar su vuelo de regreso.

Andrew le propuso a Marisa enviarle dinero para que tomase un avión a Córdoba, comprase una cámara digital y vigilase al tal Ortega. Tenía que estar totalmente seguro de que Ortega y Ortiz eran la misma persona.

Esa misión le llevaría al menos tres días, y Marisa sabía que su jefe no la dejaría ausentarse tanto tiempo de su puesto de trabajo. Andrew le suplicó que encontrara a alguien de confianza que pudiera ir en su lugar. La compensaría, aunque tuviera que pagarle él mismo de su bolsillo. Marisa sólo le prometió que lo volvería a llamar si encontraba una solución.

Olson llegó al periódico hacia mediodía, pasó delante de Andrew sin saludarlo y se metió en su despacho.

El teléfono de Andrew sonó. Simon le pidió que se reuniera con él con la mayor discreción posible en la esquina de la Octava Avenida con la calle Cuarenta.

—¿Qué es eso tan urgente? —le preguntó Andrew cuando llegó al punto de encuentro.

—No nos quedemos aquí, nunca se sabe —contestó Simon, y lo arrastró hacia una peluquería.

—¿Me haces dejar mi despacho para llevarme al peluquero?

—Tú haz lo que quieras, pero yo necesito un buen corte de pelo y también hablar contigo en un lugar tranquilo.

Entraron y se instalaron uno al lado del otro en sendos sillones rojos de escay, frente a un gran espejo.

Los dos peluqueros rusos, que se parecían tanto que debían de ser hermanos, se afanaron enseguida.

Y, mientras le lavaban el pelo, Simon le contó a Andrew que había seguido a Olson desde que éste había salido de su domicilio.

—¿Cómo has conseguido su dirección si no la conozco ni yo?

—¡Mi genio malvado de la informática! Tengo el número de la seguridad social de tu colega, el de su móvil, el de su tarjeta del gimnasio, el de sus tarjetas de crédito y el de todos los programas de fidelidad a los que se ha suscrito.

—¿Eres consciente de que acceder a esa clase de datos supone una violación de los derechos más elementales y constituye un delito penal?

—¿Me vas a denunciar enseguida, o antes quieres que te cuente lo que he averiguado esta mañana?

El peluquero le llenó a Andrew la cara de espuma de afeitar, lo que le impidió contestar a la pregunta de su amigo.

—Para empezar, que sepas que tu colega es un auténtico drogata. Ha cambiado un buen fajo de billetes por una bolsita de plástico esta mañana en Chinatown antes de ir a desayunar. He sacado un par de fotos de la transacción, nunca se sabe.

—¡Estás loco, Simon!

—Espera a saber el resto, a lo mejor cambias de opinión. Luego, hacia las diez, ha ido a la comisaría central. Que hay que tener cuajo para hacer algo así, con lo que llevaba en los bolsillos... O tiene un aplomo digno de admiración, o es un inconsciente de tomo y lomo. No sé qué ha ido a hacer allí, pero se ha quedado más de media hora. Luego ha entrado en una armería. Lo he visto hablar con el vendedor, que le enseñaba cuchillos de caza. Bueno, no eran cuchillos exactamente. Yo estaba un poco lejos, pero me ha parecido ver unas herramientas extrañas. Yo en tu lugar no gesticularía así, vas a conseguir que te rebanen el cuello con la cuchilla.

El barbero le confirmó a Andrew lo acertado del consejo de su amigo.

—No puedo decirte si al final ha comprado algo o no, he preferido irme antes de que reparara en mi presencia. Ha salido de la tienda poco después, más feliz que en toda su vida. A lo mejor es que había pasado por el baño para empolvarse la nariz. Tu amiguito luego ha ido a comprarse un croissant y se lo ha ido comiendo mientras subía a pie por la Octava Avenida. Luego ha entrado en una joyería y ha hablado un rato largo con el dueño antes de seguir con su paseo. Después ha llegado al periódico, y yo te he llamado enseguida. Y nada más. No quiero ser optimista en exceso, pero el cerco se estrecha cada vez más alrededor de Olson.

El peluquero le preguntó a Andrew si quería que le recortara un poco las patillas.

Simon contestó por él y pidió que le quitaran por lo menos un centímetro de cada lado.

—A lo mejor debería pedirte que me acompañaras a Buenos Aires —dijo Andrew sonriendo.

—No bromees con eso, tengo debilidad por las argentinas, ¡y sería capaz de ir ahora mismo a hacer la maleta!

—No hay tanta prisa —rectificó Andrew—. Mientras tanto, a lo mejor sería hora de que interrogue a Olson.

—Dame unos días más. A este ritmo, al final de la semana sabré más sobre él que su propia madre.

—No me queda mucho tiempo, Simon.

—Haz lo que quieras, no soy más que tu humilde servidor. Y piensa lo de Buenos Aires, los dos juntos lo pasaríamos genial.

—¿Y tu taller?

—¡Es un concesionario de automóviles! Pero ¿no me habías dicho que no iba a vender nada hasta principios de julio?

—Tampoco venderás nada en julio si nunca estás en tu puesto de trabajo.

—¡Antes he mencionado a la madre de Olson, no a la mía! Te dejo pagar —dijo Simon mirándose en el espejo—. Me queda bien el pelo corto, ¿no te parece?

—¿Vamos a comer?

—Vamos primero a esa armería. ¿No querías interrogar a alguien? Pues vas a poder sacar tu bonito carnet de prensa para saber qué estaba haciendo Olson allí.

—A veces me pregunto qué edad tienes...

—¿Qué te apuestas a que el vendedor pica?

—¿Qué te apuestas tú?

—La comida que acabas de mencionar.

Andrew entró el primero en la armería, Simon lo siguió y se quedó unos metros detrás de él. Mientras Andrew hablaba, el vendedor lo observaba de reojo no sin cierta inquietud.

—Hoy a última hora de la mañana ha venido a verlo un periodista del *New York Times*, ¿podría decirnos lo que ha comprado?

—¿Y eso a ustedes qué les importa? —replicó el vendedor.

En el momento en que Andrew rebuscaba en sus bolsillos para encontrar su carnet de prensa, Simon se acercó al mostrador con aire amenazador.

—Nos importa porque ese tipo es un timador que utiliza un falso carnet de periodista, lo estamos investigando. Entiende la necesidad de evitar que haga una tontería, sobre todo con un arma comprada en su tienda, ¿verdad?

El vendedor se quedó mirando a Simon, vaciló un breve instante y suspiró.

—Ha mostrado interés por instrumentos muy especiales que sólo buscan los cazadores de verdad, y en Nueva York éstos no son muy numerosos.

—¿Qué clase de instrumentos? —quiso saber Andrew.

—Cuchillos para descuartizar, punzones, ganchos y elevadores.

—¿Elevadores? —preguntó Andrew.

—Se lo voy a enseñar —contestó el dueño de la armería, y se dirigió a la trastienda.

Cuando volvió llevaba en la mano un mango de madera prolongado por una larga aguja plana.

—En su origen era un instrumento quirúrgico, pero de ahí pasaron a utilizarlo los tramperos para desollar a los animales; es un instrumento con el que no se desperdicia ni un gramo de carne. Su hombre quería saber si se llevaba un registro de los compradores de esa clase de producto, como ocurre con las armas de fuego o los cuchillos de combate. Le he dicho la verdad, que no hace falta licencia para un arma así, y que se encuentran cosas mucho más peligrosas en cualquier ferretería. Me ha preguntado también si había vendido alguno recientemente, y le he dicho que no, pero le he prometido que se lo preguntaría a mi empleado, porque hoy es su día libre.

—¿Y él le ha comprado alguno?

—Uno de cada tamaño, es decir, seis en total. Y ahora, si no les importa, voy a volver al trabajo, tengo pendiente la contabilidad de mi negocio.

Andrew le dio las gracias, y Simon se contentó con despedirse con un leve movimiento de cabeza.

—¿Quién ha perdido la apuesta? —preguntó en cuanto echaron a andar calle abajo.

—Ese tipo te ha tomado por un desequilibrado, y no lo culpo. Ha contestado a nuestras preguntas para librarse de nosotros cuanto antes.

—¡Cómo puedes tener tan mala fe!

—Vale... Invito yo.

17

Al día siguiente, Andrew encontró un nuevo mensaje de Marisa al llegar al trabajo. La llamó enseguida.

—Quizá tenga la solución —le anunció—. Mi novio está de acuerdo en seguirle la pista a Ortega. Está en el paro, le iría bien ganar algo de plata.

—¿Cuánto? —quiso saber Andrew.

—Quinientos dólares a la semana. Más los gastos, claro.

—Es mucho —suspiró Andrew—, no estoy seguro de que la dirección del periódico esté de acuerdo.

—Cinco días, a diez horas por día, es apenas diez dólares por hora. Es lo que pagan ustedes a una asistenta para que limpie sus bancos en Nueva York. No se crea que porque no somos estadounidenses nos tiene que tratar peor.

—Nunca he pensado eso, Marisa. La prensa está de capa caída, los presupuestos son muy ajustados, y para mis jefes esta investigación ya ha costado demasiado dinero.

—Antonio podría salir mañana mismo. Si va a Córdoba en auto, se ahorrarían el billete de avión. En cuanto al alojamiento, se las apañará, tiene familia a orillas del lago San Roque, que está cerca. Sólo tendrán que pagarle su sueldo, la comida y la gasolina. Usted verá. Pero si encuentra otro trabajo, ya no podrá ir...

Andrew reflexionó sobre el pequeño chantaje que Marisa le estaba haciendo, sonrió y decidió darle luz verde. Apuntó en una hoja los datos que le dio y le prometió que le haría una transferencia ese mismo día.

—En cuanto reciba la plata, Antonio saldrá para Córdoba. Lo telefonearemos cada noche para tenerlo informado.

—Ah, pero ¿lo acompaña usted?

—En coche no sale más caro —contestó Marisa—, y si vamos los dos juntos llamaremos menos la atención, parecerá que somos una pareja de vacaciones; el lago San Roque es muy bonito.

—Pensaba que me había dicho que su jefe no quería darle tres días libres...

—No sabe lo que soy capaz de conseguir con una sonrisa, señor Stilman.

—No tengo intención de costearles una semanita de vacaciones a cuerpo de rey.

—¿Cómo puede hablar de vacaciones cuando se trata de vigilar a un antiguo criminal de guerra?

—La próxima vez que pida un aumento de sueldo a lo mejor recurro a usted, Marisa. Espero impaciente sus noticias.

—Hasta muy pronto, señor Stilman —contestó la muchacha antes de colgar.

Andrew se armó de valor para contarle a Olivia Stern que necesitaba más dinero para el reportaje, pero cambió de idea camino de su despacho. En su vida anterior, Marisa y su novio no habían ido a espiar a Ortega, de modo que el resultado era incierto. Por el momento, decidió costear esa expedición de su propio bolsillo. Si obtenía información interesante, le sería más fácil conseguir más fondos. Y, en caso contrario, se ahorraría que sus jefes lo tomaran por un empleado que malgasta el dinero de la empresa.

Dejó su despacho para ir a una oficina de Western Union, desde la que hizo una transferencia de setecientos dólares. Quinientos para el sueldo de Antonio, y doscientos de anticipo por los gastos. Luego llamó a Valérie para decirle que esa noche volvería pronto a casa.

En mitad de la tarde sintió que estaba a punto de sufrir otro desvanecimiento. Empezó a sudar y a tiritar, un hormigueo recorría sus miembros, y volvió a sentir un dolor sordo en la parte baja de la espalda, más fuerte que la otra vez. Además, un silbido estridente le machacaba los tímpanos.

Andrew se fue al cuarto de baño para refrescarse la cara y encontró a Olson inclinado sobre el lavabo, con la nariz sobre una raya de coca.

Al ver a Andrew, se sobresaltó.

—Estaba seguro de haber puesto el pestillo.

—Pues te has equivocado, chaval. Pero si te tranquiliza en algo, no me he llevado una sorpresa.

—Joder, Stilman. Si abres la boca, estoy frito. No puedo perder mi trabajo, te lo suplico, no hagas ninguna tontería.

Andrew casi no podía tenerse en pie. En aquel momento, lo último que le apetecía hacer era una tontería.

—No me encuentro muy bien —gimió apoyándose en el lavabo.

Freddy Olson lo ayudó a sentarse en el suelo.

—¿Qué te pasa, no estás bien?

—Como puedes ver, estoy en plena forma. Cierra ese pestillo, si alguien entrara ahora podría pensar quién sabe qué.

Freddy se precipitó sobre la puerta y echó el cerrojo.

—¿Qué te pasa, Stilman? No es la primera vez que te encuentras mal así de repente, a lo mejor deberías ir al médico.

—Tienes la nariz más enharinada que un panadero, el que debería ir al médico eres tú. Eres un yonqui, Freddy. Terminarás por hacerte papilla las neuronas con esa mierda. ¿Desde cuándo te metes coca?

—¿A ti qué coño te importa mi salud? Dime la verdad, Stilman, ¿piensas chivarte? Te suplico que no lo hagas. Es cierto, tú y yo hemos tenido nuestras diferencias, pero sabes mejor que nadie que no soy una amenaza para tu carrera. ¿Qué ganas tú con que me echen?

Andrew sintió que se le pasaba el malestar; volvía a notar los brazos y las piernas, ya no veía tan borroso, y lo embargó una sensación de agradable calidez.

Entonces recordó de pronto una frase de Pilguez: «Descubrir a un criminal sin saber qué lo mueve a hacer lo que hace es dejar el trabajo a medias». Se esforzó por concentrarse lo mejor que pudo. ¿En el pasado alguna vez había sorprendido a Olson esnifando una raya de coca? ¿Se había sentido éste amenazado por Andrew? Era posible que otro hubiera hablado, y Olson, convencido de que sólo podía haber sido él, hubiera decidido vengarse. Andrew pensaba en la manera de desenmascarar a Freddy, de descubrir qué lo había llevado a ir a una armería y a comprar toda una colección de cuchillos para desollar.

—¿Me ayudas a levantarme? —le preguntó.

Olson lo miró con aire amenazador. Se llevó la mano al bolsillo, a Andrew le pareció discernir la punta de un destornillador o de un punzón.

—Primero júrame que no vas a hablar.

—No seas idiota, Olson. Tú mismo lo has dicho, ¿qué gano yo con que te echen, aparte de tener remordimientos? Lo que hagas con tu vida es cosa tuya.

Olson le tendió la mano a Andrew.

—Te he juzgado mal, Stilman, puede que hasta seas un buen tipo.

—Vale, Freddy, ahórrame el peloteo, no diré nada, tienes mi palabra.

Andrew se echó agua en la cara. El rollo de toalla seguía atascado. Salió del cuarto de baño seguido de Olson, y entonces se encontraron cara a cara con su redactora jefa, que esperaba en el pasillo.

—¿Estaban conspirando, o es que hay algo de ustedes que no sé? —les preguntó Olivia Stern mirando primero a uno y luego al otro.

—¿Qué imagina? —le replicó Andrew.

—Llevan quince minutos encerrados en un cuarto de baño de nueve metros cuadrados, ¿qué quiere que imagine?

—Andrew se ha sentido mal. He ido a ver cómo estaba y me lo he encontrado tendido en el suelo. Me he quedado con él hasta que se le ha pasado el malestar. Ahora ya se encuentra mejor, ¿verdad, Stilman?

—¿Otra vez se ha sentido mal? —se inquietó Olivia.

—Nada grave, descuide, pero este maldito dolor en la espalda es tan fuerte que a veces me tumba literalmente.

—Vaya a ver a un médico, Andrew, es la segunda vez que le ocurre en el periódico, y supongo que le habrá ocurrido más veces fuera de aquí. Es una orden, no quiero tener que repatriarlo desde Argentina por algo tan estúpido como un lumbago mal tratado, ¿me ha entendido?

—Sí, jefa —contestó Andrew en un tono descaradamente impertinente.

Una vez en su despacho, Andrew se volvió hacia Olson.

—Vaya cara tienes, mira que echarme la culpa a mí...

—¿Qué querías que le dijera, que nos estábamos morreando en el baño? —contestó Freddy.

—Sígueme antes de que te parta la cara, tengo que hablar contigo, pero no aquí.

Andrew arrastró a Freddy hasta la cafetería.

—¿Qué coño hacías hoy en una armería?

—He ido a comprar zapatos... ¿A ti qué coño te importa, es que me estás vigilando o qué?

Andrew pensó en qué contestarle a su colega que no le pusiera la mosca detrás de la oreja.

—Te pasas el día esnifando coca y vas a una armería... Si tienes deudas, me gustaría saberlo antes de que tus camellos vengan al periódico y nos maten a todos.

—No te preocupes, Stilman, mi visita a esa armería no tiene nada que ver con eso. He ido por motivos de trabajo.

—¡Vas a tener que ser más claro!

Olson vaciló un instante y al final se decidió a sincerarse con Andrew.

—Está bien. Te he dicho que estaba investigando esos tres asesinatos por arma blanca. Yo también tengo mis fuentes. He ido a ver a un amigo policía que había conseguido los informes del forense. A las tres víctimas no las apuñalaron con la hoja de un cuchillo, sino más bien con un objeto afilado, una especie de aguja que deja tras de sí marcas de incisiones irregulares.

—¿Un punzón para picar hielo?

—No, el arma provoca daños demasiado importantes como para pensar que se trate de una simple aguja, por larga que sea. El forense pensaba en algo parecido a un anzuelo. El problema es que, si se tratara de un anzuelo, las puñaladas tendrían que haberlas dado de lado. Si no, es imposible alcanzar el estómago. Cuando yo era niño iba a cazar con mi padre. Él trabajaba a la antigua, como los tramperos. No te voy a contar mi infancia, pero he pensado en una cosa que mi viejo utilizaba para descuartizar a los ciervos. Me he preguntado si esa clase de instrumento se vendía todavía, y he ido a una armería a comprobarlo. ¿He satisfecho tu curiosidad, Stilman?

—¿De verdad crees que un asesino en serie actúa en las calles de Manhattan?

—A pie juntillas.

—¿Y el periódico te ha encargado esta birria de tema?

—Olivia quiere que seamos los primeros en publicar la primicia.

—Si fuéramos los segundos, ya no sería una primicia, ¿no te parece? ¿Por qué mientes, Olson? Olivia no te ha encargado investigación alguna sobre ningún asesino en serie.

Freddy le dedicó una mirada de odio y tiró al suelo su taza de café, que se rompió con un estruendo.

—Estoy hasta el gorro de tus aires de grandeza, Andrew. ¿Eres poli o periodista? Sé que quieres acabar conmigo, pero te puedo asegurar que no me pienso dejar, me voy a defender con uñas y dientes.

—A lo mejor deberías ir a relajar un poco esa nariz, Olson. Para alguien que no quiere llamar la atención, no es muy inteligente por tu parte tirar al suelo tu taza de café en plena cafetería; te está mirando todo el mundo.

—Me trae al pairo todo el mundo, simplemente me protejo.

—Pero ¿de qué estás hablando?

—¿En qué mundo vives, Stilman? ¿No ves lo que se está cociendo en el periódico? Van a echar a la mitad del personal. ¿Eres el único que no lo sabe, o qué? Tú no te sientes amenazado, claro. Cuando eres el ojito derecho de la redactora jefa, su protegido, no corres el riesgo de perder el puesto, pero yo no tengo sus favores, así que me defiendo como puedo.

—Perdona, Freddy, pero no te sigo, me he perdido.

—No te finjas más tonto de lo que eres. Tu artículo sobre el orfanato chino causó mucho revuelo, y enseguida te encargan una investigación en Argentina. Los de arriba te tienen en gran estima. Pero yo hace meses que no publico nada sobresaliente. Estoy obligado a trabajar de noche, rezando por que ocurra algo fuera de lo normal. ¿Crees que me divierte dormir debajo de mi mesa y pasarme aquí los fines de semana para tratar de salvar mi curro? Si pierdo mi trabajo, lo pierdo todo: es lo único que tengo en la vida. ¿Alguna vez tienes pesadillas por las noches? Yo me despierto sudando y me veo en un despacho cutre en un pueblucho perdido de una ciudad de provincias. Trabajo para una birria de periódico local y, mientras contemplo las paredes de mi despacho mugriento, sueño con mi época de esplendor, cuando trabajaba en el *New York Times*. Entonces suena el teléfono, y me anuncian que tengo que ir corriendo a la tienda de ultramarinos porque han atropellado a un perro. Tengo esta puta pesadilla todas las noches. De modo que sí, Stilman, Olivia no me ha encargado ninguna investigación, ya no me encarga nada desde que te has convertido en su protegido. Trabajo por mi cuenta. Si tengo la más mínima probabilidad de haber identificado a un asesino en serie y de estar trabajando en una noticia bomba, me recorreré de una en una todas las armerías de Nueva York, de Nueva Jersey y de Connecticut para no dejarla pasar, te guste o no.

Andrew observó a su colega: le temblaban las manos y respiraba con dificultad.

—Lo siento mucho. Si puedo echarte una mano con tu investigación, lo haré encantado.

—Claro, desde lo alto de su grandeza, el señor Stilman se compadece. ¡Que te den por culo!

Olson se levantó y salió de la cafetería sin mirar atrás.

La conversación con Olson le ocupó la mente el resto del día. Estar al corriente de la situación en la que se encontraba su colega lo hacía sentirse menos solo. Por la noche, cenando con Valérie, le contó la desesperación de Freddy.

—Deberías ayudarlo —dijo ella—, trabajar con él en lugar de darle la espalda.

—Eso no es culpa mía, sino de la geografía de los despachos.

—No te hagas el tonto, me has entendido muy bien.

—Mi vida ya está lo bastante alterada por mi investigación. Si encima tengo que ponerme a seguir a un asesino imaginario, no voy a levantar cabeza.

—No te hablaba de eso, sino de su bajada a los infiernos con la coca.

—Ese chalado se ha ido a comprar elevadores para jugar a los forenses. Piensa que es el arma que utiliza su asesino en serie.

—Tengo que reconocer que es bastante brutal.

—¿Y tú qué sabes?

—Es un instrumento quirúrgico, mañana por la noche te puedo traer uno del quirófano, si quieres —contestó Valérie con una sonrisita.

Ese pequeño comentario dejó a Andrew pensativo, y todavía seguía pensando en ello cuando se quedó dormido.

Andrew se despertó cuando despuntaba el alba. Echaba de menos correr a orillas del Hudson. Tenía buenas razones para no volver allí desde su reencarnación, pero, pensándolo bien, se dijo que el 9 de julio aún quedaba lejos. Valérie dormía profundamente. Salió de la cama sin hacer ruido, se puso un chándal y salió del apartamento. Reinaba la calma más absoluta en el West Village. Andrew bajó por Charles Street a zancadas cortas. Cuando llegó al final de la calle aceleró el paso y consiguió, por primera vez en su vida, cruzar los ocho carriles de West End Highway antes de que se pusiera en verde el segundo semáforo.

Feliz por su hazaña, enfiló por el carril peatonal de River Park, encantado de haber retomado su ejercicio matutino.

Interrumpió su carrera un instante para ver apagarse las luces de Hoboken. Le encantaba ese espectáculo, que le recordaba su infancia. Cuando vivía en Poughkeepsie, su padre iba a buscarlo temprano a su habitación los sábados por la mañana. Desayunaban juntos en la cocina, y luego su padre lo instalaba al volante antes de empujar el Datsun por el camino de grava para no despertar a su madre. Dios, cuánto echaba de menos a sus padres, pensó. Una vez en la calle, Andrew, que había aprendido la maniobra, metía segunda, soltaba el embrague atento a los sonidos del motor y pisaba ligeramente el acelerador. Para enseñarle a conducir, su padre le hacía cruzar el Hudson Bridge, luego giraban en Oaks Road y aparcaban a orillas del río. Allí esperaban el momento en que se apagaban las luces de Poughkeepsie. Y, cada vez, el padre de Andrew aplaudía como se aplaude al final de un castillo de fuegos artificiales.

Y, mientras las luces de Jersey también se apagaban, Andrew ahuyentó sus recuerdos y reanudó su carrera.

De pronto se volvió y reconoció a lo lejos una silueta que le resultaba familiar. Entornó los párpados. Con la mano derecha escondida en el bolsillo central de su sudadera, Freddy Olson se acercaba a él. Andrew sintió enseguida el peligro que lo acechaba. Habría podido pensar en enfrentarse a él o en tratar de hacerlo razonar, pero sabía que Freddy conseguiría asestarle una puñalada mortal antes de que le diera tiempo a tratar de esquivar el golpe. Andrew se puso a correr a toda velocidad. Presa del pánico, se volvió de nuevo para calcular la distancia que lo separaba de Olson. Éste ganaba cada vez más terreno y, por más que Andrew se esforzaba, no conseguía despistarlo. Olson debía de haber esnifado una buena cantidad de coca; ¿cómo luchar contra alguien que se dopa todo el día? Andrew vio delante de él a un grupito de corredores. Si lograba alcanzarlos, estaría salvado. Freddy renunciaría a agredirlo. Lo separaban del grupo unos cincuenta metros, alcanzarlo aún era posible, por muy cansado que estuviera ya. Suplicó a Dios que le diera la fuerza necesaria. Aún no era el 9 de julio, tenía una misión que cumplir en Argentina, muchas cosas que decirle a Valérie, no quería morir ese día, todavía no, otra vez no. Los corredores estaban tan sólo a unos veinte metros, pero Freddy ya casi lo había atrapado.

«Un esfuerzo más, te lo suplico —se dijo a sí mismo—, corre, corre, joder.»

Quiso pedir ayuda, pero le faltaba el aire para gritar socorro.

Y de pronto sintió cómo una terrible dentellada le desgarraba la parte baja de la espalda. Andrew gritó de dolor. Entre los corredores que tenía delante una mujer oyó su grito, se volvió y lo miró. El corazón de Andrew dejó de latir cuando descubrió el rostro de Valérie, que sonreía, tranquila, mirándolo morir. Se desplomó sobre el asfalto, y la luz se apagó.

Cuando Andrew volvió a abrir los ojos estaba tendido sobre una larga camilla, tiritando. El frío del plástico sobre el que descansaba no mitigaba sus temblores. Una voz se dirigió a él por un altavoz: le iban a hacer un escáner, la prueba no duraría mucho. No debía mover un solo músculo.

¿Cómo podría haberse movido si unas correas le sujetaban las muñecas y los tobillos? Andrew trató de controlar los latidos de su corazón, que resonaban en la habitación blanca. No pudo recorrerla con la mirada, la camilla empezó a avanzar hacia un gran cilindro. Le parecía estar encerrado vivo en una especie de sarcófago moderno. Se oyó un ruido sordo, seguido de una serie de aterradores martilleos. La voz del altavoz buscaba tranquilizarlo: todo iba muy bien, no había nada que temer, la prueba era indolora y pronto habría terminado.

Los ruidos cesaron, la camilla se puso de nuevo en movimiento, y sacaron a Andrew del cilindro. Un celador acudió a buscarlo y lo pasó a una cama con ruedas. Conocía esa cara, ya la había visto en algún sitio. Andrew se concentró, estaba casi seguro de haber reconocido a Sam, el asistente de Valérie en su consultorio veterinario. Debía de estar delirando por los sedantes que le habían administrado.

De todos modos quiso preguntárselo, pero el hombre le sonrió y lo dejó solo en la habitación a la que lo había llevado.

«¿En qué hospital estoy?», se dijo. Después de todo, poco importaba eso, había sobrevivido a su agresión y había identificado al culpable. Cuando se recuperara de sus heridas podría volver a llevar una vida normal. Ese cerdo de Freddy Olson pasaría los próximos diez años entre rejas, debía de ser la pena mínima por un intento de asesinato con premeditación.

Andrew estaba furioso por haberse dejado engañar de manera tan tonta por su historia. Olson debía de haber pensado que sospechaba algo, y había decidido adelantar la fecha de su crimen. Andrew creyó entonces que tendría que aplazar el viaje a Argentina, pero ahora ya tenía la prueba de que se podía alterar el curso de los acontecimientos, puesto que había logrado salvar la vida.

Llamaron a la puerta, y entró el inspector Pilguez acompañado de una mujer guapísima que llevaba una bata blanca.

—Lo siento, Stilman, he fracasado, ese tipo ha conseguido su propósito. Me había equivocado de sospechoso, me hago viejo, y mi instinto ya no es el que era.

Andrew quiso tranquilizar al inspector, pero no estaba lo bastante recuperado como para poder hablar.

—Cuando me he enterado de lo que le había ocurrido, he cogido el primer avión y me he traído conmigo a esta amiga neurocirujana de la que tanto le he hablado. Le presento a la doctora Kline.

—Lauren —dijo ella, tendiéndole la mano.

Andrew recordaba su nombre, Pilguez lo había mencionado en una cena. Le hizo gracia acordarse porque siempre que había dudado si ir a su consultorio o no había tratado en vano de recordarlo.

La doctora le tomó el pulso, le examinó las pupilas y se sacó una pluma estilográfica del bolsillo, una extraña pluma que en lugar de plumín tenía una minúscula bombilla.

—Siga esta luz con los ojos, señor Stilman —dijo la doctora moviéndola de izquierda a derecha y de derecha a izquierda.

Luego se la guardó en el bolsillo de la bata y retrocedió unos pasos.

—Olson —articuló Andrew con dificultad.

—Lo sé —suspiró Pilguez—, hemos ido a buscarlo al periódico. Ha intentado negar los hechos, pero el testimonio de su amigo Simon sobre la armería lo ha desenmascarado. Al final ha confesado. Por desgracia, yo no andaba tan desencaminado, su cómplice era Valérie. Lo siento mucho, desde luego habría preferido equivocarme.

—¿Valérie? Pero ¿por qué? —balbuceó Andrew.

—¿No le dije que sólo había dos tipos de crímenes...? En un noventa por ciento de los casos, el asesino es alguien cercano a la víctima. Su colega le había dicho que usted amaba a otra mujer y que se disponía a anular la boda. Valérie no soportó la humillación. La hemos detenido en su consultorio. Dada la cantidad de agentes que la rodeaban, no ha opuesto ninguna resistencia.

Andrew se sintió invadido por la tristeza, una tristeza que de pronto le quitó las ganas de vivir.

La doctora se acercó a él.

—Los resultados del escáner son normales. No hay lesión ni tumor en su cerebro. Es una buena noticia.

—Pero tengo frío y me duele mucho la espalda... —farfulló Andrew.

—Lo sé, su temperatura corporal es tan baja que mis colegas y yo hemos llegado a la misma conclusión: está usted muerto, señor Stilman, muerto y bien muerto. Esa sensación de frío no debería durar, sólo hasta que su conciencia se apague.

—Lo siento, Stilman, siento mucho haber fracasado —repitió

el inspector Pilguez—. Voy a llevar a mi amiga a almorzar, y luego volveremos para acompañarlo a la morgue. No vamos a dejarlo solo en un momento como éste. En cualquier caso, ha sido un placer conocerlo.

La doctora se despidió de él educadamente, Pilguez le dio una palmadita amistosa en el hombro, apagaron la luz y salieron los dos de la habitación.

Solo en la oscuridad, Andrew sintió tanto miedo a morir que se puso a gritar.

Se sintió sacudido por todas partes, su cuerpo se agitaba como un mar tempestuoso. Un rayo de luz le golpeó los párpados. Abrió los ojos como platos y vio el rostro de Valérie inclinado sobre él.

—Andrew, despierta, amor mío, tienes una pesadilla. ¡Despierta, Andrew!

Respiró hondo y se incorporó bruscamente, empapado en sudor. Estaba en su cama, en el dormitorio de su apartamento del West Village. Valérie tenía casi tanto miedo como él. Lo abrazó con fuerza.

—Sufres pesadillas todas las noches, tienes que ir a un médico, no puedes seguir así.

Andrew se despejó un poco. Valérie le tendió un vaso de agua.

—Toma, bebe, te sentará bien, estás sudando.

Echó un vistazo al despertador que había sobre su mesilla de noche. Eran las seis de la mañana del sábado 26 de mayo.

Le quedaban seis semanas para identificar a su asesino, a menos que sus noches de pesadillas acabaran antes con él.

18

Valérie hacía cuanto podía por tranquilizar a Andrew, estaba muy preocupada por él. A mediodía lo llevó a pasear a Brooklyn. Visitaron los anticuarios del barrio de Williamsburg. Andrew se quedó fascinado con una pequeña locomotora de vapor, una miniatura de los años cincuenta, pero costaba mucho más de lo que él podía pagar. Valérie lo mandó a explorar el fondo de la tienda y, en cuanto se alejó, compró la locomotora y la guardó en el bolso.

Simon dedicó todo el sábado a seguir a Olson. Estuvo esperándolo en su portal desde el amanecer. Al volante de un Oldsmobile 88 que atraía las miradas de los viandantes cada vez que se paraba en un semáforo, Simon acabó por preguntarse si no habría sido mejor elegir otro coche, pero ése era el más discreto de su colección.

Olson estuvo durante su pausa para almorzar en un salón de masajes de dudosa reputación en Chinatown. Salió de allí hacia las dos, con el pelo engominado. La siguiente parada fue un restaurante mexicano en el que Freddy devoró unos tacos chupándose los dedos para no perderse ni una gota de la salsa que le resbalaba a chorros por las manos.

Simon se había comprado una cámara digna de los mejores *paparazzi*, accesorio que consideraba indispensable para el éxito de la misión que se había encomendado.

A media tarde, Olson fue a pasear por Central Park, y Simon lo vio tratando de conversar con una mujer que leía en un banco.

—Con esos lamparones de tabasco en la camisa, chaval, si lo consigues me hago monje.

Simon suspiró al ver a la mujer cerrar el libro y alejarse de Olson.

Mientras Simon espiaba a Freddy, el hacker al que había contratado le transfería el contenido de su ordenador, cuyo acceso había forzado en menos de cuatro minutos. Iba a desencriptar los ficheros duplicados y así podría saber si Olson se escondía detrás del pseudónimo de Spookie Kid.

El pirata informático de Simon no era el único que en esos momentos estaba tecleando al ordenador. En la otra punta del país, un inspector de policía jubilado intercambiaba correos electrónicos con un antiguo compañero de la comisaría del distrito seis a quien le había enseñado todo lo que sabía y que ahora dirigía la brigada criminal de la policía de Chicago.

Pilguez le había pedido un pequeño favor. No era algo del todo legal sin una orden del juez, pero, entre compañeros y por una buena causa, el papeleo podía irse al cuerno por una vez.

Las noticias que acababa de recibir lo contrariaron sobremanera y dudó mucho antes de decidirse a llamar a Andrew.

—No tiene buena voz —le dijo.

—He tenido una mala noche —contestó Andrew.

—Yo también sufro de insomnio, y no mejora con los años. Pero no lo llamaba para contarle mis pequeñas miserias domésticas. Quería decirle que la señora Capetta esta mañana ha comprado un billete de avión para Nueva York. Y lo que menos me gusta es que ha reservado un vuelo de ida para el 14 de junio pero no ha fijado fecha de vuelta. Me dirá usted que si reservas un billete con antelación, te sale más barato, pero a mí me parece que la coincidencia de las fechas da que pensar.

—¿Cómo se ha enterado de eso?

—Si un policía le pidiera que le desvelara sus fuentes, ¿usted lo haría?

—En ningún caso —contestó Andrew.

—Entonces conténtese con lo que yo quiera contarle, lo demás sólo me incumbe a mí. He tomado ciertas disposiciones en lo que respecta a la señora Capetta. En cuanto ponga un pie en Nueva York, la seguirán las veinticuatro horas. En particular por la mañana, por las razones que usted y yo sabemos.

—A lo mejor ha decidido volver a ver a su marido.

—Sería la mejor noticia desde hace semanas, pero tengo un defecto: nunca he creído en las buenas noticias. ¿Y qué me dice de usted, ha progresado en su investigación?

—No consigo aclararme. Olson me preocupa, pero no es el único, ahora desconfío de todo el mundo.

—Debería cambiar de aires, salir de Nueva York y recuperar fuerzas en otra parte. Está en primera línea en esta investigación. Necesita dedicarse en cuerpo y alma, pero el tiempo juega en su contra. Sé muy bien que no seguirá mi consejo, y créame si le digo que lo siento.

Pilguez se despidió de Andrew y le prometió que lo llamaría en cuanto tuviera alguna novedad.

—¿Quién era? —preguntó Valérie.

Ella y Andrew estaban en una terraza tomando un helado.

—Nada importante, del trabajo.

—Pues es la primera vez que te oigo decir que tu trabajo no es importante, debes de estar aún más cansado de lo que pensaba.

—¿Te apetece que vayamos esta noche a la playa?

—Claro.

—Pues vamos corriendo a la estación Grand Central, conozco un hotelito precioso en la playa, en Westport. El aire del mar nos sentará de maravilla.

—Tenemos que pasar por casa para coger algo de ropa y eso.

—No es necesario, los cepillos de dientes los compraremos allí mismo, para una noche no necesitamos nada más.

—¿Qué pasa? Parece que quisieras huir de algo, o de alguien.

—No, es sólo que tengo ganas de salir de la ciudad, una escapada romántica contigo, lejos de todo.

—¿Y me puedes decir por qué conoces ese hotelito precioso en la playa?

—Redacté la necrológica del dueño...

—Te agradezco tu galantería —contestó Valérie con voz tierna.

—No estarás celosa de mi pasado, ¿no?

—De tu pasado y de tu futuro. Cuando íbamos al instituto, estaba mucho más celosa de las chicas que te rondaban de lo que te imaginas —contestó Valérie.

—¿Chicas? ¿Qué chicas?

Valérie sonrió sin decir nada y paró un taxi.

Llegaron a Westport a última hora de la tarde. Por las ventanas de su habitación se veía el cabo, donde las olas golpeaban sin tregua.

Después de cenar fueron a pasear por la laguna, allí donde el paisaje ya no muestra señal alguna de civilización. Valérie tendió en la arena una toalla del hotel, Andrew apoyó la cabeza en su regazo, y juntos contemplaron la furia del océano.

—Quiero envejecer a tu lado, Andrew, envejecer para tener tiempo de conocerte.

—Me conoces mejor que nadie.

—Desde que me marché de Poughkeepsie sólo he conocido la soledad. Junto a ti, poco a poco voy dejando atrás ese horizonte, y eso me hace feliz.

Acurrucados en la noche escuchaban en silencio la resaca de las olas.

Andrew se puso a pensar en su adolescencia. Los recuerdos son a veces como esas fotografías que amarillean con el paso del tiempo y cuyos detalles vuelven a destacar según la luz con que se las mire. Sintió que la complicidad que los unía era más fuerte que nada.

Al cabo de tres días estaría en Buenos Aires, a miles de kilómetros de ella y de esos instantes de paz que esperaba revivir cuando el verano hubiera apagado sus últimas luces.

Tras un sueño sereno y un almuerzo al sol, Andrew recuperó fuerzas. Ya no le dolía la espalda.

Al llegar a Nueva York, el domingo por la noche, llamó a Simon y quedó con él en el Starbucks a la mañana siguiente, alrededor de las nueve.

Simon llegó tarde, Andrew lo esperaba leyendo el periódico.

—No me digas nada, he pasado el peor sábado de mi vida.

—No he dicho nada.

—Porque te lo acabo de prohibir.

—¿Y por qué ha sido tan malo?

—Pasé el día en la piel de Freddy Olson, un disfraz más sórdido de lo que te imaginas.

—¿Tanto?

—Peor. Prostitutas, tacos y rayas de coca, y eso que sólo estuve medio día tras él. Después de comer fue a la morgue, no me preguntes para qué porque no lo sé. Si lo hubiera seguido al interior, habría reparado en mí, y el contenido de esos frigoríficos no es plato de buen gusto para mí. Luego fue a comprar flores y acto seguido al hospital Lenox.

—¿Y después?

—Después fue a pasear por Central Park, luego por tu barrio y estuvo un rato en la puerta de tu edificio. Después de pasar cuatro veces por delante entró, buscó tu buzón, y de pronto dio media vuelta y se marchó.

—¿Olson fue a mi casa?

—Cuando me preguntas por lo que te acabo de decir me da la sensación de que me escuchas con mucha atención...

—¡Ese tío está loco de remate!

—Sobre todo está hecho polvo. Lo seguí hasta que volvió a su casa. La soledad de ese tío es un abismo de una profundidad vertiginosa. Es un colgado.

—No es el único que se siente perdido. Ya estamos casi en junio. Pero, bueno, no debería quejarme, ¿quién puede presumir como yo de haber vivido dos veces el mismo mes de mayo?

—Yo no, desde luego —contestó Simon—, y visto el volumen de negocios de este mes, no me importa. Por mí, que llegue enseguida junio... pero sobre todo julio.

—Mayo era el mes que había cambiado mi vida —suspiró Andrew—, era feliz, y todavía no había fastidiado lo más bonito que me había pasado.

—Tienes que perdonarte, Andrew, si no lo haces tú, nadie lo hará por ti. Hay tanta gente que sueña con volver a empezar, con regresar al instante en que la fastidiaron... Según dices, eso es lo que te ha ocurrido a ti, de modo que aprovéchalo en lugar de quejarte.

—Cuando sabes que la muerte está a la vuelta de la esquina, pronto el sueño se convierte en pesadilla. ¿Cuidarás de Valérie cuando yo ya no esté?

—¡Lo harás tú mismo! A todos nos toca, la vida es una enfermedad mortal en el cien por cien de los casos. Yo no sé cuál es la fecha fatídica y no tengo la posibilidad de retrasarla. Lo que tampoco es muy tranquilizador. ¿Quieres que te acompañe mañana al aeropuerto?

—No, no hace falta.

—Te voy a echar de menos, ¿sabes?

—Yo a ti también.

—Hala, corre a reunirte con Valérie, yo tengo una cita.

—¿Con quién?

—Vas a llegar tarde, Andrew.

—Antes contéstame.

—Con la recepcionista del hospital Lenox. Fui el domingo por la noche para ver si estaba bien después de la visita de Freddy, qué quieres que le haga, soy un perfeccionista.

Andrew se levantó, se despidió de Simon y se volvió justo antes de salir del café.

—Tengo que pedirte un favor, Simon.

—Pensaba que ya lo habías hecho, pero dime, te escucho.

—Necesito que vayas a Chicago. Ésta es la dirección de una mujer a la que me gustaría que vigilaras unos días.

—Deduzco de ello que no nos veremos en Buenos Aires.

—¿Decías en serio lo de ir a Buenos Aires?

—Tengo hecha la maleta por si acaso.

—Te llamaré y te prometo que, si es posible, te diré que vengas.

—Déjalo, iré a Chicago; cuídate cuando estés en Argentina. ¿Y es guapa esta tal señora Capetta? —Andrew le dio un abrazo a su amigo, y éste se apartó diciéndole—: Sí, bueno, muy tierno por tu parte, pero me parece que tengo posibilidades con la camarera, así que te agradecería que pudiéramos ahorrarnos el roce de morros.

—¿El roce de morros?

—El besuqueo —explicó Simon—. Es una expresión quebequense.

—¿Y desde cuándo conoces expresiones quebequenses?

—Kathy Steinbeck era de Montreal. ¡Qué pesado te pones a veces, no hay quien te aguante!

Andrew aprovechó su último día en Nueva York para poner un poco de orden en sus cosas. Se pasó la mañana en su despacho, Freddy no estaba. Llamó a la recepcionista y le pidió que lo avisara en cuanto Olson llegara al periódico. Se inventó que había quedado con él en el vestíbulo.

Nada más colgar, Andrew fue a inspeccionar el despacho de su colega. Registró los cajones de su mesa, pero sólo encontró cuadernos llenos de notas, ideas y artículos sin interés sobre temas que el periódico no publicaría jamás. ¿Cómo podía Olson andar tan perdido? Andrew iba a abandonar cuando llamó su atención un post-it que se había quedado pegado a la papelera. En él vio apuntada la contraseña de su propio ordenador. ¿Cómo la había conseguido Olson y qué había estado haciendo en su ordenador?

«Lo mismo que tú —le contestó su conciencia—, meter las narices en todo.»

—No es lo mismo —murmuró Andrew—, Olson es una amenaza para mí.

«Y tú también para él, al menos profesionalmente hablando», pensó por fin.

Entonces se le ocurrió una idea descabellada: utilizó su propia contraseña para acceder al contenido del ordenador de Olson, y funcionó. Andrew dedujo de ello que Freddy no tenía ninguna personalidad. O que su astucia era digna de respeto. ¿A quién se le pasaría por la cabeza utilizar la misma contraseña que la persona a la que espía?

En el disco duro había numerosos ficheros, entre ellos uno llamado «SK». Al abrirlo, Andrew descubrió la prosa prolífica de Spookie Kid. Olson era un verdadero enfermo mental, se dijo al descubrir el aluvión de insultos que su compañero le dirigía. Por desagradables que fueran, prefería que provinieran de un colega celoso de su éxito profesional que de un lector. Andrew conectó una memoria USB al ordenador y a continuación copió los ficheros para estudiarlos con más calma. Estaba haciendo desfilar las líneas por la pantalla cuando oyó sonar su teléfono al otro lado del tabique. Entonces las puertas del ascensor se abrieron en su planta. Andrew tuvo el tiempo justo de copiar un documento titulado «Castigo» y se levantó precipitadamente mientras Freddy ya avanzaba por el pasillo.

Cuando volvió a su despacho, Andrew se dio cuenta de que se había dejado el lápiz de memoria en el ordenador de Olson y rezó para que éste no se percatara.

—¿Dónde estabas? —le preguntó Andrew cuando pasó por su lado.

—¿Por qué? —repuso Freddy—. ¿Es que tengo que rendirte cuentas de todo lo que hago?

—Simple curiosidad —contestó el reportero, que buscaba distraer a su colega.

—¿Cuándo te vas a Buenos Aires, Stilman?

—Mañana.

—Ojalá te quedaras allí, así podría descansar un poco de ti.

Olson recibió una llamada y salió de su despacho.

Andrew aprovechó para recuperar su memoria USB.

Luego cogió sus cuadernos de notas, echó un último vistazo a sus cosas y decidió volver a casa. Valérie lo estaba esperando, era la última noche que pasarían juntos antes de que él se marchase a Buenos Aires y prefería no llegar tarde.

La llevó a cenar al Shanghai Café, en el barrio de Little Italy. Ese restaurante ofrecía mucha más intimidad que el Joe's. Valérie estaba triste y no se esforzó por ocultarlo. Aunque se alegraba de seguir con su investigación, Andrew se sentía culpable. Deberían haber aprovechado su última noche, pero la inminencia de su separación se lo impedía.

Valérie decidió ir a dormir a su casa. Prefería no estar presente al amanecer cuando Andrew cerrara la maleta que ella le había preparado.

La acompañó a su apartamento del East Village, y estuvieron largo rato abrazados al pie del edificio.

—Te odio por dejarme sola aquí, pero si hubieras renunciado a tu viaje, te odiaría aún más.

—¿Qué habría podido hacer para que me quisieras un poquito?

—La víspera de tu partida, poca cosa. Vuelve pronto, no te pido más, porque ya te echo de menos.

—Son sólo diez días.

—Y doce noches. Ten cuidado y encuentra a ese tío. Estoy orgullosa de convertirme en tu esposa, Andrew Stilman. Y ahora corre, vete antes de que cambie de idea y no te deje marchar.

19

El avión aterrizó a última hora de la tarde en el aeropuerto internacional de Ezeiza. Para su sorpresa, Marisa había ido a recogerlo. Andrew le había enviado varios e-mails, pero la muchacha no había dado señales de vida desde su última conversación telefónica. En el viaje de su vida anterior se habían visto en el hotel al día siguiente de su llegada.

Andrew reparó en que, cuanto más pasaba el tiempo, más sensación tenía de que los acontecimientos se alejaban del orden en el que se habían producido con anterioridad.

Reconoció el viejo Escarabajo, cuyos bajos estaban tan corroídos que se había preguntado a cada bache si su asiento no agujerearía el suelo del coche.

—Pensé que se había ido de vacaciones para siempre con el dinero que le envié; me prometió que me daría noticias.

—Las cosas se complicaron más de lo previsto, Antonio está en el hospital.

—¿Qué le ha pasado? —quiso saber Andrew.

—Tuvimos un accidente de coche en el camino de vuelta.

—¿Grave?

—Lo suficiente para que mi novio acabara con un brazo escayolado, seis costillas rotas y un traumatismo craneal. Por poco no lo contamos ninguno de los dos.

—¿Y la culpa fue suya?

—Si consideramos que no frenó en el cruce cuando el semáforo estaba en rojo, sí; pero como los frenos ya no respondían, supongo que la responsabilidad no es suya...

—¿Y el coche de Antonio era tan viejo como éste? —preguntó Andrew, que no conseguía desatascar el cinturón de seguridad.

—Él está obsesionado con su auto, a veces me pregunto si no lo quiere más que a mí. Nunca habría tomado carretera sin comprobarlo todo antes. Nos sabotearon los frenos, fue algo premeditado.

—¿Sospechan de alguien?

—Localizamos a Ortiz, lo espiamos y le sacamos fotos. Hicimos algunas preguntas sobre él, probablemente demasiadas. Sus amigos no son precisamente angelitos.

—Pues qué contrariedad, ahora ya estará sobre aviso.

—Antonio está grave, y usted sólo piensa en su investigación. Su delicadeza me conmueve sobremanera, señor Stilman.

—No tengo mucho tacto, ya lo sé, pero lo siento por su novio. Saldrá de ésta, pierda cuidado. Y sí, me preocupaba mi artículo. No he venido aquí para hacer turismo. ¿Cuándo fue el accidente?

—Hace tres días.

—¿Por qué no me avisó?

—Porque Antonio no recuperó el conocimiento hasta ayer por la noche, y usted era la última de mis preocupaciones, si le soy sincera.

—¿Han conservado las fotos?

—La cámara quedó en muy mal estado, el auto dio varias vueltas de campana. Utilizábamos una cámara vieja porque no queríamos llamar la atención con un modelo demasiado caro. El carrete seguramente estará velado, no sé qué podremos sacar de él. Se lo dejé a un amigo que es fotógrafo, mañana iremos juntos a recogerlo.

—Mañana irá usted sola porque yo me voy a Córdoba.

—No irá a hacer una estupidez como ésa, señor Stilman. Con todo el respeto que le debo, si a Antonio y a mí, que somos de aquí, nos descubrieron, no le doy ni medio día antes de que los hombres de Ortiz se le echen encima. Además, no necesita hacer tantos kilómetros. Viene todas las semanas a Buenos Aires a visitar a su mayor cliente.

—¿Y cuándo será la próxima vez que venga?

—El martes que viene, si es fiel a sus costumbres. Nos enteramos de eso allí, preguntando a la gente de su entorno, y probablemente por eso mismo sufrimos el accidente.

—Lo siento mucho, Marisa, no imaginaba que llegara a correr ningún riesgo por mi culpa, si lo hubiera sabido... —dijo Andrew con sinceridad.

No recordaba ese accidente, ya nada ocurría como lo había hecho antes. En su último viaje había sido él mismo quien había fotografiado a Ortega, y luego tres hombres lo habían atracado y le habían quitado la cámara en una callejuela de los suburbios de Buenos Aires.

—¿De verdad cree que un hombre que empleó tantas energías en cambiar de identidad para eludir la cárcel se dejará desenmascarar sin mover un dedo? ¿En qué mundo vive usted? —añadió Marisa.

—Le sorprendería saberlo —contestó Andrew.

Marisa aparcó delante del hotel Quintana, en el acomodado barrio de la Recoleta.

—Vamos mejor a ver a su novio, ya dejaré mis cosas más tarde.

—Antonio necesita descansar, y ya terminó el turno de visitas. Le agradezco el detalle, iremos mañana. Está en cuidados intensivos en el hospital Ramos Mejía, a dos pasos de aquí. Vendré a recogerlo a las nueve.

—¿No trabaja en el bar esta noche?

—No, esta noche no.

Andrew se despidió de Marisa, cogió su maleta del asiento trasero y se dirigió a la entrada del hotel.

Una furgoneta blanca se metió bajo el porche. Sentado delante, un hombre apuntó a Andrew con su objetivo y le hizo varias ráfagas de fotos. Las puertas traseras se entreabrieron y bajó un segundo individuo que entró tranquilamente en el vestíbulo del hotel. La camioneta arrancó y siguió con su tarea: el conductor no se había alejado de Marisa desde que Antonio y ella salieron de Córdoba.

Andrew sonrió cuando la recepcionista le entregó la llave de la habitación 712. Era la que había ocupado en su vida anterior.

—¿Podría pedirle al servicio de mantenimiento que cambie las pilas del mando del televisor? —preguntó.

—Las comprueban todos los días —contestó la empleada.

—Pues créame, el que se encargó de hacerlo no fue muy concienzudo.

—¿Cómo lo sabe si todavía no ha subido a su habitación?

—¡Porque soy vidente! —contestó Andrew abriendo mucho los ojos.

La habitación 712 era tal y como él la recordaba. La ventana estaba atascada, la puerta del armario chirriaba, el grifo de la ducha goteaba, y la nevera del minibar ronroneaba como un gato tísico.

—Aquí el servicio de mantenimiento brilla por su ausencia —se quejó Andrew, y arrojó su equipaje sobre la cama.

No había probado bocado desde Nueva York; la comida del avión no tenía muy buena pinta, y ahora Andrew estaba hambriento. Recordó que en su anterior estancia había cenado en una parrilla[3] situada justo enfrente del cementerio de la Recoleta. Al

---

3. En español en el original. (*N. de la t.*)

cerrar la puerta de su habitación le hizo gracia pensar que podía saborear el mismo plato por segunda vez.

Cuando Andrew salió del hotel, el hombre que se había instalado en el vestíbulo se levantó de su sillón y lo siguió. Se sentó en un banco en la calle, justo enfrente del restaurante.

Mientras Andrew disfrutaba de su parrillada, un empleado del servicio de mantenimiento del hotel Quintana, a quien habían sobornado con una generosa propina, inspeccionaba las pertenencias del cliente de la 712. Llevó a cabo el encargo con extrema meticulosidad, abrió la pequeña caja fuerte de la habitación con su llave de servicio y fotografió todas las páginas de la libreta de direcciones de Andrew, de su pasaporte y de su agenda.

Después lo volvió a dejar todo en su lugar, comprobó que el mando del televisor funcionaba, le cambió las pilas y se marchó. Se reunió con su generoso pagador en la puerta de servicio del hotel y le devolvió la cámara digital que éste le había entregado.

Saciado, Andrew durmió como un lirón, sin pesadillas, y se despertó en plena forma a primera hora de la mañana.

Tras desayunar en el restaurante del hotel salió al porche a esperar a Marisa.

—No vamos a ver a Antonio —dijo ella en cuanto Andrew subió a su coche.

—¿Se ha puesto peor durante la noche?

—No, se encuentra mejor esta mañana, pero mi tía recibió una llamada muy desagradable en plena noche.

—¿Qué clase de llamada?

—Un hombre que no le dijo su nombre le espetó que más le

221

valía vigilar las compañías de su sobrina si quería evitarle serios problemas.

—Vaya, los amigos de Ortiz no pierden el tiempo.

—Lo que de verdad me preocupa es que ya sepan que está usted en la ciudad y que nos conocemos.

—Y esas malas compañías, ¿sólo puedo ser yo?

—No lo dirá en serio, espero.

—Es usted muy guapa, seguro que no le faltan pretendientes.

—Ahórrese esa clase de comentarios, estoy muy enamorada de mi novio.

—Era sólo un cumplido, no me malinterprete —le aseguró Andrew—. ¿Sabe a qué calle da la entrada de servicio del hospital?

—No creo que sirva de nada querer pasarnos de listos, los hombres de Ortiz pueden haber puesto a uno de los suyos dentro del edificio. No quiero que Antonio corra ningún riesgo, ya se expuso bastante.

—Entonces ¿qué hacemos ahora?

—Lo estoy llevando a casa de mi tía, sabe más que yo y que mucha gente de esta ciudad. Fue una de las primeras Madres de la Plaza de Mayo. Y, seamos claros, ¡usted no me paga para que le haga de guía turística!

—Yo no lo llamaría exactamente turismo, pero tomo buena nota de su comentario... y de su excelente sentido del humor.

Luisa vivía en una casita del barrio de Monte Chingolo. Para llegar hasta ella había que cruzar un patio de paredes cubiertas de pasifloras, a la sombra de un frondoso jacarandá malva.

Luisa habría sido una hermosísima abuela si la dictadura no la hubiera privado de tener nietos.

Marisa acompañó a Andrew hasta el salón.

—Entonces es usted el periodista estadounidense que investiga nuestro pasado —dijo Luisa tras levantarse de la butaca donde estaba haciendo crucigramas—. Lo imaginaba más guapo.

Marisa sonrió mientras su tía le indicaba a Andrew con un gesto que se sentara a la mesa. Fue a la cocina y volvió con un plato de galletas.

—¿Por qué Ortiz? —le preguntó sirviéndole un vaso de gaseosa.

—A mi redactora jefa le interesa su trayectoria.

—A su jefa le interesan unas cosas harto curiosas.

—Cosas tales como comprender qué puede llevar a un hombre corriente a convertirse en un torturador —contestó Andrew.

—Debería haber venido ella en su lugar. Le habría dado los nombres de centenares de militares que se convirtieron en monstruos. Ortiz no era un tipo corriente, pero no era el peor de todos. Era un oficial piloto de los guardacostas, estaba en segunda fila. Nunca hemos podido demostrar que participara en la tortura. No crea que trato de disculparlo, cometió actos terribles y debería, como muchos otros, pudrirse en una celda por sus crímenes. Pero como muchos otros también se libró, al menos hasta hoy. Si nos ayuda a demostrar que Ortiz se convirtió en ese comerciante que responde al nombre de Ortega, podremos llevarlo ante la justicia. O al menos lo intentaremos.

—¿Qué sabe de él?

—De Ortega, por ahora, poca cosa. En cuanto a Ortiz, le bastará con ir a los archivos de la ESMA para obtener su pedigrí.

—¿Cómo se las apañó para eludir la justicia?

—¿De qué justicia habla, señor periodista? ¿De la que amnistió a esos cerdos? ¿La que les dejó tiempo para construirse nuevas identidades? Tras la vuelta de la democracia, en 1983, nosotros, las familias de las víctimas, creímos que condenarían a esos criminales. Pero no contábamos con la apatía y la cobardía del presidente Alfonsín, ni con el poder del ejército. El régimen militar tuvo tiempo de borrar su rastro, limpiar los uniformes manchados de sangre y esconder el material de tortura en espera de tiempos mejores. Y, por cierto, nada nos asegura que esos tiempos no vuelvan algún día. La democracia es frágil. Si cree que por ser norteamericano no corre peligro, se equivoca igual que nos equivocamos nosotros. En 1987, Barreiro y Rico, dos oficiales de alto rango, fomentaron una sublevación militar y lograron amordazar a nuestro aparato judicial. Se votaron dos leyes vergonzosas: la de Obediencia Debida, que establecía una jerarquía de las responsabilidades en función del rango militar, y la de Punto Final, aún más ignominiosa, según la cual prescribían todos los crímenes que aún no se hubieran juzgado. Su Ortiz, como cientos de otros como él, recibió así un salvoconducto que lo amparaba de toda persecución. Lo mismo les ocurrió a numerosos torturadores, y a los que se encontraban en prisión los liberaron. Tuvimos que esperar quince años para que se abrogaran esas leyes. Pero en quince años, como bien se imaginará usted, esa chusma tuvo tiempo de sobra para ocultarse.

—¿Cómo ha permitido el pueblo argentino que ocurriera algo así?

—Tiene gracia que me haga esa pregunta con tanta arrogancia. Y ustedes, los estadounidenses, ¿acaso llevaron ante la justicia a su presidente Bush, a su vicepresidente Dick Cheney o a su secretario de Defensa por autorizar la tortura en las cárceles iraquíes durante los interrogatorios y por justificarla en nombre de la razón de Estado, o por crear el centro de detención de Guantánamo? ¿Acaso cerraron ustedes ese centro, que vulnera los acuerdos de la Convención de Ginebra desde hace más de diez años? Ya ve lo frágil que es la democracia, de modo que no nos juzgue. Hicimos lo que pudimos frente a un ejército todopoderoso que manipulaba en su beneficio los engranajes del aparato del Estado. La mayoría de nosotros nos contentamos con que nuestros hijos pudieran ir al colegio, con que tuvieran un techo y algo que llevarse a la boca; eso ya exigía mucho esfuerzo y muchos sacrificios para las clases empobrecidas de la sociedad argentina.

—No los juzgaba —le aseguró Andrew.

—No es usted un justiciero, señor periodista de investigación, pero puede contribuir a que se haga justicia. Si desenmascara al que se oculta tras Ortega, si es de Ortiz de quien se trata, ese asesino tendrá el trato que se merece. Y en ese caso estoy dispuesta a ayudar.

Luisa se levantó de la silla y se dirigió al aparador que estaba en el centro del salón. Sacó de un cajón una carpeta que dejó sobre la mesa. Recorrió las hojas, humedeciéndose el pulgar para pasarlas una a una, y se detuvo para darle la vuelta a la carpeta y enseñársela a Andrew.

—Aquí está Ortiz en 1977 —dijo—. Tenía entonces cuarenta y tantos años, ya era demasiado viejo para pilotar otros aviones que no fueran los de los guardacostas. Un oficial con una carrera mediocre. Según el informe que obtuve de los archivos de la Comisión Nacional sobre la Desaparición de Personas, pilotó varios de los vuelos de la muerte. Desde el aparato que él pilotaba se arrojaron vivos a las aguas del Río de la Plata a numerosos jóvenes, hombres y mujeres, a veces incluso a simples *pibes* que acababan de dejar atrás la adolescencia.

Andrew no pudo reprimir una mueca de asco al mirar la foto de ese oficial que posaba con toda su soberbia.

—No dependía de Massera, el jefe de la ESMA. Probablemente fue lo que lo ayudó a escabullirse durante los pocos años en los que se exponía a que lo detuviesen. Ortiz estaba a las órdenes de Héctor Febres, el prefecto de los guardacostas. Pero Febres era también el jefe del servicio de información de la ESMA, estaba al mando del sector 4, que comprendía varias salas de tortura y la maternidad. Maternidad es mucho decir, en realidad era un reducto de unos pocos metros cuadrados en el que las prisioneras parían como animales. Peor que animales: les tapaban la cabeza con un saco. Febres obligaba a esas mujeres que acababan de dar a luz a escribir una carta en la que pedían a sus familias que se hicieran cargo del niño durante su cautiverio. Ya sabe lo que ocurría después. Ahora, señor Stilman, escúcheme bien, porque si de verdad quiere que lo ayude, tenemos que hacer un pacto usted y yo.

Andrew llenó de gaseosa el vaso de Luisa. Ésta se lo bebió de un tirón y lo dejó en la mesa.

—Es muy posible que, a cambio de sus servicios, Ortiz se beneficiara de los favores de Febres. Cuando digo favores me refiero a que le entregara uno de esos bebés.

—¿Es muy posible o sabe con certeza que eso fue lo que ocurrió?

—Poco importa, pues de eso trata precisamente nuestro pacto. Revelar la verdad a uno de esos niños robados exige infinitas precauciones a las que nosotras, las Madres de la Plaza de Mayo, otorgamos mucha importancia. Enterarte ya de adulto de que tus padres no son tus verdaderos padres, y encima enterarte de que participaron de cerca o de lejos en la desaparición de quienes te dieron la vida, es algo que tiene consecuencias. Es un proceso difícil y traumático. Luchamos por que la verdad salga a la luz, para devolver su verdadera identidad a las víctimas de la dictadura, pero no para destrozar la vida de inocentes. Le contaré todo lo que sé y todo lo que pueda averiguar sobre Ortiz, y usted por su parte sólo me contará a mí y a nadie más todo lo que pueda averiguar sobre sus hijos. Tiene que comprometerse, por su honor, a no publicar nada al respecto sin mi autorización.

—No la entiendo, Luisa, no hay medias verdades.

—No, en efecto, pero hay verdades que necesitan tiempo antes de que las revelemos. Imagine que es usted el hijo «adoptado» de este tal Ortiz. ¿Querría usted enterarse sin miramientos de que sus padres legítimos murieron asesinados, de que su vida no ha sido sino un gran engaño y de que su identidad, e incluso su nombre, son una mentira? ¿Querría usted descubrir todo eso al abrir el periódico? ¿Alguna vez se paró a pensar en las consecuencias que puede tener un artículo en la vida de aquellos sobre los que habla?

Andrew tuvo la desagradable sensación de ver rondar por la habitación la sombra de Capetta.

—Es inútil precipitarnos por ahora, pues nada demuestra que Ortiz adoptara a uno de esos niños robados. Pero, por si acaso, prefería avisarlo para que estemos de acuerdo.

—Le prometo no publicar nada sin consultárselo antes, aunque sospecho que no me lo cuenta todo...

—Veremos lo demás a su debido tiempo. Mientras tanto, tenga cuidado. Febres era uno de los más crueles. Le gustaba que lo llamaran Jungla porque decía ser más fiero que todos los depredadores juntos. Los testimonios de los pocos supervivientes que cayeron en sus manos son aterradores.

—¿Febres aún vive?

—Por desgracia no.

—¿Por qué por desgracia?

—Tras beneficiarse de la ley de amnistía, pasó la mayor parte del resto de su vida en libertad. No lo juzgaron hasta 2007, y sólo por cuatro de los cuatrocientos crímenes que cometió. Esperábamos todos su juicio. El de un hombre que había atado a un niño de quince meses al pecho de su padre antes de aplicarle descargas eléctricas para hacerlo hablar. Unos días antes del juicio, cuando disfrutaba de un régimen de favor en la cárcel, donde vivía en condiciones de ensueño, lo encontraron muerto en su celda. Envenenado con cianuro. Los militares tenían demasiado miedo de que hablara, y nunca se hizo justicia. Para las familias de sus víctimas fue como si la tortura nunca hubiera cesado.

Luisa escupió en el suelo después de decir eso.

—Pero Febres se llevó a la tumba cuanto sabía sobre la identidad de los quinientos bebés y niños robados. Su muerte no nos puso las cosas fáciles, pero seguimos investigando sin tregua y con fe. Esto se lo digo para que se ande con ojo. La mayoría de los hombres de Febres siguen vivos y libres, y están dispuestos a desalentar, por todos los medios, a quienes se interesen por ellos. Ortiz es uno de los suyos.

—¿Cómo se puede establecer que detrás de Ortega se esconde Ortiz?

—Siempre es útil cotejar fotografías. Veremos lo que queda del carrete de Marisa, pero más de treinta años separan al comandante de aire pretencioso que figura en mi álbum del comerciante de setenta y cuatro años que es hoy en día. Y a la justicia no le bastará con un simple parecido. La mejor manera de lograr nuestro propósito, aunque ello me parezca imposible, sería desenmascararlo y conseguir una confesión. ¿Cómo? Eso no lo sé.

—Si investigara el pasado de Ortega, habría que ver si su trayectoria se sostiene.

—¡Su ingenuidad es de lo más desconcertante! Puede creer que si Ortiz cambió de identidad no lo hizo solo, lo ayudó algún cómplice. Su existencia bajo el nombre de Ortega estará bien documentada, desde la escuela en la que supuestamente estudió hasta su puesto de trabajo, pasando por sus diplomas y hasta por un falso puesto como militar. Marisa, vení a la cocina a ayudarme, por favor —ordenó Luisa, y se levantó.

Una vez solo en el salón, Andrew pasó las páginas del álbum. Cada una contenía la fotografía de un militar, su rango, la unidad a la que pertenecía, la lista de crímenes que había cometido. También había información sobre la verdadera identidad del niño o los niños que les habían entregado a algunos de ellos. Al final del álbum, en un cuaderno, estaban recogidos quinientos de esos bebés cuyos verdaderos padres habían desaparecido para siempre. Sólo cincuenta llevaban la mención «identificado».

Luisa y Marisa volvieron unos momentos después. Marisa dio a entender a Andrew que su tía estaba cansada y que era mejor marcharse.

Andrew le agradeció a Luisa que lo hubiera recibido y prometió informarla de todo lo que descubriera.

De vuelta en el coche, Marisa se quedó callada un buen rato, pero su manera de conducir traducía su nerviosismo. En un cruce en el que un camión le negó la prioridad, tocó la bocina y soltó una sarta de insultos cuyo significado Andrew no entendió del todo, pese a que hablaba bien el español.

—¿He dicho algo que la ha molestado?

—No hace falta que se ponga en plan tan estirado, señor Stilman. Trabajo en un bar y prefiero que la gente sea directa y franca conmigo.

—¿Qué quería decirle su tía sin que yo lo oyera?

—No sé de qué me habla —contestó Marisa.

—No le ha pedido que fuera a la cocina para recoger los vasos de gaseosa, porque los han dejado en la mesa y han vuelto con las manos vacías.

—Me ha dicho que no me fíe de usted, que sabe bastante más de lo que quiere hacernos creer. No fue una casualidad que me conociera en el bar del hotel, ¿verdad? Le aconsejo que no me mienta, a menos que prefiera volver en taxi y olvidarse definitivamente de mi ayuda.

—Tiene razón, estaba al tanto de que su tía era una Madre de la Plaza de Mayo, y sabía que gracias a usted podría conocerla.

—Vamos, que le serví de cebo. Muy agradable. ¿Cómo dio conmigo?

—Su nombre figuraba en el expediente que me entregaron en el periódico, así como su lugar de trabajo.

—¿Por qué estaba mi nombre en ese expediente?

—Eso yo tampoco lo sé. Hace unos meses mi redactora jefa recibió un sobre que contenía información sobre Ortiz y sobre una pareja de desaparecidos. Una carta acusaba a Ortiz de haber participado en su asesinato. Su nombre también figuraba, así como su parentesco con Luisa y una mención que aseguraba que usted era de fiar. Olivia Stern, mi redactora jefa, se apasionó por este tema y me pidió que investigara a Ortiz y, a través de su historia, los años oscuros de la dictadura argentina. El año que viene se conmemora el cuarenta aniversario, todos los periódicos hablarán del asunto. A Olivia le gusta adelantarse a la competencia. Supongo que es lo que la motiva.

—¿Y quién le envió ese sobre a su redactora jefa?

—Me dijo que no llevaba remitente, pero la información que contenía era lo bastante sólida y documentada como para que nos la tomáramos en serio. Y, hasta el momento, todo parece confirmarlo. Olivia tiene defectos y no siempre es fácil ver por dónde va, pero es una auténtica profesional.

—Parece que la conoce usted muy bien.

—Bueno, tampoco tanto.

—Yo no llamaría a mi jefe por su nombre.

—¡Yo sí, son los privilegios de la edad!

—¿Es más joven que usted?

—Unos cuantos años.

—Una mujer, más joven que usted y que encima es su jefa... Debió de ser un buen golpe para su ego —dijo Marisa riendo.

—¿Querrá llevarme a los archivos que ha mencionado su tía?

—Si voy a hacerle de chófer durante toda su estancia, va a tener que pensar en compensarme de alguna manera, señor Stilman.

—¿Y me hablaba de mi ego?

Marisa tuvo que detenerse en una gasolinera. El tubo de escape de su Escarabajo soltaba chispas, el motor petardeaba tanto que resultaba ensordecedor.

Mientras un mecánico se esforzaba por hacerle un apaño al automóvil —Marisa no podía permitirse un tubo de escape nuevo—, Andrew se alejó y llamó al periódico.

Olivia estaba reunida, pero su asistente insistió en que esperara un momento.

—¿Qué noticias tiene? —preguntó la redactora jefa, jadeante.

—Son peores que la última vez.

—¿Eso qué quiere decir?

—Nada —contestó Andrew, furioso por la metedura de pata.

—He salido por usted de la sala de conferencias...

—Necesito un extra.

—Le escucho —dijo Olivia cogiendo un bolígrafo de su mesa.

—Dos mil dólares.

—¿Está de broma?

—Hay que engrasar los goznes si queremos que las puertas se abran.

—Le concedo la mitad y ni un dólar más hasta que regrese.

—Me contentaré con mil —contestó Andrew, que no esperaba tanto.

—¿No tiene nada más que decirme?

—Mañana salgo hacia Córdoba, tengo motivos para pensar que nuestro hombre se oculta en esa zona.

—¿Tiene pruebas de que se trata de él?

—Pruebas no, pero sí tengo la esperanza de que sea él, pienso que estoy tras una pista sólida.

—Llámeme en cuanto tenga alguna novedad, incluso a mi casa. ¿Tiene el número?

—Sí, lo debo de tener en mi agenda.

Olivia colgó.

Más que nunca, Andrew sintió ganas de oír la voz de Valérie, pero no quiso molestarla en su consultorio. La llamaría por la noche.

El coche ya estaba arreglado, le aseguró el mecánico, con esa reparación podría recorrer al menos mil kilómetros. Había tapado los agujeros y había vuelto a fijar el silenciador. Cuando Marisa rebuscaba en sus bolsillos para pagar, Andrew le tendió un billete de cincuenta dólares. El mecánico le dio las gracias efusivamente y hasta le abrió la puerta del coche.

—No era necesario que hiciera eso —dijo Marisa tras sentarse al volante.

—Digamos que es mi contribución al viaje.

—Con la mitad habría bastado para pagar esta reparación, es una estafa.

—Ya ve lo mucho que necesito sus servicios —dijo Andrew con una sonrisa.

—¿De qué viaje habla?

—Córdoba.

—Es usted aún más testarudo que yo. Antes de aventurarse en una locura como ésa, tengo una dirección para usted. Mucho más cerca que Córdoba.

—¿Adónde vamos?

—Yo me voy a casa a cambiarme, trabajo esta noche. Usted tomará un taxi —contestó Marisa, y le tendió un papel—. Es un bar que frecuentan los antiguos Montoneros. Cuando llegue, muéstrese humilde.

—¿Eso qué quiere decir?

—Al fondo de la sala verá a tres hombres sentados a una mesa jugando a las cartas. Su cuarto compañero nunca regresó de su estancia en la ESMA. Y, cada noche, vuelven a jugar la misma partida, como un ritual. Pregúnteles con educación si puede sentarse en la silla vacía, ofrézcase para invitarlos a una copa, una sola ronda, y apáñese para perder un poco, por cortesía. Si tiene demasiada suerte, lo echarán, y si juega demasiado mal, también.

—¿A qué juegan?

—Al póquer, con muchas variantes que ya le explicarán ellos. Cuando se haya ganado su confianza, diríjase al calvo con barba. Se llama Alberto, es uno de los pocos que consiguieron salir con vida de los centros de detención. Escapó de las garras de Febres. Como muchos supervivientes, le corroe un sentimiento de culpa y le cuesta hablar de lo ocurrido.

—¿Sentimiento de culpa? ¿Por qué?

—Por estar vivo cuando la mayoría de sus amigos murieron.

—¿Cómo lo conoce usted?

—Es mi tío.

—¿El marido de Luisa?

—Su exmarido, hace tiempo que no se hablan.

—¿Por qué?

—Eso no es asunto suyo.

—Cuanto más sepa, menos posibilidades hay de que meta la pata —argumentó Andrew.

—Mi tía dedicó su vida a perseguir a los antiguos criminales, él prefirió olvidarlo todo. Yo respeto sus decisiones, las de ambos.

—¿Y por qué va a hablar conmigo entonces?

—Porque por nuestras venas corre la misma sangre, y ambos somos contradictorios.

—¿Dónde están sus padres, Marisa?

—Ésa no es la pregunta correcta, señor Stilman. La que yo me hago todos los días es la siguiente: ¿quiénes son mis verdaderos padres, los que me criaron o aquellos a los que nunca conocí?

Marisa aparcó junto a la acera. Se inclinó para abrirle la puerta.

—Encontrará un taxi en la parada que hay ahí justo delante. Si no vuelve muy tarde, vaya a verme al trabajo. Termino mi turno a la una.

El bar era exactamente como Marisa se lo había descrito. Había atravesado el tiempo sin que la decoración se viera afectada. Las capas sucesivas de pintura habían terminado por adornar las paredes con una composición de lo más barroca. Había unas cuantas sillas y mesas de madera, y poco más. En la pared, al fondo de la sala, estaba colgada una fotografía de Rodolfo Walsh, periodista y dirigente legendario de los Montoneros, asesinado por la junta. Alberto estaba sentado justo debajo. Era calvo, y una tupida barba blanca le comía la cara. Cuando Andrew se acercó a la mesa en la que jugaba con sus amigos, Alberto levantó la cabeza y lo observó un instante antes de reanudar la partida sin decir una palabra.

Andrew siguió al pie de la letra las consignas de Marisa. Y, unos momentos después, el jugador sentado a la derecha de Alberto le permitió unirse a ellos. Jorge, sentado a su izquierda, repartió las cartas y apostó dos pesos, el equivalente de cincuenta céntimos.

Andrew siguió la apuesta y miró sus cartas. Jorge le había servido un trío, Andrew debería haber subido la apuesta, pero recordó los consejos de Marisa y arrojó sus cartas sobre la mesa. Alberto sonrió.

Volvieron a repartir. Esta vez Andrew tenía en las manos una escalera. De nuevo dejó pasar la oportunidad de ganar y permitió que Alberto se embolsara la apuesta, que ascendía a cuatro pesos. Lo mismo ocurrió las tres bazas siguientes, hasta que de pronto Alberto arrojó sus cartas sobre la mesa antes de que terminara la ronda y se quedó mirando a Andrew a los ojos.

—Está bien —dijo—, sé quién sos, por qué estás aquí y lo que esperás de mí. Podés dejar de perder tu plata haciéndote el boludo.

Los dos otros compadres rieron con ganas, y Alberto le devolvió los pesos a Andrew.

—¿No te diste cuenta de que hacíamos trampas? ¿Pensabas que tenías tanta suerte?

—Empezaba a extrañarme —contestó Andrew.

—¡Empezaba, dice! —exclamó Alberto mirando a sus dos amigos—. Nos serviste la copa de la amistad, eso basta para que hablemos, aunque todavía no seamos amigos. De modo que ¿pensás haber dado con el comandante Ortiz?

—Al menos lo espero —respondió Andrew dejando sobre la mesa su copa de Fernet con Coca-Cola.

—No me gusta que metás a mi sobrina en esta historia. La investigación en la que andás metido es peligrosa. Pero ella es más terca que una mula, y no conseguiré hacerla cambiar de opinión.

—No le haré correr riesgos, se lo prometo.

—No hagás promesas que no podés cumplir, no sabés de lo que son capaces esos hombres. Si él estuviera aquí —dijo Alberto señalando el retrato colgado en la pared—, te lo podría contar. Era periodista como vos, pero en circunstancias en que esa profesión se ejercía poniendo en peligro la vida. Lo mataron como a un perro. Pero resistió antes de caer bajo sus balas.

Andrew observó la fotografía. Walsh parecía haber sido un hombre carismático, tenía la mirada perdida en la lejanía tras los vidrios de sus gafas. Andrew le encontró cierto parecido con su propio padre.

—¿Usted lo conoció? —le preguntó a Alberto.

—Dejá a los muertos descansar en paz y hablame de lo que querés escribir en tu artículo.

—Aún no lo he escrito, y no quisiera hacerle promesas que no pueda cumplir. Ortiz es el hilo conductor de mi artículo, es un personaje cuyo destino intriga a mi redactora jefa.

Alberto se encogió de hombros.

—Es extraño que los periódicos siempre se interesen más por los verdugos que por los héroes. Será que el olor de la mierda vende más que el de las rosas. Marisa y su novio fueron tan discretos que ahora Ortiz recela. Nunca lo atraparán en su guarida, y siempre viaja acompañado.

—No es muy alentador eso que dice.

—Podemos apañárnoslas para estar parejos en armas.

—¿De qué manera?

—Tengo amigos que aún son fuertes y valerosos, y que estarían encantados de poder medirse con Ortiz y sus comparsas.

—Lo siento, pero no he venido a organizar un ajuste de cuentas. Yo sólo quiero interrogar a ese hombre.

—Como quiera. Estoy seguro de que lo recibirá en su salón y le ofrecerá un té mientras le cuenta su pasado. Y pretende convencerme de que mi sobrina no correrá ningún peligro... —dijo Alberto riendo, mirando a sus compañeros.

Alberto se inclinó sobre la mesa y acercó el rostro al de Andrew.

—Escúcheme, joven, si no quiere que su visita sea una pérdida de tiempo para todos. Para que Ortiz se sincere con usted, tendrá que ser muy convincente. No le hablo de que emplee la fuerza en exceso, no será necesario. Todos los que actuaron como él en el fondo son unos cobardes. Cuando no están en grupo, los tienen más pequeños que unos huesos de aceituna. Intimídelo lo justo, y le contará su historia llorando. Si él se da cuenta de que usted tiene miedo, lo matará sin el menor asomo de remordimientos y le dará de comer sus restos a los perros.

—Tomo buena nota de sus consejos —dijo Andrew disponiéndose a levantarse de la mesa.

—Siéntese, aún no terminé.

A Andrew le hacía gracia el tono autoritario del tío de Marisa, pero prefería no hacer de él un enemigo, así que obedeció.

—La suerte está de su lado —prosiguió Alberto.

—No, si se hacen trampas.

—No hablaba de nuestra partida. El martes que viene habrá una huelga general, y no despegará ningún avión. Ortiz no tendrá más remedio que tomar carretera si quiere venir a visitar a su cliente.

A juzgar por lo que decía Alberto, Andrew dedujo que Marisa lo informaba de todo cuanto hacían.

—Aunque vaya acompañado, en la carretera es donde más posibilidades tiene de atraparlo... siempre y cuando acepte que le echemos una mano.

—Ganas no me faltan, pero no aprobaré ninguna acción violenta.

—¿Quién habla de violencia? Es usted un periodista extraño, parece que sólo piensa con las manos, mientras que yo pienso con la cabeza.

Dubitativo, Andrew observó a Alberto.

—Conozco bien la nacional ocho; la recorrí tantas veces que, si me lleva a Córdoba, podría describirle los alrededores con los ojos cerrados. Durante kilómetros y kilómetros atraviesa paisajes sin un alma, y está en muy mal estado..., por lo que es escenario de numerosos accidentes. Marisa ya estuvo a punto de no contarlo, y no quiero que eso vuelva a ocurrir. Entiéndame bien, señor periodista, los amigos de ese hombre fueron a por mi sobrina, y el tiempo de su impunidad ya pasó. A pocos kilómetros de Gahan, la carretera se divide para rodear un calvario. A la derecha hay unos silos detrás de los que podrán esconderse mientras esperan a que llegue Ortiz. Mis amigos pueden apañárselas para que se le pinche una rueda justo ahí. Con todas las porquerías que se caen de los camiones, no sospecharán nada.

—Vale, ¿y después qué?

—En un auto nunca hay más que una rueda de repuesto, y cuando te encontrás en plena noche en un lugar donde los celulares no tienen cobertura, ¿qué otra cosa podés hacer más que cami-

nar hasta el pueblo más cercano para buscar ayuda? Ortiz manda-
rá a sus hombres, y él se quedará esperando en el auto.

—¿Cómo puede estar seguro de que será así?

—Un antiguo oficial como él no pierde jamás su arrogancia
ni la alta consideración que tiene de sí mismo; nunca caminaría
por el barro junto a sus esbirros, porque entonces se pondría a su
altura. Puedo equivocarme, claro, pero conozco bien a los tipos
como él.

—Está bien, Ortiz se queda solo en su coche. ¿De cuánto tiempo disponemos antes de que vuelvan sus hombres?

—Calcule un cuarto de hora para llegar, otro para volver, y lo
que tarden en despertar a un mecánico en plena noche. Tendrá
tiempo de sobra para hacerle hablar.

—¿Está seguro de que viajará de noche?

—Dumesnil está a siete horas en auto de Buenos Aires, añádale
tres si hay tráfico. Créame, se marchará después de cenar, un hombre conducirá, otro le servirá de escolta, y el individuo que usted
cree que es Ortiz dormirá tranquilamente en el asiento trasero.
Querrá cruzar la periferia antes de que la capital despierte y volver
a casa en cuanto termine su visita al cliente.

—Es un plan bien pensado, excepto por un detalle: si se le pin-
chan todas las ruedas a la vez, es muy probable que el coche salga
despedido y se estampe contra un muro.

—En ese lugar no hay muro contra el que estamparse, sólo
campos y los silos de los que le hablé, pero están demasiado lejos
de la carretera.

Con la frente apoyada en las manos, Andrew reflexionaba sobre la propuesta de Alberto. Levantó la cabeza y observó la fotografía de Walsh como si buscara desentrañar los pensamientos de
su difunto colega, petrificado en el pasado tras sus gafas.

—¡Maldita sea, Stilman, si quiere la verdad, tenga el arrojo de ir
a buscarla! —protestó Alberto.

—De acuerdo, acepto su plan, pero cuando llegue el momento de interrogar a Ortiz sólo estaremos Marisa y yo. Quiero su palabra de que ninguno de sus hombres aprovechará para ajustar cuentas con él.

—Sobrevivimos a esos bárbaros sin asemejarnos nunca a ellos, no insulte a quien se brinda a ayudarlo.

Andrew se levantó y le tendió la mano a Alberto. Éste vaciló un instante antes de estrechársela.

—¿Qué le parece Marisa? —preguntó volviendo a coger sus cartas.

—No estoy seguro de entender bien su pregunta.

—Pues yo estoy seguro de lo contrario.

—Se le parece, Alberto, y no es usted en absoluto mi tipo de mujer.

De vuelta en el hotel, Andrew pasó por el bar. La sala estaba abarrotada. Marisa corría de un extremo a otro de la barra, muy atareada sirviendo copas. El escote de su camisa dejaba entrever las curvas de su pecho cuando se inclinaba, y los clientes sentados en la barra no se perdían nada del espectáculo. Andrew la observó mucho rato. Consultó su reloj, era la una de la madrugada. Suspiró y se retiró a su habitación.

En la habitación flotaba un olor a tabaco frío y desodorante barato. Andrew se tumbó sobre la colcha. Era tarde para llamar a Valérie, pero la echaba de menos.

—¿Te despierto?

—No hace falta que hables en voz baja, ¿sabes? Estaba a punto de dormirme, pero me alegro de que me hayas llamado, ya empezaba a preocuparme.

—Ha sido un día largo —contestó Andrew.

—¿Te está saliendo todo como tú querías?

—Yo lo que quiero es estar a tu lado.

—Pero si lo estuvieras, soñarías con estar en Argentina.

—No digas eso.

—Te echo de menos.

—Y yo a ti.

—¿El trabajo va bien?

—No tengo ni idea, tal vez mañana...

—Tal vez mañana... ¿qué?

—¿Te reúnes conmigo este fin de semana?

—Ya me gustaría a mí, pero no creo que mi línea de metro pase por Buenos Aires, y además estaré de guardia.

—¿No quieres venir a ser mi guardiana?

—¿Tan guapas son las argentinas?

—Ni idea, no las miro siquiera.

—Mentiroso.

—También echo de menos tu sonrisa.

—¿Quién te ha dicho que estaba sonriendo?... Sí que lo estaba. Vuelve pronto.

—Te dejo dormir, perdona por haberte despertado, necesitaba oír tu voz.

—¿Va todo bien, Andrew?

—Creo que sí.

—Puedes llamarme cuando quieras si no consigues dormir, ¿vale?

—Vale. Te quiero.

—Yo también te quiero.

Valérie colgó. Andrew se asomó a la ventana de su habitación. Vio a Marisa, que salía del hotel. Por alguna razón que ignoraba, esperaba que se volviera, pero Marisa subió a su Escarabajo y arrancó el motor.

El timbre del teléfono despertó a Andrew. No tenía ni idea de dónde se encontraba ni de qué hora era.

—¡No me digas que aún dormías a las once de la mañana! —exclamó Simon.

—No —mintió Andrew frotándose los ojos.

—¿Has estado de juerga toda la noche? Si me dices que sí, me cojo el primer avión y me planto ahí.

—He tenido una pesadilla horrible y luego ya no me he podido dormir hasta el amanecer.

—Sí, ya, seguro. Pues que sepas que, mientras tú descansas, yo estoy en Chicago.

—Anda, es verdad, se me había olvidado.

—A mí no. ¿Te interesa lo que tengo que contarte?

Andrew sufrió un violento ataque de tos que le impidió respirar. Al mirarse la palma de la mano le preocupó verla manchada de sangre. Se disculpó con Simon, prometió volver a llamarlo y corrió al cuarto de baño.

El espejo le devolvió una imagen espantosa. Estaba pálido como un muerto, demacrado, con los ojos hundidos y los pómulos prominentes. Parecía haber envejecido treinta años en una noche. Un nuevo ataque de tos lanzó gotas de sangre contra el espejo. Andrew sintió que le daba vueltas la cabeza y que las piernas no lo sostenían. Se agarró al borde del lavabo y se arrodilló antes de caer al suelo.

El contacto de las baldosas frías sobre las mejillas lo espabiló un poco. Consiguió tenderse sobre la espalda y miró fijamente el foco del techo, cuya luz parpadeaba.

Oyó ruido de pasos en el corredor y esperó que fuera la camarera. Incapaz de pedir socorro, trató de agarrar el cable del secador, que colgaba a escasos centímetros de su cara. Hizo un esfuerzo sobrehumano para alargar el brazo y logró atraparlo, pero el cable resbaló entre sus dedos y quedó colgando ante sus ojos.

Alguien introdujo una llave en la cerradura de su habitación. Andrew temió que la camarera pensara que estaba ocupada y no quisiera entrar. Trató de agarrarse al borde de la ducha, pero se quedó quieto al oír las voces de dos hombres que hablaban en susurros al otro lado de la puerta del cuarto de baño.

Estaban registrando su habitación. Reconoció el crujido del armario que acababan de abrir. Volvió a alargar la mano para agarrar el maldito secador, como si de un arma se tratara.

Tiró del cable, y el aparato cayó al suelo. Las dos voces callaron de pronto. Andrew consiguió incorporarse y apoyar la espalda contra la puerta, empujando con todas sus fuerzas con las piernas para que no pudieran abrirla.

Salió despedido hacia delante. Una violenta patada había hecho añicos la cerradura y había propulsado la puerta hacia el interior del cuarto de baño.

Un hombre lo agarró por los hombros y trató de tumbarlo en el suelo. Andrew se resistió, el miedo lo había espabilado del todo. Consiguió asestarle un puñetazo en la cara a su agresor. El hombre, que no se lo esperaba, se desplomó en el suelo de la ducha. Andrew se levantó para zafarse del segundo agresor, que ya se lanzaba sobre él. Agarró el frasco de jabón líquido, que estaba al alcance de su mano, y se lo arrojó. El hombre esquivó el proyectil, y el tarro se hizo añicos en el suelo. Dos ganchos en la cara lanzaron a Andrew contra el espejo. Se le partió una ceja y la sangre empezó a brotar, impidiéndole ver con claridad. La lucha era desigual, Andrew no tenía la más mínima oportunidad. El más fuerte de los dos agresores lo tumbó en el suelo, el otro se sacó un cuchillo del bolsillo y se lo clavó en la parte baja de la espalda. Andrew gritó de dolor. En un último esfuerzo, atrapó una esquirla del tarro roto y le hizo un corte en el brazo al hombre que trataba de estrangularlo.

Éste profirió un grito de dolor. Al retroceder resbaló sobre el jabón vertido en el suelo y en su caída apretó sin querer con el codo la alarma antiincendios.

Una sirena ensordecedora empezó a sonar; los dos hombres escaparon corriendo.

Andrew se deslizó por la pared hasta sentarse en el suelo. Se llevó la mano a la espalda: sangraba. La luz del techo seguía parpadeando cuando perdió el conocimiento.

20

—Si tanto deseaba conocer a Antonio, no tenía más que decírmelo —declaró Marisa tras entrar en la habitación del hospital.

Andrew la miró sin contestar.

—Vale, no es momento para bromas, lo siento —añadió la muchacha—. Vaya paliza le dieron, pero tuvo mucha suerte, me dijo el médico.

—¡Según se mire! La hoja de un cuchillo me ha pasado a diez centímetros del riñón. Los médicos de aquí tienen un extraño concepto de la suerte.

—La policía declaró que sorprendió a unos ladrones en su habitación; es cada vez más frecuente, según el poli con el que hablé. Buscan los ordenadores portátiles, los pasaportes y los objetos de valor que los turistas se dejan en el hotel.

—¿Y usted cree esa versión de los hechos?

—No.

—Pues ya somos dos.

—¿Tenía ordenador en su habitación?

—Trabajo a la antigua, con libretas y bolígrafos.

—Se fueron con las manos vacías, conseguí recuperar sus pertenencias, están a salvo en mi casa.

—¿Tiene mis libretas de notas?

—Sí.

Andrew suspiró aliviado.

—Va a tener que descansar mucho si quiere interrogar a Ortiz el martes que viene. ¿Se sigue mostrando partidario de un acercamiento civilizado?

—No estoy aquí para descansar —declaró Andrew tratando de incorporarse en la cama.

El dolor le arrancó una mueca, y sintió un mareo. Marisa avanzó hacia él para sostenerlo. Le ahuecó las almohadas y lo ayudó a volver a tumbarse antes de ofrecerle un vaso de agua.

—Tendría que haberme hecho enfermera en lugar de camarera. Paso más tiempo aquí que en el bar.

—¿Cómo está su novio?

—Tienen que volver a operarlo la semana que viene.

—¿Y qué dicen de mí los médicos?

—Que tiene que guardar reposo unos días, señor Stilman —anunció el doctor Herrera al entrar en la habitación—. Se libró de milagro.

El médico se acercó a Andrew y le examinó la cara.

—Poco faltó para que perdiera el ojo. Por suerte, el cristalino y la córnea no se vieron afectados, tiene únicamente un hematoma que se reabsorberá solo. Quizá no pueda abrir el párpado durante unos días. Le suturamos un corte grave a la altura de los riñones, pero el internista de guardia ya lo tranquilizó al respecto. Su estado general, en cambio, no es muy bueno. Quiero que permanezca en observación para que le hagan algunas pruebas más.

—¿Qué clase de pruebas?

—Todas las que juzgue necesarias. Mucho me temo que pueda tener usted una pequeña hemorragia en alguna parte. ¿Cómo se sentía antes de este incidente?

—No muy bien, la verdad —reconoció Andrew.

—¿Tuvo problemas de salud recientemente?

Andrew reflexionó sobre la pregunta. «Recientemente» no era el término más adecuado, pero ¿cómo confesarle al doctor Herrera que sufría las secuelas de una agresión mortal que iba a ocurrir unas semanas más tarde?

—¿Señor Stilman?

—Pues hace tiempo que llevo sintiendo malestares repentinos y violentos dolores en la espalda. Y también siento frío todo el rato.

—Podría tratarse de una simple contractura vertebral, aunque eso nunca es fácil de tratar. Pero estoy convencido de que pierde sangre por alguna parte y no lo dejaré salir de aquí hasta que averigüe por dónde.

—Tengo que estar fuera el lunes como muy tarde.

—Haremos cuanto esté en nuestra mano. Por poco no lo cuenta. Alégrese de estar vivo y de encontrarse en uno de los mejores hospitales de Buenos Aires. Esta tarde le haremos una ecografía abdominal y, si los resultados no me dan ningún indicio, quizá le hagamos un escáner. Ahora descanse, pasaré a verlo de nuevo cuando termine mi turno.

Entonces el doctor Herrera se retiró y dejó a Andrew a solas con Marisa.

—¿Tiene mi móvil? —quiso saber el periodista.

Marisa se lo sacó del bolsillo y se lo dio.

—Debería avisar a su periódico —le sugirió.

—De ninguna manera, me repatriarían; prefiero que nadie sepa lo que me ha ocurrido.

—Hay una investigación en curso, la policía querrá interrogarlo en cuanto se mejore.

—La investigación no llevará a ninguna parte. Entonces ¿para qué perder tiempo?

—Porque lo manda la ley.

—Marisa, no me perderé por segunda vez mi cita con Ortiz.

—¿Cómo que «por segunda vez»?

—Olvídelo.

—Haga caso del médico y descanse. Quizá esté recuperado el domingo. Voy a avisar a mi tío de que espere unos días.

El jueves, Andrew se sometió a una jornada de ecografías, radiografías, dopplers y análisis de sangre, interrumpida por largas esperas en salas donde Andrew debía aguardar pacientemente junto a otros enfermos.

Lo devolvieron a su habitación a última hora de la tarde y, aunque tenía que llevar una vía que le hacía un daño terrible, le dieron permiso para alimentarse normalmente. El personal del hospital era amable, los celadores, solícitos, y la comida, razonablemente buena. Salvo por el tiempo perdido, Andrew no tenía motivo de queja.

Cuando aún seguía sin noticias de los resultados, Andrew llamó a Valérie. No le contó nada de lo que le había ocurrido, pues no quería preocuparla y temía que ella también exigiera que lo repatriaran.

Marisa fue a visitarlo antes de empezar su turno en el bar. Al verla marchar, Andrew sintió deseos de seguirla. La muerte, que llevaba demasiado tiempo rondándole, le daba ganas de pronto de vivir a mil por hora, de volver a sentir la ebriedad del momento sin preocuparse nunca más del mañana.

El sábado el doctor Herrera se presentó en su habitación a última hora de la mañana con todo un séquito de alumnos de Medicina. A Andrew no le hacía ni pizca de gracia que lo observaran como a un cobaya, pero se sometió al ritual.

Tenía el arco superciliar muy hinchado, sólo veía por un ojo. El doctor lo tranquilizó, la inflamación desaparecería al cabo de cuarenta y ocho horas. La ecografía renal había revelado una ligera hemorragia, pero los demás resultados eran normales. Herrera se congratulaba de estar en lo cierto. Sospechaba que lo que tenía su paciente era una fiebre hemorrágica con síndrome renal, probablemente de origen vírico. Los síntomas se parecían en un primer momento a los de la gripe. Luego seguían cefaleas, dolores musculares, lumbalgia y hemorragias. No había ningún tratamiento específico para esa enfermedad, que se curaba con el tiempo sin que quedaran secuelas. El doctor Herrera le preguntó si había acampado en el bosque recientemente, pues el contagio solía producirse al inhalar partículas procedentes de las deyecciones de roedores salvajes.

Andrew, que valoraba la comodidad por encima de todo, le aseguró que jamás se le habría pasado por la cabeza hacer algo por el estilo.

—¿Podría haberse hecho daño con una herramienta que hubiera estado en un bosque, perteneciente a un leñador o a un cazador, por ejemplo?

Andrew pensó enseguida en Olson y apretó los puños ante el deseo repentino e intenso de partirle la mandíbula.

—Es posible —contestó conteniendo la rabia.

—Sea más prudente de ahora en adelante —dijo el doctor sonriendo, encantado de la perspicacia de la que había hecho gala ante sus alumnos—. Si todo va bien, le daré el alta el lunes por la tarde. Era lo que quería, ¿no?

Andrew asintió.

—Debe tener cuidado. La herida de la espalda no es muy grave, pero tiene que darle tiempo para que cicatrice y velar por que no se infecte. ¿Cuándo tiene previsto volver a Estados Unidos?

—Al final de la semana que viene, en principio —contestó Andrew.

—Le voy a pedir que venga a hacerse unas pruebas de control antes de tomar su avión. Aprovecharemos para quitarle los puntos. Hasta el lunes, y que pase un buen fin de semana, señor Stilman —se despidió el médico, y se retiró con sus alumnos.

Un poco más tarde, Andrew recibió la visita de un policía que le tomó declaración. Cuando éste le explicó que no había ninguna probabilidad de que detuvieran a los culpables, pues el hotel no disponía de cámaras de vigilancia, Andrew renunció a poner una denuncia. Aliviado de poder ahorrarse el papeleo, el policía dejó que Andrew prosiguiera tranquilo su convalecencia. Al final del día, Marisa, que había pasado la tarde con su novio, fue a hacerle una visita y se quedó una hora con él.

Luisa, que se había enterado por su sobrina de lo ocurrido, fue el domingo al hospital y le llevó a Andrew un poco de comida casera. Pasó buena parte de la tarde con él. Éste le contó algunos episodios de su vida de periodista, y ella, las circunstancias que la habían llevado a ser una de las Madres de la Plaza de Mayo... Y luego le preguntó si había conocido a Alberto.

Andrew le habló de la partida de cartas, y Luisa se enfadó; dijo que hacía treinta años que no se dedicaba más que a jugar al póquer y a engordar. Ese hombre, que era muy inteligente, había renunciado a su vida tanto como a su mujer, lo cual aún seguía enfureciendo a Luisa.

—Si supiera lo guapo que era de joven —suspiró—. Todas las chicas del barrio querían estar con él, pero me eligió a mí. Supe hacerme desear, le dejaba creer que me era del todo indiferente. Y, sin embargo, cada vez que me hablaba o me sonreía al cruzarse conmigo, yo me derretía por dentro como un helado al sol. Pero era demasiado orgullosa para hacérselo ver.

—¿Y qué le hizo cambiar de actitud? —preguntó Andrew, divertido.

—Una noche... —contestó Luisa, sacando un termo de su bolsa—. ¿El médico le deja tomar café?

—No ha dicho nada al respecto, pero desde que estoy aquí sólo me sirven una infusión asquerosa —reconoció Andrew.

—¡El que calla otorga! —exclamó Luisa, y le llenó una taza que había sacado de su bolsa de la compra—. Como le iba diciendo, una noche Alberto fue a casa de mis padres. Llamó a la puerta y le pidió permiso a mi padre para llevarme a pasear. Era diciembre. Hacía mucho calor. Yo estaba en la planta de arriba y espiaba la conversación.

—¿Qué dijo su padre?

—Que no, y acompañó a Alberto a la puerta asegurándole que su hija no quería verlo. Como yo disfrutaba llevándole la contraria a mi padre en todo, bajé la escalera corriendo, me puse un chal en los hombros para no escandalizar a mi padre y me fui con Alberto. Estoy segura de que lo habían preparado todo. Mi padre nunca quiso reconocerlo, Alberto tampoco, pero estoy convencida de ello por cómo se burlaron de mí durante años cada vez que alguien hablaba de la primera vez que salí con Alberto. El paseo fue mucho más agradable de lo que yo había pensado. Alberto no me cortejaba como todos esos muchachos que sólo piensan en llevarte a la cama cuanto antes. Él me hablaba de política, de un mundo nuevo en el que cada uno sería libre de expresarse, en el que la pobreza no sería una fatalidad. Alberto es un humanista, tan utópico como ingenuo, pero profundamente generoso. Tenía una voz grave que me hacía sentir segura, y una mirada que me volvía el corazón del revés. Hablando y hablando de cómo íbamos a cambiar el mundo, no nos dimos cuenta de lo tarde que era. Cuando emprendimos el camino de regreso a mi casa, hacía tiempo que había pasado la hora a la que mi padre me había dado permiso para volver, y eso que se había encargado de decírnosla a gritos mientras bajábamos por la callejuela. Sabía que mi padre nos estaría esperando en la puerta, quizá incluso con su escopeta cargada con sal gorda para darle una lección a Alberto. Le dije que era mejor que volviera yo sola, para evitarle problemas, pero él insistió en acompañarme.

»En la esquina de la calle le pedí su pañuelo y me lo até al tobillo. Luego me apoyé en su hombro y fingí cojear hasta llegar a mi casa. Al verme, mi padre se calmó enseguida y corrió hacia nosotros. Le conté que me había torcido un tobillo y que habíamos tardado dos horas en volver, pues debía pararme cada cien metros para descansar. No sé si mi padre me creyó o no, pero le dio las gracias a Alberto por haberle devuelto a su hija sana y salva. El honor también estaba a salvo, que era lo más importante. En cuanto a mí, al irme a la cama sólo pensaba en la emoción que había sentido cuando Alberto me había rodeado con el brazo y cuando mi mano había tocado su hombro. Seis meses después nos casamos. No éramos ricos, nos costaba llegar a fin de mes, pero Alberto se las apañaba siempre para conseguirlo. Fuimos felices, felices de verdad. Viví a su lado los mejores años de mi vida. Nos reíamos tanto juntos... Hasta que se instaló en el poder una nueva dictadura, más terrible que las anteriores. Nuestro hijo tenía veinte años cuando lo secuestraron. Alberto y yo no habíamos tenido más. Él no se recuperó nunca de su desaparición, y nuestra relación tampoco. Sobrevivimos cada uno a nuestra manera: él se refugió en el olvido; yo, en la lucha. Los papeles se habían invertido. Si llega a ver a Alberto de nuevo, le prohíbo que le diga que le hablé de él. ¿Prometido?

Andrew se lo prometió.

—Desde que vino usted a visitarme, duermo mal. Ortiz no estaba el primero en mi álbum, no era más que un actor secundario, como le dije, un oficial con una carrera mediocre. Pero ahora no puedo evitar pensar que quizá pilotara él el avión desde el que arrojaron a mi hijo al Río de la Plata. Quisiera que diera con él y lo obligara a confesar. No hay nada más terrible para una mujer que perder a su hijo, es la peor tragedia que pueda sufrir un ser humano, peor que su propia muerte. Pero si supiera el dolor que supone no poder visitar su tumba, no ver jamás sus restos mortales... Saber que aquel que en tiempos te llamaba mamá y se lanzaba en tus brazos para estrecharte con todas sus fuerzas...

Luisa calló un momento.

—Cuando el hijo que era la luz de tu vida desaparece sin dejar rastro, cuando sabes que nunca más oirás su voz, tu existencia se convierte en un infierno.

Luisa se acercó a la ventana para ocultar el rostro. Respiró hondo y prosiguió, con la mirada perdida en la lejanía.

—Alberto se refugió en el olvido, temía que el dolor lo llevara a una venganza ciega. No quería volverse como ellos. A mí eso no me daba miedo. Una mujer puede matar sin el más mínimo remordimiento a quien le arrebata a su hijo. Si hubiera tenido ocasión, lo habría hecho.

Andrew pensó fugazmente en la señora Capetta. Luisa se volvió hacia él con los ojos enrojecidos pero la mirada orgullosa.

—Encuéntrelo, se lo pido desde lo más hondo de mi corazón; o, al menos, de lo que me queda de él.

Luisa se levantó y cogió la bolsa de la compra. Al verla marchar, a Andrew le pareció que había envejecido desde el inicio de su conversación. Y se pasó la noche pensando en su encuentro con Ortiz, esperando por primera vez que el plan de Alberto funcionase.

A última hora de la tarde sonó el móvil de Andrew. El movimiento que hizo para cogerlo despertó el dolor.

—Cuando dices «enseguida te llamo», ¿a qué...?

—Estoy en el hospital, Simon.

—¿Has ido a visitar a alguien?

—No, estoy en el hospital...

Andrew le contó a Simon que le habían agredido, no sin antes hacerle prometer que no le diría nada a Valérie. Su amigo quiso ir a verlo de inmediato, pero Andrew se lo prohibió. Ya se había hecho notar lo suficiente desde su llegada a Buenos Aires, y que ahora Simon apareciera también no haría sino complicarlo todo más.

—Supongo que no es el mejor momento para que te haga un informe sobre la mujer de Capetta.

—Sí, al contrario, no tengo gran cosa que hacer este fin de semana.

—Se pasa las tardes haciendo punto en el parque mientras su hijo juega con la arena.

—¿Has hablado con ella?

—Cuando te he dicho que hace punto, no lo decía en plan metafórico.

—¿Nada más?

—No, salvo que me parece demasiado guapa para haberse casado con un tipo como ese Capetta del que me has hablado. Pero, bueno, supongo que eso lo digo porque estoy celoso.

—¿Cómo es?

—Morena, ojos muy negros y mirada tenaz con un toque de soledad y de profunda tristeza.

—¿Y te has dado cuenta de todo eso sólo con mirarla en el parque?

—Que me gusten las mujeres, todas las mujeres, no quiere decir que no me fije en ellas.

—Simon, estás hablando conmigo...

—Bueno, vale... Ella estaba tomando un café en un McDonald's, y su hijo volvía a la mesa con una bandeja demasiado pesada para él. Me las apañé para que chocara conmigo. He sacrificado un pantalón vaquero por ti. Su madre se levantó y se deshizo en disculpas. Con un par de muecas hice reír al chaval, que estaba a punto de llorar, le di diez dólares para que fuera a comprarse otra Coca-Cola y unos nuggets y, con el pretexto de utilizar las servilletas de papel que estaban en su mesa, me senté con ella hasta que volvió el niño.

—Eso ya me cuadra más.

—Me duele en el alma que tengas esa idea de mí.

—¿Y qué te contó?

—Que se había instalado en Chicago tras la muerte de su marido para empezar de cero con su hijo.

—Al que priva de un padre que sigue vivo, ¡vaya una viuda!

—La dureza de su rostro cuando evocaba a su marido me heló la sangre. De hecho, había algo aterrador en ella.

—¿El qué?

—No sabría describírtelo, sólo alcanzo a decir que me sentía incómodo a su lado.

—¿Te habló de viajar a Nueva York?

—No, y cuando le dije al despedirme que si venía y necesitaba lo que fuera podía llamarme, me aseguró que no volvería allí jamás.

—Debió de pensar que le estabas tirando los tejos.

—Si lo hubiera hecho, seguro que habría caído rendida a mis pies.

—¡Por supuesto!

—¡Pues sí, por supuesto, claro que sí! Pero como tenía una misión que cumplir, me he contenido. No era más que un hombre de negocios, de visita en Chicago, padre de tres hijos y enamorado de su mujer.

—¿Y qué has sentido al verte en la piel de un padre de familia? ¿No estás muy cansado esta mañana?

—Pensaba que te echaba de menos, pero al final me parece que...

—¿La crees capaz de matar a alguien?

—Fuerza para hacerlo tiene, miente sobre su vida y sobre sus intenciones, y hay algo en ella verdaderamente perturbador e inquietante. No es Jack Nicholson en *El resplandor*, pero te aseguro que su mirada da miedo. Pero, bueno, Andrew, ¿por qué andas perdiendo el tiempo en Buenos Aires si de verdad crees que te van a asesinar dentro de unas semanas?

—Me han dado una segunda oportunidad, Simon. Una oportunidad para no hacer daño a Valérie, pero también para llevar a cabo una investigación cuyo resultado no es importante sólo para mí. Y de eso soy hoy aún más consciente que ayer.

Andrew le pidió un último favor a su amigo. Nada más colgar, Simon fue a comprar un ramo de flores y encargó que lo enviaran a casa de Valérie acompañado de la notita que le había dictado Andrew por teléfono.

Mientras tanto, en su habitación de hospital en Buenos Aires, el periodista sintió que la voz de Luisa le susurraba al oído: «Si la señora Capetta te cree responsable de la pérdida de su hija, andate con ojo».

Andrew se sometió a nuevas pruebas médicas el lunes por la mañana, y el doctor Herrera le dejó abandonar el hospital a primera hora de la tarde.

Marisa lo esperaba en el coche. Tras una breve parada en el hotel, fueron al bar, donde los aguardaban Alberto y sus amigos.

Andrew se acomodó en la mesa del fondo de la sala. Alberto, que estaba solo, desdobló una gran hoja de papel y dibujó el itinerario que seguiría Ortiz.

—A la salida de Villa María, un camión averiado en mitad de la calzada lo obligará a abandonar la nacional nueve. Su conductor se dirigirá hacia el sur para tomar por la ocho. Mientras tanto, ustedes irán hasta Gahan. Llegados a la altura del calvario, que reconocerán fácilmente por su estatuilla de la Virgen María bajo una pequeña pirámide de cristal, verán a la derecha tres silos de grano a cincuenta metros de la carretera. Se llega hasta ellos por un caminito de tierra. Se esconderán ahí con los faros apagados. Aprovechen y túrnense para dormir.

»Si Ortiz sale de Dumesnil hacia las nueve de la noche, llegará a Gahan hacia las cuatro de la madrugada. Nosotros habremos hecho lo necesario para que la calzada esté llena de trozos de chatarra. Si su auto supera el calvario, será sobre las llantas.

—¿Y si no es él el primero en pasar por ahí?

—No habrá nadie más a esa hora.

—¿Cómo puede estar absolutamente seguro?

—Unos amigos míos vigilarán las salidas de Olivia, Chazón, Arias, Santa Emilia, Colón y Rojas. Sabremos con un margen de un cuarto de hora dónde se encuentra y no pondremos la chatarra en la calzada hasta que estemos seguros de que se está aproximando al calvario.

—¿Hay una ciudad que se llama Olivia? —preguntó Andrew.

—Sí, ¿por qué? —contestó Alberto.

—No, por nada.

—Una vez que el auto de Ortiz esté fuera de servicio, quédese escondido hasta que sus hombres se vayan a Gahan. Si son uno contra tres, usted tiene todas las de perder. Me han contado que se ha enfrentado a ellos recientemente y, viendo cómo le han dejado la cara, no nos tranquiliza mucho que se meta en una pelea con ellos.

—¿Y yo no cuento? —intervino Marisa.

—Vos te quedás en el auto y conducís. Te prohíbo que te alejés del volante, ni aunque disparen a nuestro valeroso periodista. ¿Entendido, Marisa? No estoy de broma. Si te ocurriera algo, tu tía vendría a matarme aquí mismo a plena luz del día.

—No saldrá del auto —prometió Andrew, que recibió enseguida una patada de Marisa en la espinilla.

—No se demoren, Gahan está a más de dos horas de aquí; necesitarán tiempo para encontrar el lugar, orientarse y esconderse. Ricardo les ha preparado algo para que cenen por el camino, te espera en la cocina, Marisa. Andá, tengo un par de cosas que decirle al señor periodista.

Marisa obedeció a su tío.

—¿Se siente capaz de llevar a cabo esta misión hasta el final?

—Lo sabrá mañana —contestó Andrew con indolencia.

Alberto lo agarró del brazo.

—He pedido favores a muchos amigos para que esta operación llegue a buen puerto. Y recuerde que lo que está en juego no es sólo mi credibilidad, sino también la seguridad de mi sobrina.

—Su sobrina ya es mayorcita, sabe lo que hace, pero aún está a tiempo de prohibirle que me acompañe. Si me da un buen mapa de carreteras, encontraré ese pueblo sin mucha dificultad.

—No me escucharía, ya no tengo la suficiente autoridad sobre ella.

—Lo haré lo mejor que pueda, Alberto. Y usted asegúrese de que esta misión, como usted la llama, no acabe en tragedia. ¿Me da su palabra de que ninguno de sus hombres tratará de ajustar cuentas con Ortiz?

—¡Sólo tengo una palabra y ya se la di una vez!

—Entonces, todo debería salir bien.

—Tome esto —dijo Alberto, y dejó un revólver en el regazo de Andrew—. Nunca se sabe.

Andrew se lo devolvió.

—No creo que esto pudiera reforzar la seguridad de Marisa, nunca he utilizado un arma de fuego. Aunque mucha gente lo piense, en mi país no somos todos cowboys.

Andrew quiso levantarse, pero Alberto le indicó con un gesto que su conversación aún no había terminado.

—¿Fue Luisa a verlo al hospital?

—¿Quién se lo ha dicho?

—Me aseguré de que lo vigilaran en el hospital, por si acaso a los hombres de Ortiz se les ocurría rematar la faena.

—Entonces ya conoce la respuesta a su pregunta.

—¿Le habló de mí?

Andrew observó a Alberto y se puso en pie.

—Eso ya lo discutiremos mañana, cuando haya vuelto de Gahan. Buenas noches, Alberto.

Al salir del bar, Andrew buscó el Escarabajo de Marisa. Un bocinazo llamó su atención. La muchacha asomó la cabeza por la ventanilla de una ranchera y lo llamó.

—¿Vamos, o cambió de idea?

Andrew subió al coche.

—Mi tío temía que mi auto se estropeara a medio camino.

—No entiendo cómo ha podido pensar algo así —contestó Andrew.

—Es su auto, así que imagínese si le parece importante nuestra misión...

—¡Deje ya de emplear ese término, es grotesco! No estamos en una misión. No trabajo para los servicios secretos, sino para un periódico respetable. Voy a interrogar al tal Ortega y a intentar que confiese que en realidad es Ortiz, si es que lo es.

—Mejor haría en callarse en lugar de decir tonterías —replicó Marisa.

Apenas se hablaron durante los 180 kilómetros que los separaban de Gahan. Marisa se concentraba en la carretera, que, como le había anunciado su tío, estaba en muy mal estado y carecía casi por completo de alumbrado. Llegaron hacia medianoche al cruce mencionado por Alberto. Marisa aparcó delante del calvario e inspeccionó los alrededores con una linterna.

—Si los neumáticos revientan aquí —le dijo a Andrew—, el auto terminará en este campo, ¿lo ve? No hay por qué preocuparse, mi tío tenía razón.

Andrew examinó la calzada a la luz de los faros y se preguntó cuándo intervendrían los hombres de Alberto.

—Vuelva al coche —le ordenó Marisa—, el caminito que lleva a los silos está justo ahí, vamos a escondernos ya. Las horas se nos van a hacer largas, mejor será que comamos algo ahora.

Volvió a poner el motor en marcha y enfiló el sendero que llevaba a los silos. Aparcó entre dos de ellos y apagó los faros. Cuando sus ojos se acostumbraron a la penumbra, Andrew reparó en que desde allí se veía perfectamente la zona donde debía producirse la operación, mientras que desde la carretera era imposible verlos a ellos.

—Su tío lo ha previsto todo.

—Alberto era Montonero, luchó contra esos cabrones en una época en que tiraban a matar. Digamos que le sobra experiencia. Si él tuviera la edad que tiene usted, ahora estaría conmigo en este auto.

—Yo no soy un hombre de acción, Marisa, métanse eso en la cabeza de una vez por todas.

—Nos lo dijo muchas veces. Ya lo entendí. ¿No tiene hambre?

—No mucha, no.

—Pues coma de todas maneras —dijo, y le pasó un bocadillo—. Va a necesitar fuerzas.

Encendió la luz del habitáculo y, sonriendo, miró a Andrew.

—¿Qué pasa? ¿Qué le hace sonreír?

—Usted.

—¿Y por qué? ¿Qué es tan divertido?

—Por el lado izquierdo no está usted nada mal, pero por el lado derecho parece el hombre elefante.

—¡Gracias por el cumplido!

—Era sólo un cumplido a medias, depende del lado en el que uno se encuentre.

—¿Prefiere que me siente al volante?

—No, me gusta su lado con los huesos rotos, es más mi tipo.

—Estoy seguro de que a Antonio le gustaría oír eso.

—Antonio no es guapo, pero es buena persona.

—Eso no es asunto mío.

—¿Y su mujer? ¿Es guapa?

—Eso tampoco es asunto suyo.

—Vamos a pasar buena parte de la noche en este auto, ¿prefiere que hablemos del tiempo?

—Valérie es muy guapa.

—Lo contrario me habría extrañado.

—¿Y eso por qué?

—Porque me imagino que es usted la clase de tipo que debe de sentirse orgulloso de pasearse con una mujer guapa del brazo.

—Se equivoca. Nos conocimos en el instituto, yo entonces no era ningún seductor ni mucho menos, era tímido y casi nunca ligaba. Y sigo igual, de hecho.

El móvil de Marisa vibró en su bolsillo. Lo sacó y leyó el mensaje que acababa de recibir.

—El camión hizo su tarea a la salida de Villa María, el auto de Ortiz se dirige a la nacional ocho. Llegarán dentro de cuatro horas como mucho.

—Me había parecido entender que aquí los móviles no tenían cobertura.

—Así será cuando llegue el momento. El único repetidor de la región está a veinte kilómetros de aquí y, cuando se quede sin corriente, toda comunicación será imposible.

Andrew sonrió.

—Quizá tuviera razón al fin y al cabo, esta velada cada vez se parece más a una misión.

—Pues eso no parece disgustarlo.

—Deme ese bocadillo y deje de burlarse de mí todo el rato, o terminaré por encontrarla atractiva.

Marisa se inclinó hacia el asiento de atrás, ofreciendo un panorama de su trasero que no dejó indiferente a Andrew.

—Tenga, tómese un café —le dijo ofreciéndole un vasito de plástico.

Una hora más tarde oyeron a lo lejos el ruido de un motor. Marisa apagó la luz del habitáculo.

—Es demasiado pronto para que sea Ortiz —murmuró Andrew.

Marisa se echó a reír.

—Hace bien en susurrar, toda precaución es poca; estamos a cincuenta metros de la carretera, podrían oírnos... No, todavía no puede ser Ortiz.

—Entonces ¿por qué ha apagado la luz?

Y, antes de que Andrew alcanzara a entender lo que ocurría, Marisa pasó por encima de la palanca del cambio de marchas y se sentó a horcajadas sobre su regazo. Le acarició los labios con la punta de los dedos y lo besó.

—Shh —murmuró—, se va a casar, yo también, no hay peligro de que nos enamoremos el uno del otro.

—Qué frescura mandarme callar con lo mucho que tú hablas.

Marisa volvió a besar a Andrew, y pasaron a la trasera de la ranchera, donde se abrazaron en el silencio de la noche.

Marisa abrió los ojos, consultó su reloj y le dio un codazo a Andrew.

—¡Despertá y vestite, son las tres de la mañana!

Andrew se despertó sobresaltado. Marisa se sacó el móvil del bolsillo. Había seis mensajes en los que se anunciaban los nombres de los pueblos por los que Ortiz había pasado. Miró la pantalla y se apresuró a instalarse al volante de la ranchera.

—No tengo cobertura, eso significa que cortaron la corriente del repetidor. Ortiz ya no debe de estar lejos, ¡apresurate!

Andrew se vistió y se instaló en el asiento del copiloto. Reinaba el silencio. Volvió la cabeza hacia Marisa, que tenía la mirada fija en la carretera.

—¡Mirá hacia adelante, lo importante está allá!

—¿Y lo que ha ocurrido detrás? —se aventuró a preguntar Andrew.

—No ha ocurrido nada más que un rato agradable entre dos adultos.

—¿Cómo de agradable? —preguntó Andrew sonriendo.

Marisa le dio otro codazo.

—¿Crees que nos habrán visto los amigos de tu tío cuando han venido a esparcir la chatarra por la carretera?

—Más vale que no, por vos y por mí. Ahora rezá al cielo por que Ortiz no haya pasado ya.

—Si su coche hubiera pasado ya estaría en mitad de la calzada, ¿no? ¿Tú ves algún coche?

Marisa no contestó. A lo lejos se oía el ruido de un motor que se iba acercando. Andrew sintió que se le aceleraba el corazón.

—¿Y si no son ellos? —murmuró.

—Daños colaterales... ¡Lamentables, pero a veces inevitables!

Una berlina negra pasó a toda velocidad por delante del calvario. Tres de los neumáticos estallaron, el conductor trató de mantener la trayectoria, pero el coche dio un bandazo y se puso a zigzaguear antes de precipitarse hacia la cuneta. Derrapó, el ala delantera se hundió en un socavón, la parte trasera del vehículo se levantó, y la berlina dio varias vueltas de campana en medio de un estruendo ensordecedor. El parabrisas se hizo añicos cuando el pasajero sentado al lado del conductor lo atravesó. El coche prosiguió su loca carrera deslizándose sobre el techo, despidiendo a su paso un haz de chispas, antes de detenerse por fin al borde de un campo. Al caos siguió un silencio sepulcral.

—Sin violencia, todo debía ocurrir sin violencia —murmuró Andrew furioso, y trató de salir de la ranchera.

Marisa lo retuvo del brazo y lo obligó a sentarse de nuevo. Hizo girar la llave de contacto y enfiló por el caminito de tierra. Se detuvo en la cuneta y descubrió, a la luz de los faros, un espectáculo desolador. Un hombre yacía a diez metros de lo que quedaba del coche. Andrew se precipitó hacia él. Estaba mal, pero aún respiraba. Marisa avanzó hacia el coche accidentado. El conductor, inconsciente, tenía el rostro ensangrentado. En el asiento trasero, atascado en el habitáculo destrozado por el impacto, un hombre gemía.

Andrew alcanzó a Marisa y se tumbó en el suelo para introducirse en el habitáculo.

—Échame una mano —le dijo a la muchacha—, hay que sacarlo de aquí antes de que el coche se incendie.

Marisa se arrodilló y miró fríamente al herido.

—¿Lo oyó? Pronto se incendiará el auto. Tenemos unas preguntas que hacerle, conteste deprisa si no quiere asarse como un cerdo.

—¿Quiénes son? ¿Qué quieren de mí? —gimoteó el hombre.

—Las preguntas las hacemos nosotros, usted se contenta con responder.

—¡Maldita sea, Marisa, déjate de tonterías y ayúdame, ya ha habido suficientes daños! —gritó Andrew tratando de extraer al herido de la carcasa.

—Dejalo donde está hasta que hable. ¿Cuál es su verdadero nombre? —le preguntó ella.

—Miguel Ortega.

—¡Y yo soy Evita Perón! Le voy a dar otra oportunidad —dijo Marisa, y le puso un cigarrillo entre los labios.

Se sacó una caja de cerillas del bolsillo, encendió una y acercó la llama al rostro de Ortega.

—¡Me llamo Miguel Ortega! —gritó el herido—. ¡Está loca, sáqueme de aquí!

—Haga un esfuerzo, cada vez apesta más a gasolina —replicó ella.

Andrew reunió todas sus fuerzas para tratar de sacar a Ortega, pero las piernas del anciano estaban atrapadas bajo el asiento del conductor, y sin ayuda de Marisa no podría conseguirlo.

—Vamos, nos largamos —dijo la muchacha, que dejó caer la cerilla en el interior del coche.

La llama vaciló y se apagó. Marisa encendió otra y prendió fuego a la caja, sujetándola con la punta de los dedos.

Ortega miró cómo la llama bailaba por encima de su cabeza.

—¡Ortiz, me llamo Felipe Ortiz! ¡Apague eso, se lo suplico, tengo familia, no lo haga!

Marisa arrojó a lo lejos la caja de cerillas y escupió a la cara del comandante Ortiz.

Andrew estaba furioso. Marisa se introdujo en el habitáculo y apartó el asiento del conductor. Andrew consiguió extraer a Ortiz y lo arrastró por la calzada para alejarlo del coche.

—Tenemos que ocuparnos del conductor —ordenó.

Cuando volvía hacia la berlina, unas chispas crepitaron bajo el capó, y el vehículo se incendió. Vio arder el cuerpo del conductor, vio deformarse su rostro hasta que el humo oscureció esa visión dantesca.

Andrew se sujetó la cabeza con las manos y se arrodilló para vomitar. Cuando se le pasaron las arcadas, volvió junto a Ortiz, que yacía en la cuneta. Marisa estaba en cuclillas a su lado, fumando.

—Lo llevamos al hospital, y también al que está tendido ahí —ordenó Andrew.

—No —contestó Marisa agitando las llaves de la ranchera—, y si te acercás, las arrojo al campo.

—¿No te basta con un muerto?

—¿Uno contra treinta mil? No, no me basta. Vamos a jugar el segundo tiempo, y esta vez la ventaja la tengo yo. Si esta basura quiere seguir con vida, tendrá que hablar. ¡Sacá tu libreta y tu bolígrafo, señor periodista, llegó tu hora de gloria!

—Me duele —suplicó Ortiz—, llévenme al hospital, de camino les diré todo lo que quieran saber.

Marisa se puso en pie, fue a la ranchera, abrió la guantera y volvió con el revólver de Alberto.

Le puso el cañón en la sien a Ortiz y quitó el seguro.

—Yo haré el papel de taquígrafa. ¿Empezamos la entrevista? Porque, con la sangre que te mana a chorros de la pierna, yo de vos no perdería mucho tiempo.

—¿A mí también me vas a disparar si me niego a participar en esta canallada? —preguntó Andrew.

—No, vos me gustás demasiado para hacerte algo así, pero no tendría problema alguno en ajustarle las cuentas a él, hasta podría parecerme agradable.

Andrew se arrodilló junto a Ortiz.

—Acabemos con esto cuanto antes para que pueda llevarlo al hospital. Lo siento mucho, no quería que las cosas salieran así.

—¿Vos creés que él lo sentía mucho cuando ordenó sabotear los frenos del auto de Antonio, o cuando mandó a sus esbirros a tu habitación de hotel?

—Vinieron a mis tierras, se pusieron a hacer preguntas a todo el mundo. Sólo queríamos disuadirlos, intimidarlos, no que sufrieran un accidente.

—Sí, claro, seguro —suspiró Marisa—. Eso se lo podrá decir a

Antonio si se encuentra con él en el hospital. Nosotros también sólo queríamos intimidarlo, ¿estamos en paz, entonces? Ah, no, no del todo, mire la cara de mi amigo, ¿ve lo que le hicieron sus hombres?

—Yo no tengo nada que ver con eso, no sé quién es usted.

Andrew estaba convencido de que Ortiz era sincero, de verdad parecía ignorarlo todo de su identidad.

—Me llamo Andrew Stilman, soy periodista de investigación en el *New York Times*. Estoy investigando la trayectoria de un piloto y sus actividades durante la última dictadura. ¿Es usted el comandante Ortiz, que sirvió al Estado argentino entre 1977 y 1983 como oficial piloto de los guardacostas?

—Hasta el 29 de noviembre de 1979. A partir de esa fecha, nunca más volví a ponerme a los mandos de un avión.

—¿Por qué?

—Porque ya no soportaba lo que me ordenaban hacer.

—¿En qué consistían sus misiones, comandante Ortiz?

Ortiz suspiró.

—Hace mucho que nadie me llama comandante.

Marisa le apretó el revólver contra la mejilla.

—Nos traen sin cuidado sus sentimientos. Conténtese con responder a las preguntas.

—Efectuaba vuelos de vigilancia a lo largo de la frontera uruguaya.

Marisa deslizó el arma por la pierna de Ortiz y acarició con el cañón el trozo de hueso que sobresalía de su herida abierta. Ortiz gritó de dolor. Andrew la apartó sin miramientos.

—Si vuelve a hacer eso, la dejo sola aquí, aunque tenga que regresar a pie a Buenos Aires, ¿está claro?

—¿Ahora nos tratamos de usted? —replicó Marisa dirigiéndole una mirada provocadora.

—Llévenme a un hospital —suplicó Ortiz.

Andrew recuperó la libreta y el bolígrafo.

—¿Participó usted en vuelos de la muerte, comandante Ortiz?

—Sí —murmuró éste.

—¿En cuántos?

—Treinta y siete —contestó con un hilo de voz.

—A razón de veinte pasajeros por vuelo, este cabrón arrojó a más de setecientas personas al Río de la Plata —calculó Marisa.

—Desde la carlinga no veía nada de lo que ocurría detrás, pero lo sabía. Cuando el avión se aligeraba de pronto hasta el punto de ascender sin que yo tocara un mando, sabía lo que acababa de ocurrir. Yo sólo obedecía órdenes. Si me hubiera negado, me habrían matado. ¿Qué habría hecho usted en mi lugar?

—Yo habría preferido sacrificar mi vida antes que participar en esa abominación.

—Sos una chiquilla, no sabés de qué hablás, no tenés ni idea de lo que es la autoridad. Yo era militar de carrera, me habían entrenado para obedecer, para servir a mi país sin plantearme nada. Vos no conociste esa época.

—Nací en esa época, cabrón, y mis verdaderos padres están entre aquellos a los que ustedes asesinaron después de torturarlos.

—Yo nunca torturé a nadie. Los que subían a bordo de mi avión ya estaban muertos, o era como si lo estuvieran. Y si hubiera querido hacerme el héroe, me habrían fusilado, habrían detenido a mi familia, y otro piloto habría ocupado mi lugar.

—Entonces ¿por qué dejó de volar en 1979? —intervino Andrew.

—Porque no podía más. Yo era un simple soldado, un hombre corriente, sin más arrojo que otro. Incapaz de rebelarme abiertamente contra la jerarquía. Temía demasiado las represalias contra mi familia. Una noche de noviembre traté de estrellar el avión contra el río, con su carga y los tres oficiales que iban a bordo para llevar a cabo su sucia tarea. Volábamos a muy baja altitud, de noche, sin luces. Bastaba con que apretara bruscamente la palanca, pero mi copiloto levantó el vuelo justo a tiempo. De vuelta en la base me denunció. Me arrestaron y me enfrenté a un tribunal militar. Un médico castrense me salvó del pelotón de fusilamiento. Juzgó que no estaba en mi sano juicio y que, por lo tanto, no era responsable de mis actos. Yo le caía bien a Febres. Otros aparte de mí también empezaban a flaquear. Temía que fusilarme pudiera ocasionar deserciones. En cambio, si se mostraba benévolo con un oficial que había servido a la patria, se granjearía la simpatía de sus hombres. Me declararon inútil y volví a la vida civil.

—Participó en el asesinato de setecientas personas, ¿y querría que derramásemos una lagrimita por su suerte? —preguntó Marisa irónica.

—No les pido tanto. Sus rostros, que nunca vi, me atormentan desde hace más de treinta años.

—¿Cómo se construyó una nueva identidad? ¿Cómo consiguió permanecer en el anonimato todos estos años? —intervino Andrew.

—El ejército protegió a los hombres que lo habían servido, porque de ese modo se protegía a sí mismo. Al final de la «guerra sucia», Febres nos ayudó. Nos proporcionaron documentación nueva, recompusieron nuestro pasado y nos dieron un trozo de tierra o un pequeño negocio para volver a empezar de cero.

—¡Tierras y negocios robados a sus víctimas! —gritó Marisa.

—Sos la sobrina de Alberto, ¿verdad? —le preguntó Ortiz.

—Habrán vuelto a la vida civil, pero sus servicios de información son tan eficaces como antes.

—Me juzgás más importante de lo que en realidad soy. No tengo acceso a ningún servicio de información. Ya no soy más que un pequeño comerciante, dueño de una curtiduría. Adiviné quién eras en cuanto te vi dar vueltas por Dumesnil. Te parecés a él, hablás como él... Hace tiempo que ese zorro me acecha. Pero ya es demasiado viejo para hacer las cosas él mismo.

—Basta por esta noche —dijo Andrew guardando su libreta—. Vaya a buscar el coche, Marisa. Llevaremos a Ortiz y al otro herido al hospital, esperemos que aún esté vivo. Dese prisa o le doy una patada en el culo.

Marisa se encogió de hombros, guardó el arma y se alejó hacia la ranchera con las manos en los bolsillos.

—No fui yo quien envió hombres a su hotel —prosiguió Ortiz en cuanto se quedó a solas con Andrew—. Seguramente fue Alberto. Ese tipo es mucho más retorcido de lo que cree, lo manipuló desde el principio para que usted hiciera lo que ya no podía hacer él mismo. Esta emboscada la organizó Alberto, ¿verdad? No es usted más que un peón que utiliza para jugar su partida.

—Cállese, Ortiz, no sabe lo que dice. No fue Alberto quien me hizo venir a Argentina. Llevaba semanas tras de usted, desde que me encargaron esta investigación.

—¿Por qué yo y no otro?

—Casualidades de la vida, su nombre estaba en el expediente que recibimos en el periódico.

—¿Y quién se lo envió, señor Stilman? Tengo setenta y siete años, mi salud no es muy buena. Me trae sin cuidado pasar mis últimos años de vida en la cárcel, esa penitencia sería casi un alivio. Pero tengo dos hijas, señor Stilman, no han hecho nada, y la más joven lo ignora todo de mi pasado. Si revela mi identidad, no me condenará a mí, sino a ella. Cuente la patética historia del comandante Ortiz, pero no me mencione a mí, se lo suplico. Si lo que quiere es venganza, deje que me desangre en la cuneta de esta carretera. Será una liberación para mí. No sabe lo duro que es haber contribuido a destruir vidas inocentes, para usted aún no es demasiado tarde.

Andrew volvió a coger su libreta, la hojeó, sacó una fotografía y se la enseñó a Ortiz.

—¿Reconoce a esta niña?

Ortiz miró el rostro de la niña de dos años que aparecía en la foto, y sus ojos se llenaron de lágrimas.

—Yo la crie.

La ranchera recorría a toda velocidad la nacional VII. Ortiz había perdido el conocimiento después de que Marisa y Andrew lo tendieran en la trasera del vehículo. Su guardaespaldas no se encontraba mucho mejor.

—¿A qué distancia estamos del hospital más cercano? —preguntó Andrew lanzando una ojeada a los dos heridos.

—El de San Andrés de Giles está a cuarenta kilómetros, llegaremos dentro de media hora.

—Apáñatelas para llegar antes si quieres que nuestros pasajeros sigan con vida.

Marisa pisó el acelerador.

—Me gustaría que también nosotros siguiéramos con vida —comentó Andrew agarrándose al asiento.

—No te preocupes, ahora que tenemos su confesión, no quiero que muera. Lo llevaremos ante la justicia, y pagará por sus crímenes.

—¡Eso me extrañaría mucho!

—¿Por qué?

—¿Y qué piensas decirle a la justicia? ¿Que obtuviste su confesión poniéndole una pistola en la sien? ¿Y eso lo confesarás antes o después de haber revelado que hemos provocado un accidente que le ha costado la vida a una persona? Si le caemos simpáticos al juez, quizá podamos pedirle que nos deje compartir celda con Ortiz y proseguir nuestra conversación.

—¿De qué estás hablando?

—De que a fuerza de hacer trampas tú y tu tío habéis olvidado que, fuera de su bar, hay reglas que no se pueden pasar por alto.

Somos cómplices de un asesinato, puede que incluso de dos si no llegamos a tiempo al hospital. ¡Ni siquiera sé si podré publicar mi artículo!

—Ha sido un accidente, nosotros no tenemos nada que ver. Hemos pasado por ahí y hemos socorrido a esos dos hombres, ésta es la única versión de los hechos que vos contarás.

—Si acaso es la que contaremos cuando lleguemos a las urgencias del hospital. A menos que Ortiz recupere el conocimiento y nos denuncie antes de que hayamos tenido tiempo de salir corriendo.

—¿Vas a tirar la toalla?

—¿Cómo quieres que justifique la manera en que he obtenido la información? ¿Contándole a la redacción que he participado en una matanza premeditada? Les encantará, al periódico le irá de perlas algo así. Tú y tu tío me la habéis jugado y habéis mandado al garete semanas de trabajo.

Marisa frenó con todas sus fuerzas, los neumáticos chirriaron, y la ranchera se quedó atravesada en mitad de la calzada.

—No podés abandonar.

—¿Qué otra cosa quieres que haga? ¿Pasar diez años en una cárcel argentina para que se haga justicia, toda la justicia? ¡Arranca antes de que me enfurezca de verdad y te deje plantada en esta carretera, venga!

Marisa metió una marcha y el coche se lanzó hacia delante. Ortiz gemía en la trasera.

—Lo que faltaba —suspiró Andrew—. Dame tu pistola.

—¿Te lo vas a cargar?

—No, pero si pudieras dejar de decir chorradas te lo agradecería.

—En la guantera.

Andrew cogió el arma y se volvió hacia Ortiz, dispuesto a dejarlo sin conocimiento. Bajó lentamente el brazo.

—Soy incapaz de hacerlo.

—Golpealo, maldita sea. Si nos denuncia, estamos perdidos.

—Haberlo pensado antes. De todas maneras, nos denunciará en cuanto tenga ocasión de hacerlo.

—Pero al menos tendrás tiempo de abandonar el país, podés tomar el primer vuelo a Nueva York.

—¿Y tú? Sabe quién eres.

—Yo ya me las apañaré.

—No, ni hablar, nos hemos embarcado juntos en esta locura y juntos saldremos de ella.

Andrew guardó el revólver:

—Puede que haya una solución... Acelera y cállate, necesito pensar.

Cuando la ranchera entró a toda velocidad bajo el porche de urgencias, Ortiz se había vuelto a desmayar. Marisa tocó la bocina y les gritó a los dos celadores que salían en ese momento que acercaran otra camilla. Le contó al médico de guardia que habían pasado por el lugar de un accidente a la altura de Gahan. Su amigo y ella habían conseguido sacar a dos hombres del auto, pero el conductor había muerto en el incendio del vehículo. El médico le pidió a una enfermera que avisara a la policía y, antes de acompañar a los heridos al quirófano, le ordenó a Marisa que esperara a que él regresara.

Marisa le contestó que iba a aparcar y que volvía enseguida.

—Bueno, ¿y cuál es tu plan ahora? —le preguntó a Andrew cuando volvió a ponerse al volante.

—Esperar.

—Brillante.

—A nosotros no nos apetece que cuente nuestra historia, y a él no le apetece que contemos la suya. Un poli amigo mío me dijo un día que detener a un culpable sin saber qué lo mueve a hacer lo que hace es dejar el trabajo a medias. Si Ortiz nos denuncia, tendrá que explicar por qué le habíamos tendido esa trampa. Nos une el mismo secreto. En cuanto se recupere, regresaré a verlo para ofrecerle un trato.

—Entonces ¿se va a ir de rositas?

—Veremos quién tiene la última palabra. Tu tío no es el único al que le gustan los juegos. A mí se me daba bien el ajedrez, aprendes a adelantarte a tu adversario.

21

Marisa dejó a Andrew en su hotel cuando amanecía.

—Voy a devolverle el auto a Alberto, hasta luego.

—¿De verdad es suyo?

—¿Y a vos qué te importa eso?

—Si había una cámara de vigilancia en la puerta de urgencias, te aconsejo que te deshagas de él y pongas una denuncia por robo lo antes posible.

—Perdé cuidado, nuestros hospitales rurales no son tan ricos. Pero le haré llegar el mensaje.

Andrew salió del coche y se inclinó sobre la portezuela.

—Marisa, sé que no seguirás mi consejo, pero por ahora no le digas a tu tío que he encontrado una solución para hacer callar a Ortiz.

—¿De qué tenés miedo?

—Los que nos hemos expuesto somos nosotros, Alberto se ha quedado escondido en su bar. Por una vez, confía en mí.

—¿Qué pasa, es que acaso no confié en vos cuando te seguí a la trasera del auto, idiota?

Marisa arrancó y se fue a toda velocidad. Andrew miró cómo el Peugeot se alejaba.

Andrew se presentó en recepción para recoger la llave de su habitación. El director del hotel acudió a disculparse y le aseguró que un incidente de esa índole nunca había ocurrido en su establecimiento. Iban a aplicar medidas de seguridad para que no volviera a suceder. En señal de buena voluntad, había mandado que trasladaran todas sus pertenencias a una *junior suite* situada en la última planta del hotel.

La suite no era la de un palacio, pero tenía un saloncito y una agradable vista de la calle. El grifo del cuarto de baño no goteaba, y la cama era mucho más cómoda.

Andrew echó un vistazo a su maleta para asegurarse de que no echaba en falta nada. Al rebuscar se fijó en que uno de los bolsillos estaba más abultado de lo normal.

Abrió la cremallera y descubrió una pequeña locomotora de metal, la miniatura que tanto había soñado con poder comprar en un anticuario de Brooklyn. De la chimenea sobresalía un papelito.

Te echo de menos. Te quiero.

Valérie

Andrew se tumbó en la cama, puso la locomotora a su lado sobre la almohada y se quedó dormido mirándola.

Se despertó a mediodía al oír que alguien llamaba a la puerta; Alberto esperó a que Andrew lo invitara a entrar.

—Pensaba que nunca salía de su bar.

—Sólo para las grandes ocasiones —contestó Alberto—. Póngase una chaqueta, lo invito a almorzar.

Al llegar a la calle, Andrew sonrió al ver el coche de Alberto, un vehículo de marca japonesa. La ranchera Peugeot había desaparecido.

—Seguí su consejo; de todos modos tenía acumulados ya más de doscientos mil kilómetros, era hora de cambiar de auto.

—No habrá venido a enseñarme su nuevo coche, imagino.

—Oh, éste sólo me lo han prestado... Vine a disculparme.

—No es el primero hoy...

—Lamento sinceramente la manera en que ocurrió todo, nunca deseé eso, y aún menos que un hombre perdiera la vida.

—Y mire que se lo advertí.

—Lo sé, y me siento aún más culpable por ello. Debe abandonar la Argentina antes de que la policía lo relacione con el accidente. Le pedí a Marisa que desaparezca hasta que esta historia se olvide.

—¿Y ha aceptado?

—No, no quiere perder su empleo. Cuando sea de verdad necesario, escribiré a su tía para que intervenga. A ella sí que le hará caso. En cambio, su caso es diferente. Siendo extranjero, si usted tuviera que abandonar el país lo tendría más complicado. Mejor no exponerse, ya corrió suficientes riesgos.

Alberto aparcó delante de una librería.

—Pensaba que íbamos a almorzar.

—Y a eso vamos, hay un pequeño restaurante dentro. El negocio es de un amigo mío, podremos hablar tranquilos.

Era un sitio con mucho encanto, un largo pasillo con estanterías a ambos lados llevaba hasta un patio en el que había unas cuantas mesas dispuestas en hilera. Rodeado de cientos de libros, el dueño servía de comer a unos pocos clientes habituales. Después de saludar a su amigo, Alberto invitó a Andrew a sentarse frente a él.

—Si Luisa y yo estamos separados es porque soy un cobarde, señor Stilman. Es culpa mía que nuestro hijo... desapareciera. Yo era activista durante la dictadura. Oh, no hacía nada heroico, participaba en la elaboración de un periódico de oposición, una publicación clandestina. Disponíamos de muy pocos medios, tan sólo muy buena voluntad y una máquina multicopista, ya ve usted, poca cosa, pero teníamos la impresión de resistir a nuestra manera. Los militares acabaron encontrando a algunos de nuestros compañeros. Los detuvieron, los torturaron y los hicieron desaparecer. A pesar de todo, nunca nos delataron.

—¿Entre ellos recuerda a un hombre llamado Rafael? —preguntó Andrew.

Alberto miró largo rato a Andrew a los ojos antes de contestar.

—Puede, no lo sé, fue hace cuarenta años, y no nos conocíamos todos.

—¿Y a su mujer, Isabel?

—Se lo acabo de decir, no me acuerdo —insistió Alberto levantando un poco la voz—. Me esforcé por olvidar. A mi hijo Manuel lo secuestraron poco después de las redadas que diezmaron nuestras filas. No tenía nada que ver con todo eso. No era más que un estudiante de Mecánica que no se metía en política. Febres quería utilizarlo para capturarme. En cualquier caso, eso es lo que piensa Luisa. Febres debía de creer que iría a entregarme para que liberaran a Manuel. No lo hice.

—¿Para salvar a su hijo?

—No, para salvar a los demás compañeros. Sabía que no resistiría por segunda vez que me torturaran. Además, Febres nunca habría liberado a Manuel. No liberaban a nadie. Luisa no me lo perdonó nunca.

—¿Sabía lo del periódico?

—Ella redactaba la mayoría de los artículos.

Alberto calló un momento. Cogió su cartera, sacó la fotografía amarillenta de un joven y se la enseñó a Andrew.

—Luisa es una madre a la que le robaron a su hijo. Para ella, el mundo entero es culpable. Mire lo guapo que era Manuel. Era valiente, generoso y tan divertido... Quería a su madre más que a nada. Sé que él tampoco habló... para protegerla. Conocía sus opiniones. Tendría que haberlos visto cuando estaban juntos... Nosotros teníamos una relación más distante, pero yo lo quería más que a nada en el mundo, aunque nunca supe expresárselo. Habría querido poder volver a verlo, una sola vez siquiera. Le habría dicho lo orgulloso que estaba de él, lo feliz que era de ser su padre y lo mucho que me pesa su ausencia desde que no está. Mi vida se detuvo el día en que nos lo quitaron. Luisa ya no tiene lágrimas, yo las sigo derramando cada vez que me cruzo por la calle con un muchacho de su edad. Alguna vez seguí a alguno que se le parecía, con la esperanza de que se volviera y me llamara papá. El dolor te puede volver loco, señor Stilman, y hoy me doy cuenta de lo que no debería haber hecho ayer. Manuel no regresará jamás. Cavé un agujero en el jardín de nuestra casa y enterré en él todas sus cosas: sus cuadernos escolares, sus lápices, sus libros y las sábanas en las que pasó su última noche. Cada domingo espero a que se apague la luz de la habitación de Luisa y voy a recogerme al pie del gran jacarandá. Sé que mi esposa se esconde tras las cortinas y me mira, sé que ella también reza por él. Quizá fue mejor que no viéramos su cuerpo.

Andrew puso la mano sobre la de Alberto. Éste levantó la cabeza y le sonrió con tristeza.

—Tal vez no los aparente, pero el año que viene cumpliré ochenta años y todavía espero que la muerte me permita reunirme con mi hijo. Imagino que tener que aguardar tanto ha sido mi penitencia.

—Lo siento de verdad, Alberto.

—Yo lo siento más. Por mi culpa, Ortiz se va a ir de rositas. Cuando se recupere, volverá a su vida como si nada hubiera ocurrido. Y, sin embargo, casi lo teníamos.

—¿Me presta su coche hasta mañana por la noche?

—Es de un amigo, pero le debo al menos eso; ¿adónde quiere ir?

—Ya lo hablaremos más adelante.

—Déjeme en el bar y luego llévese el auto.

—¿Dónde puedo encontrar a Marisa a estas horas?

—En su casa, supongo. ¡Trabaja de noche y duerme de día, qué vida!

Andrew le pasó a Alberto su libreta y su bolígrafo.

—Apúnteme su dirección, pero no le diga que voy a ir a verla.

Desconcertado, Alberto miró a Andrew.

—Ahora le toca a usted confiar en mí.

Andrew dejó a Alberto en el bar y siguió sus indicaciones para llegar a casa de Marisa.

Subió las tres plantas del pequeño edificio, situado en la calle Malabia, en el barrio de Palermo Viejo. Marisa se llevó un sobresalto cuando abrió la puerta medio desnuda, con una toalla alrededor del pecho.

—Mierda, ¿qué hacés aquí? Esperaba a una amiga.

—Llámala para cancelar la cita y vístete; o al revés, si prefieres.

—Que nos acostáramos una vez no te da derecho a darme órdenes.

—Eso no tiene nada que ver.

—Anulo la cita con mi amiga y nos quedamos aquí si querés —dijo Marisa, y se quitó la toalla.

Era aún más sensual de lo que Andrew recordaba. El reportero se arrodilló para recoger la toalla y se la puso a la muchacha en las caderas.

—A veces la segunda vez no sale tan bien... Ve a vestirte, tenemos cosas importantes que hacer.

Ella le dio la espalda y cerró con un portazo la puerta del cuarto de baño.

Andrew inspeccionó el estudio de Marisa. Un salón hacía las

veces de sala de estar y de dormitorio. La cama estaba deshecha, pero la blancura y la frescura de las sábanas invitaban a acurrucarse en ellas. Contra la pared, montones de libros se sujetaban unos a otros. Cojines de todos los colores rodeaban una mesa baja en el centro de la habitación. En la pared, entre dos ventanas que dejaban entrar una cálida luz, unos estantes se combaban bajo el peso de más libros. Todo era desorden y encanto, el estudio se asemejaba a quien lo habitaba.

Marisa volvió a aparecer, llevaba un pantalón vaquero con rotos en las rodillas y una camiseta que apenas le ocultaba el pecho.

—¿Se puede saber adónde vamos? —preguntó mientras buscaba las llaves.

—A ver a tu tía.

Marisa se detuvo en seco.

—¡Podrías decirlo antes! —protestó volviendo sobre sus pasos.

Rebuscó entre un montón de ropa tirada en el suelo, escogió un pantalón de pana negro y un top de tirantes, se quitó el vaquero y la camiseta, y se cambió delante de Andrew.

Andrew iba al volante, Marisa encendió un cigarrillo y bajó la ventanilla.

—¿Qué querés de Luisa?

—Hacerle unas cuantas preguntas para concluir mi investigación y también pedirle que deje de tomarme por tonto.

—¿Por qué decís eso?

—Porque tu tío y ella se siguen viendo, aunque ambos lo nieguen.

—Me extrañaría mucho. Y, además, ¿eso a vos qué te importa?

—Lo entenderás más tarde.

Luisa no pareció sorprendida al abrirles la puerta. Hizo pasar a Andrew y a su sobrina al salón.

—¿Qué puedo hacer por usted? —le preguntó a Andrew.

—Contarme la verdad sobre el comandante Ortiz.

—No sé mucho de él, ya se lo dije. Hasta que lo conocí a usted, no era sino una fotografía más en mi álbum.

—¿Me permite que vuelva a ver ese álbum? No el de las fotografías de los torturadores, sino el de sus víctimas.

—Claro —contestó Luisa levantándose.

Abrió el cajón del aparador y dejó el álbum delante de Andrew. Éste lo hojeó hasta la última página. Mientras lo cerraba, se quedó mirando fijamente a Luisa.

—¿No tiene ninguna foto de Isabel y de Rafael Cruz?

—Lo siento, pero esos nombres no me dicen nada. No tengo fotos de cada uno de los treinta mil desaparecidos, sólo de los quinientos a los que les robaron a sus hijos.

—Su hija se llamaba María Luz, tenía dos años cuando su madre fue asesinada, ¿no se enteró de su historia?

—Su tono no me impresiona, señor Stilman, ni tampoco lo hace su insolencia. Apenas sabe nada de la tarea que llevamos a cabo. A pesar del tiempo que hace que luchamos para que la verdad salga a la luz, sólo conocemos la identidad real del diez por ciento de esos niños robados. Nos queda mucho camino que recorrer, y, debido a mi edad, yo desde luego no veré el final de dicho camino. Además, ¿qué le importa a usted la suerte que corriera esa niña?

—El comandante Ortiz la adoptó, es mucha casualidad, ¿no le parece?

—¿De qué casualidad habla?

—Entre la información que nos puso sobre la pista de Ortiz se encontraba la fotografía de María Luz, sin ninguna precisión sobre el lazo que los unía.

—Da la impresión de que aquel que les informó quería guiarlos.

—¿Aquél o aquélla?

—Estoy cansada, Marisa, es hora de que te vayas con tu amigo, es la hora de mi siesta.

Marisa le indicó a Andrew que se levantara. Al besar a su tía, le susurró unas palabras al oído para decirle que lo sentía, y Luisa le susurró a su vez:

—No lo sintás, es bastante guapo, y la vida es corta.

Marisa bajaba la escalera, y Andrew le pidió que lo esperara un momento en el jardín porque se había dejado el bolígrafo sobre la mesa del comedor.

Luisa frunció el ceño al verlo volver.

—¿Olvidó algo, señor Stilman?

—Llámeme Andrew, por favor. Una última cosa antes de dejarla descansar: me alegro de que Alberto y usted se hayan reconciliado.

—¿A qué se refiere?

—Antes hablaba usted de edad, y estaba yo pensando que ya se le había pasado a usted la de ver a su exmarido a escondidas, ¿no le parece?

Luisa se quedó callada.

—La chaqueta que hay colgada en el perchero, en su vestíbulo, es la que llevaba Alberto cuando lo conocí en el bar. Le deseo una buena siesta, Luisa... ¿Me permite que la llame Luisa?

—¿Qué demonios hacías? —preguntó Marisa cuando Andrew se reunió con ella en el jardín.

—Te lo he dicho antes de irme, pero no me escuchas. ¿Trabajas esta noche?

—Sí.

—Avisa a tu jefe de que no puedes ir, no tienes más que decirle que te has puesto mala, una mentira más o una menos tendría que darte igual.

—¿Y por qué no habría de ir a trabajar?

—Ayer te prometí que terminaríamos juntos lo que habíamos empezado, y eso es exactamente lo que vamos a hacer. Podrías decirme dónde encontrar una gasolinera, tenemos que llenar el depósito.

—¿Adónde me llevás?

—A San Andrés de Giles.

Llegaron a la entrada del pueblo tras dos horas de viaje. Andrew aparcó junto a la acera para preguntarle a un viandante dónde estaba la comisaría de policía.

El hombre se lo indicó, y Andrew se puso en camino.

—¿Qué vamos a hacer en una comisaría?

—Tú nada, tú te quedas en el coche y me esperas.

Andrew entró en la comisaría y pidió hablar con un oficial de guardia. El único oficial, le contestó un agente, ya se había ido a casa. Andrew cogió un bloc de notas que había sobre el mostrador y apuntó su número de teléfono móvil, así como el de su hotel.

—Anoche, a la altura de Gahan, fui testigo de un accidente de coche que le costó la vida a una persona. Llevé a dos heridos al hospital. No tengo mucho más que contar, pero si necesitan que haga declaración, aquí tienen mis teléfonos para contactar conmigo.

—Estoy enterado —dijo el agente tras levantarse de su silla—. El médico con el que hablamos nos dijo que se marchó usted sin dejar sus datos.

—Esperé mucho rato en el aparcamiento, tenía una cita importante en Buenos Aires, así que me dije que volvería en cuanto me fuera posible. Y, como puede ver, es lo que he hecho.

El agente se ofreció para tomarle declaración. Se instaló ante una máquina de escribir y tomó nota de lo que Andrew tenía que decir. Nueve líneas, ni una más. Andrew leyó y firmó su declaración, aceptó con modestia las felicitaciones del policía por su espíritu cívico, que había permitido salvar dos vidas, y volvió al coche.

—¿Se puede saber qué hacías tanto rato en esa comisaría? —preguntó Marisa.

—He quitado una pieza del tablero de Ortiz, te lo explicaré a su debido tiempo. Ahora nos vamos pitando al hospital.

—¿Cómo se encuentran los heridos? —preguntó Andrew—. Hemos venido a ver cómo están antes de volver a Buenos Aires.

—Ah, ¿regresaron? —dijo el médico al ver a Andrew en el vestíbulo—. Les buscamos anoche, acabé por pensar que tenían algo que ocultar y que se habían escapado.

—No podía esperar, y no me había dado usted ninguna indicación sobre la hora a la que saldrían del quirófano.

—¿Y cómo habría podido saberlo?

—Eso fue lo que me dije, y no iba a pasarme la noche en el aparcamiento. Vengo ahora mismo de la comisaría.

—¿Y con quién ha hablado?

—Con un tal sargento Guartez, un tipo más bien simpático, con la voz grave y unas gafas grandes.

El médico asintió con la cabeza, la descripción se correspondía con uno de los tres policías del pueblo.

—Tuvieron suerte, mucha suerte, de que pasaran ustedes por ahí. Al herido más grave lo han evacuado hoy a primera hora para la capital. Éste es un hospital muy pequeño, y no tenemos equipamiento para tratar casos tan complicados. El señor Ortega, en cambio, sólo tenía una herida profunda en el muslo y una laceración de los músculos. Lo intervinimos, y ahora está descansando en un box porque por ahora no hay ninguna habitación libre, mañana quizá, y si no haré que lo evacuen a otro centro. ¿Quieren verlo?

—No quisiera cansarlo inútilmente —contestó Andrew.

—Seguramente estará encantado de poder darle las gracias a su salvador. Ahora tengo que hacer mi ronda, pueden ir a verlo si quieren, está al final de este pasillo. Pero no se queden demasiado; necesita recuperar fuerzas.

El médico se despidió de Andrew y se retiró, no sin antes informar a la enfermera de guardia de que el paciente ya podía recibir visitas.

Andrew corrió la cortina del box, aunque en el de al lado no había nadie.

Ortiz dormía. Marisa le sacudió el hombro.

—¡Otra vez ustedes! —dijo al abrir los ojos.

—¿Cómo se encuentra? —quiso saber Andrew.

—Mejor desde que me dieron calmantes. ¿Qué quieren ahora de mí?

—Ofrecerle una segunda oportunidad.

—¿A qué se refiere?

—Lo han ingresado con el nombre de Ortega, si no me equivoco, ¿verdad?

—Es el que figura en mis documentos —contestó el excomandante bajando la mirada.

—Podría salir de aquí con ese mismo nombre y volver a su casa.

—¿Hasta que publique usted su artículo?

—Tengo un trato que ofrecerle.

—Le escucho.

—Usted contesta a mis preguntas con la mayor sinceridad, y yo me contentaré con contar la historia del comandante Ortiz sin mencionar en ningún momento su nueva identidad.

—¿Y cómo sé que cumplirá su promesa?

—Sólo puedo ofrecerle mi palabra.

Ortiz observó largo rato a Andrew.

—¿Y ella será capaz de no irse de la lengua?

—Tan capaz como fue ayer de encañonarlo con un revólver y no dispararle. No creo que ella tenga muchas ganas de que yo no cumpla con mi palabra, el futuro de ella depende de que todo esto no salga a la luz, ¿verdad?

Ortiz se quedó callado, con el rostro crispado. Su mirada se detuvo sobre la bolsa de suero que le habían puesto.

—Empiece —dijo en voz muy baja.

—¿En qué circunstancias adoptó a María Luz?

La pregunta dio en el blanco. Ortiz se volvió hacia Andrew y ya no apartó la mirada de él.

—Cuando me declararon inútil, Febres quiso asegurarse mi silencio. Me llevó a un orfanato clandestino. La mayoría de los niños eran bebés de pocas semanas. Me ordenó que eligiera a uno, y me dijo que así recuperaría el sentido de la realidad. Me dijo que, como yo era quien pilotaba el aparato desde el que habían arrojado al mar a sus padres, en cierta forma también había contribuido a salvar esa alma inocente.

—¿Y así había sido de verdad?

—Yo no tenía ni idea, y él tampoco, de hecho. Como bien se imaginará, yo no era el único piloto que hacía esa clase de vuelos. Pero era posible. Por aquel entonces, yo estaba recién casado, María Luz era la mayor de aquellos huérfanos. Pensé que, como tenía casi dos años, sería menos difícil.

—Pero era una niña robada —protestó Marisa—, ¿y su mujer aceptó participar en esa monstruosidad?

—Mi mujer nunca supo nada. Hasta su muerte creyó lo que yo le conté: que los padres de María Luz eran soldados asesinados por los Montoneros, y que era nuestro deber ayudarla. Febres nos entregó un certificado de nacimiento expedido a nuestro nombre. Le expliqué a mi esposa que sería más fácil para María Luz si lo ignoraba todo del drama del que había sido víctima. La quisimos como si la hubiéramos traído al mundo nosotros. María Luz tenía doce años cuando mi esposa murió y la lloró como se llora a una madre. La crie yo solo, trabajé como una bestia para pagarle su carrera de Letras y Lenguas Extranjeras en la universidad. Le di todo cuanto quiso.

—No puedo oír esto —protestó Marisa, y se levantó.

Andrew le dirigió una mirada furiosa. La muchacha volvió a sentarse a horcajadas en la silla, dándole la espalda a Ortiz.

—¿María Luz sigue viviendo en Dumesnil? —prosiguió Andrew.

—No, hace tiempo que se marchó. Las Madres de la Plaza de Mayo la encontraron cuando tenía veinte años. María Luz pasaba los fines de semana en Buenos Aires, ¡estaba metida en política! No se perdía una ocasión de ir a manifestarse, pretendía luchar por lo que ella llamaba el progreso social. Le metieron esas ideas en la cabeza todos esos sindicalistas en ciernes que conoció en la universidad. Ideas opuestas a la educación que le habíamos dado.

—Pero en sintonía con los ideales de sus verdaderos padres —intervino Marisa—. No era su sangre la que corría por sus venas, la manzana nunca cae lejos del árbol.

—¿Cree que el izquierdismo es hereditario? Es posible, hay otras taras que también se transmiten así —se burló Ortiz.

—El izquierdismo, como dice usted con tanto desprecio, no lo sé, ¡pero el humanismo seguramente sí!

Ortiz se volvió hacia Andrew.

—Si vuelve a intervenir ella una sola vez, no le digo ni una palabra más.

Esta vez Marisa salió del box tras hacerle un corte de mangas al comandante Ortiz.

—Las Madres de la Plaza de Mayo dieron con ella en una de las numerosas manifestaciones en las que María Luz participaba. Tardaron varios meses en abordarla. Cuando se enteró de la verdad, mi hija solicitó cambiar de nombre. Se fue de casa ese mismo día, sin una palabra, sin mirarme siquiera.

—¿Sabe adónde fue?

—No tengo ni la menor idea.

—¿No trató de encontrarla?

—En cuanto había una manifestación, me iba a Buenos Aires. Recorría la ciudad entera con la esperanza de verla. Y así ocurrió una vez. La abordé y le supliqué que me concediera un momento para hablar. Se negó. En su mirada no veía más que odio. Temí que me denunciara, pero no lo hizo. Cuando obtuvo su diploma dejó el país, y desde entonces no sé nada de ella. Puede escribir su artículo, señor Stilman, pero espero que cumpla su palabra. No se lo pido por mí, sino por mi otra hija. Sólo sabe una cosa: que su hermana era adoptada.

Andrew guardó su bolígrafo y su libreta. Se levantó y se marchó sin despedirse de Ortiz.

Marisa lo esperaba detrás de la cortina y, por la cara que tenía, se veía que estaba de pésimo humor.

—¡No me digás que ese perro se va a salir con la suya! —exclamó Marisa después de subirse al coche.

—Soy un hombre de palabra.

—¡No sos mejor que él!

Andrew la miró con una sonrisita. Arrancó el motor, y el coche se incorporó a la carretera.

—Estás muy sexy cuando te enfadas —le dijo poniéndole una mano en la rodilla.

—No me toqués —contestó ella apartándole la mano.

289

—Le he dicho que no revelaría su identidad en mi artículo. Que yo sepa, no he prometido nada más.

—¿De qué estás hablando?

—¡Nada me impide publicar una fotografía para ilustrar mi artículo! Si después alguien reconoce a Ortega tras el rostro de Ortiz, ¿yo qué culpa tengo?... Dime cómo llegar al fotógrafo al que le entregaste el carrete, y esperemos que no esté velado porque, francamente, me gustaría no tener que volver aquí mañana.

Marisa miró a Andrew. Le cogió otra vez la mano y la dejó sobre su muslo.

Era un hermoso día, algunos cirros rayaban el cielo de Buenos Aires. Andrew aprovechaba sus últimos momentos en Argentina para visitar la ciudad. Marisa lo llevó al cementerio de la Recoleta. Le asombró ver mausoleos en los que los féretros estaban dispuestos sobre estantes a la vista de todo el mundo y no enterrados bajo tierra.

—Aquí es así —dijo Marisa—. La gente gasta verdaderas fortunas para construirse su última morada. Un tejado, cuatro paredes, una verja de hierro para que entre la luz, y toda la familia acaba reunida para la eternidad. Pero te digo una cosa —añadió—, prefiero seguir viendo levantarse el sol tras mi muerte que pudrirme en el fondo de un agujero. Además, tiene su gracia que la gente pueda venir a visitarte.

—No te falta razón —dijo Andrew volviendo a sumirse en las ideas negras que casi había logrado ahuyentar desde su llegada a Argentina.

—Tenemos tiempo, somos jóvenes.

—Sí... Tú tienes tiempo —suspiró Andrew—. ¿Podemos irnos ya? Llévame a un sitio más vivo.

—Entonces iremos a mi barrio —decidió Marisa—, está lleno

de ruido y de colores, tocan música en cada esquina, no podría vivir en ningún otro lugar.

—¡Vaya, creo que por fin he encontrado algo que ambos tenemos en común!

Lo invitó a cenar en un pequeño restaurante de Palermo. El dueño parecía conocerla bien, y, aunque muchos clientes estaban esperando a que hubiese una mesa libre, se sentaron los primeros.

Prosiguieron la velada en un local de jazz. Marisa bailaba contoneándose en la pista. Varias veces intentó arrastrar a Andrew, pero éste prefirió seguir en su taburete, acodado en la barra, mirándola bailar.

Hacia la una de la mañana fueron a pasear por las callejuelas, que seguían muy animadas.

—¿Cuándo publicarás tu artículo?

—Dentro de unas semanas.

—Cuando se publique, Alberto identificará a Ortega tras la foto de Ortiz e irá a denunciarlo. Está decidido, creo que deseaba hacerlo desde hace tiempo.

—Harán falta otros testimonios para desenmascararlo.

—No te preocupés, Luisa y el resto de las Madres de la Plaza de Mayo harán lo necesario, Ortiz rendirá cuentas ante la justicia por los crímenes en los que participó.

—Tu tía es de armas tomar.

—¿Sabés?, tenías razón sobre Alberto y ella. Una vez a la semana se encuentran en un banco de la plaza de Mayo. Permanecen sentados uno al lado del otro durante una hora, por lo general apenas cambian unas palabras, y luego cada uno se va por su lado.

—¿Por qué hacen eso?

—Porque necesitan reencontrarse, seguir siendo los padres de un hijo cuya memoria no quieren que se pierda. No tienen tumba en la que recogerse.

—¿Crees que algún día volverán a estar juntos?

—No, lo que vivieron es demasiado duro.

Marisa dejó pasar unos segundos antes de añadir:

—Luisa te aprecia, ¿sabés?

—No me había dado cuenta.

—Yo sí. Te encuentra atractivo, y es una mujer que tiene muy buen gusto.

—Me lo tomaré como un cumplido —dijo Andrew sonriendo.

—Te dejé un regalito entre tus cosas.

—¿Qué es?

—Lo encontrarás cuando llegués a Nueva York. No lo abrás antes, prometémelo, es una sorpresa.

—Te lo prometo.

—Vivo a dos pasos de aquí —le dijo—. Vení conmigo.

Andrew acompañó a Marisa hasta su portal y allí se detuvo.

—¿No querés subir?

—No, no quiero subir.

—¿Ya no te gusto?

—Sí, demasiado. Por eso no quiero subir. En el coche era diferente, nada era premeditado. Estábamos ante el peligro, me dije que la vida era corta y que había que vivir el momento. No, la verdad es que no me dije nada de eso, simplemente te deseé y...

—¿Y ahora pensás que la vida será larga y te sentís culpable porque engañaste a tu prometida?

—No sé si la vida será larga, Marisa, pero sí, me siento culpable.

—Eres mejor tipo de lo que pensaba, Andrew Stilman. Regresá con ella, y lo que pasó en el auto no cuenta. Yo no te quiero, tú no me quieres a mí, era sólo sexo, memorable, pero nada más.

Andrew se inclinó hacia ella y la besó en la mejilla.

—Hacer cosas así te hace más viejo —le dijo ella—. Vamos, andate antes de que te viole aquí mismo. ¿Puedo hacerte una última pregunta? Cuando recogí tus libretas en el hotel, en la tapa de una de las dos había escrito: «Si se pudiera volver atrás». ¿Qué significa?

—Es una larga historia... Hasta la vista, Marisa.

—Adiós, Andrew Stilman, no creo que nos volvamos a ver. Que la vida te trate bien, guardaré un bonito recuerdo de ti.

Andrew se alejó sin mirar atrás. Al llegar al cruce cogió un taxi.

Marisa subió la escalera corriendo. Al llegar a su apartamento, dejó escapar las lágrimas que había contenido durante los últimos momentos que había pasado con Andrew.

22

El avión aterrizó en el aeropuerto JFK a última hora de la tarde. Andrew se quedó dormido justo después de despegar y se despertó en el momento en que las ruedas tocaron el suelo.

Pasó la aduana y le sorprendió ver a Valérie, que lo esperaba al otro lado de las puertas correderas. Lo abrazó y le dijo que lo había echado mucho de menos.

—Por poco discuto con Simon porque quería venir él a recogerte.

—Me alegro de que le hayas ganado la partida —contestó Andrew, y la besó.

—No se puede decir que haya tenido muchas noticias tuyas.

—He trabajado día y noche, no ha sido fácil.

—Pero ¿has terminado tu investigación?

—Sí —contestó Andrew.

—Entonces ha merecido la pena que yo me quedara aquí todo este tiempo sin ti, sola y aburrida.

—¿De verdad te has aburrido?

—Tampoco es eso, nunca había trabajado tanto como durante tu ausencia. Volvía a mi casa por la noche y sólo tenía fuerzas para desplomarme sobre la cama, sin cenar siquiera. Pero te he echado muchísimo de menos.

—Entonces ya era hora de que volviera. Yo también te he echado de menos —contestó Andrew, y la llevó hacia la cola de los taxis.

Llamaron varias veces a la puerta. Andrew saltó de la cama, se puso una camisa y cruzó el salón.

—¿Qué tal en Buenos Aires? —preguntó Simon.

—No hables tan fuerte, Valérie sigue dormida.

—Te ha tenido todo el fin de semana para ella sola, y a mí ni me has llamado siquiera.

—No nos hemos visto en diez días, si no te importa...

—Ya, ya, no hace falta que me lo cuentes; ponte los pantalones, te llevo a desayunar.

—¡Podrías decirme buenos días, al menos!

Andrew se vistió corriendo y le escribió una notita a Valérie, que pegó en la puerta de la nevera, antes de reunirse con Simon en la calle.

—Podrías haberme llamado ayer. Bueno, ¿qué tal el viaje?

—¡Intenso!

Entraron en el café de la esquina y se sentaron a la mesa del rincón que tanto le gustaba a Simon.

—¿Todo ha ido como tú esperabas?

—En lo que respecta a mi artículo, sí; por lo demás, podemos descartar la pista argentina.

—¿Por qué estás tan seguro?

—Ortiz no puede sospechar siquiera lo que estoy tramando. Ya te lo explicaré más tarde, pero tenemos que encontrar a mi asesino.

—Sólo nos queda la señora Capetta, tu colega Olson y...

—¿Valérie?

—Lo has dicho tú, no yo. Pero hay que añadir otra persona a la lista. Mientras tú te divertías en Sudamérica, he tenido varias conversaciones telefónicas con tu amigo, el inspector.

—¿Y de qué habéis hablado?

—Te vas a caer de la silla, pero, por disparatado que te parezca, Olson quizá tuviera razón con lo del asesino del punzón.

—¿Hablas en serio?

—Casi nunca, si puedo evitarlo... Pero la policía de Nueva York sí que empieza a creerlo. Concuerdan el arma y el modus operandi, y el robo no era el móvil de la agresión al joyero al que fuimos a visitar al hospital Lenox.

—Pues no es lo que él decía.

—Porque intentaba estafar al seguro. Al despertarse en el hospital se le ocurrió contar que iba a visitar a una clienta. En realidad, simplemente volvía a su casa pasando por el parque. Un inspector del seguro lo desenmascaró en un santiamén. La clienta no existía, y el muy idiota mencionó en su declaración dos collares supuestamente robados que ya figuraban en el inventario de un robo anterior en un domicilio. Nadie tenía ningún motivo para querer asesinarlo.

—No me puedo creer que Olson haya levantado la liebre de algo tan gordo.

—A ver, a ver, tranquilízame: no andáis compitiendo el uno con el otro, ¿verdad?

Andrew miraba hacia otro lado.

—No, no, claro que no...

—Bueno. Pues, volviendo a lo nuestro, la policía se hace preguntas, y es bastante difícil ir a contarle que el asesino en serie volverá a matar a primeros de julio.

—Si quien me ha matado realmente es un loco, entonces no hay nada que hacer —dijo Andrew pensativo.

—Qué necesidad tienes de exagerarlo siempre todo...

—Cuando dices «todo», ¿te refieres a mi muerte? Perdóname si exagero un poco, tienes razón, hay que ver cómo soy...

—No quería decir eso... Además, nada demuestra que tu caso esté vinculado con esa historia. Todavía tenemos cuatro semanas por delante.

—Quizá...

—¿Cómo que quizá?

—En Argentina nada ocurrió exactamente como la primera vez.

—¿Has vivido experiencias diferentes?

—El orden de los acontecimientos difería; y, sí, algunas cosas eran nuevas.

—¿No sería que las habías olvidado?

—Algunas lo dudo mucho.

—¿Qué me estás ocultando?

—Me he acostado con la camarera. Eso no había ocurrido antes.

—¡Sabía que tendría que haber ido! —exclamó Simon pegando un puñetazo en la mesa.

—¿Para impedir que hiciera tonterías?

—No, tú haces lo que te dé la gana, aunque si hubiera estado ahí, con la camarera me habría acostado yo, eso te lo aseguro. ¿No me irás a decir ahora que te sientes culpable?

—Pues claro que me siento culpable.

—No hay por dónde cogerte, Andrew. Estás convencido de que alguien va a asesinarte el mes que viene, ¿y el que se siente culpable eres tú? Lo hecho hecho está. Sobre todo, nada de contárselo a Valérie, y hazme el favor de concentrarte en los días venideros. Ahora cambiemos de tema —añadió Simon mirando por la ventana.

Valérie entró en el café.

—Sabía que os encontraría aquí —dijo mientras se sentaba al lado de Andrew—. Qué caras más largas, ¿es que habéis discutido?

Simon se levantó y le dio un beso a Valérie.

—Nosotros no discutimos nunca. Os dejo solos, tortolitos, me espera un cliente. Cuando puedas pásate a verme por el taller, Andrew, para que terminemos la conversación.

Valérie esperó a que Simon saliera y se sentó en su sitio.

—A veces tengo la impresión de que está celoso de mí —dijo divertida.

—Es posible, Simon es un poco posesivo.

—¿De qué hablabais? Estabais un poco tensos, no me digas que no.

—De la despedida de soltero que quiere organizarme.

—¡Me temo lo peor!

—Yo también, de eso se trata. Se lo he dicho, y se lo ha tomado a mal —contestó Andrew.

Primera mentira a Valérie desde que había vuelto, pensó Andrew enseguida.

Al llegar al periódico, fue directamente a ver a su redactora jefa. Olivia Stern colgó el teléfono y lo invitó a sentarse. Andrew le habló del viaje, de las circunstancias en las que había reunido los hechos y del trato que había tenido que hacer con Ortiz.

—¿Quiere que publiquemos el artículo sin mencionar su nombre falso? Mucho me pide usted, Andrew. Su artículo perderá peso, pues sacrifica su finalidad.

—Creía que se trataba de contar la trayectoria de un hombre corriente que se convierte en cómplice de atrocidades. ¿De qué finalidad habla?

—De denunciar a un antiguo criminal de guerra. Sin eso no veo manera de que el artículo se pueda publicar en primera página.

—¿De verdad pensaba publicarlo en primera página? —preguntó Andrew.

—Tenía esa esperanza, pero va a tener que elegir entre la gloria o respetar su palabra. La decisión es sólo suya.

—Hay otras maneras de denunciarlo —dijo, y se sacó un sobre del bolsillo que dejó sobre la mesa.

Olivia lo abrió. La expresión de su rostro cambió cuando descubrió las fotografías del comandante Ortiz que había obtenido Marisa.

—Parece más viejo de lo que imaginaba —murmuró.

—Tenía aún peor aspecto en la cama de ese hospital —contestó Andrew.

—Es usted un tipo extraño, Andrew.

—Lo sé, ya me lo han dicho esta mañana. Bueno, ¿qué, ya tiene lo que necesita?

—Escriba ese artículo, es una prioridad absoluta. Le doy dos semanas, y si su texto lo vale, le pediré al comité de redacción que nos conceda un titular en primera página y dos páginas en el periódico.

Andrew quiso recuperar las fotografías, pero Olivia las guardó en su cajón, no sin antes asegurarle que se las devolvería en cuanto las hubiera escaneado.

Andrew salió de su despacho y fue a ver a Freddy.

—¿Ya estás de vuelta, Stilman?

—Como bien puedes ver, Olson.

—Tienes mala cara, ¿tan feo era Brasil?

—Argentina, Freddy.

—Sí, bueno, sigue siendo Sudamérica, lo mismo da.

—Y tú, el trabajo, ¿todo bien?

—No me puede ir mejor —contestó Freddy—, pero no voy a contarte nada más.

—Tengo un amigo policía, jubilado, pero todavía tiene el brazo largo... Si necesitas algo, no tienes más que pedírmelo.

Freddy se quedó mirando a Andrew.

—¿Qué estás tramando, Stilman?

—Nada, Freddy, no estoy tramando nada. Esta guerra de chicha y nabo que nos traemos tú y yo empieza a cansarme. Si de verdad estás tras la pista de un asesino, y yo puedo echarte una mano, lo haré encantado, nada más.

—¿Y por qué me ayudarías?

—Para impedir que cometa un crimen más, ¿no te parece una buena razón?

—Me haces gracia, Stilman, has olido que estaba con algo gordo. No será que quieres firmar tú también mi artículo, ya que estamos, ¿no?

—No, ni se me había pasado por la cabeza, pero ahora que lo dices, me das una idea. ¿Y, si en lugar de darnos la espalda, publicáramos algún día un artículo juntos? Sé de uno a quien le encantaría.

—Ah, ¿sí? ¿A quién?

—A mi más fiel lector, Spookie Kid. No me atrevo a imaginar la ilusión que le haría, podríamos incluso dedicárselo...

Andrew dejó que Freddy, que acababa de ponerse como un tomate, reflexionara sobre la cuestión y fue a instalarse a su despacho.

Un mensaje de Valérie en el buzón de voz de su móvil le recordaba que tenía que pasar por el sastre para que le arreglara su traje de boda. Encendió el ordenador y se puso a trabajar.

Andrew dedicó toda la semana a su artículo. Desde que había regresado de Buenos Aires volvía a tener pesadillas todas las noches. Revivía cada vez la misma situación: corría por el carril peatonal de River Park, y Olson lo perseguía. Freddy se acercaba y terminaba siempre por apuñalarlo, ante la mirada cómplice y divertida de Valérie. A veces, justo antes de morir reconocía al inspector Pilguez, o a Marisa, o a Alberto, o a Luisa o incluso a Simon entre los demás corredores. Cada vez, Andrew se despertaba con sensación de ahogo, tiritando de frío y empapado en sudor, con ese insoportable dolor en la parte baja de la espalda que nunca se le pasaba del todo.

El miércoles, Andrew salió del trabajo algo más temprano que de costumbre. Le había prometido a Valérie que llegaría a tiempo a la cena con sus testigos de boda.

El jueves, el aire acondicionado de su apartamento se estropeó del todo, y Valérie, que cada noche se despertaba asustada al oír a su prometido gritar en sueños, decidió por los dos que esa misma noche se mudarían a su casa del East Village.

Andrew se sentía cada vez más agotado, su dolor de espalda empeoraba, a veces incluso lo obligaba a tenderse en el suelo junto a su escritorio, lo cual divertía mucho a Olson cada vez que pasaba por allí camino del cuarto de baño.

Al separarse de ella el viernes, Andrew le prometió a Valérie que no dejaría que Simon lo arrastrara a un local de striptease. Pero su amigo lo llevó al último sitio al que esperaba ir.

El Novecento estaba abarrotado. Simon se abrió paso hasta la barra.

Andrew pidió un Fernet con Coca-Cola.

—¿Qué es eso?

—Una cosa que no te va a gustar, no te molestes en probarla.

Simon cogió la copa, bebió un sorbo, hizo una mueca y pidió una copa de vino tinto.

—¿Cómo se te ocurre traerme aquí? —preguntó Andrew.

—Oye, perdona, tampoco es que hayas opuesto mucha resistencia, ¿eh? Si recuerdo bien lo que me contaste, el gran flechazo es esta noche, ¿verdad?

—Esto no me hace ni pizca de gracia, Simon.

—Pues qué bien, ya somos dos. ¿A qué hora ocurrió el encuentro fatal que mandó al garete tu matrimonio?

—No te gusta Valérie, Simon, y aún menos que hayamos decidido casarnos. Me has hecho venir aquí para que cometa los mismos errores. ¿Es lo único que se te ha ocurrido para mandar al garete mi matrimonio, como tú dices?

—La verdad es que debes de encontrarte muy mal para mostrarte tan desagradable conmigo. Mi intención era todo lo contrario, quería ayudarte a desmitificar una fantasía. Y, por si te interesa, ¡me encanta Valérie, y más todavía que seáis felices juntos!

Simon se fijó en una criatura de interminables piernas que cruzaba la sala y se levantó sin añadir una palabra más.

Solo en la barra, Andrew lo miró alejarse.

Una mujer se sentó en el taburete de al lado y le dedicó una sonrisa mientras le servían otro Fernet con Coca-Cola.

—Es bastante raro que a un norteamericano le guste esa bebida —le dijo mirándolo con fijeza.

Andrew la observó a su vez. Irradiaba una sensualidad que quitaba el hipo, y su mirada tenía una insolencia cautivadora. Sobre su elegante nuca caía una larga cascada de cabello moreno. El rostro del que no podía apartar los ojos era belleza en estado puro.

—Es lo único raro en mí —dijo Andrew, y se levantó.

Al salir del Novecento, inspiró el aire nocturno a pleno pulmón. Cogió su móvil y llamó a Simon.

—Estoy fuera. Tú haz lo que quieras, pero yo me vuelvo a casa.

—Espérame, enseguida salgo —contestó Simon.

—¡Qué cara más larga! —dijo Simon, preocupado, al reunirse con Andrew en la calle.

—Sólo quiero irme a casa.

—No me digas que has vuelto a enamorarte en dos segundos.

—No te lo voy a decir, no lo entenderías.

—Dime una sola cosa que no haya entendido de ti a lo largo de los últimos diez años.

Andrew se metió las manos en los bolsillos y echó a andar por West Broadway. Simon lo siguió.

—He sentido lo mismo que la primera vez. No me invento nada.

—Entonces ¿por qué no te has quedado?

—Porque ya he cometido bastantes errores, no quiero ninguno más.

—Estoy seguro de que mañana por la mañana ya ni siquiera recordarás su cara.

—Ya lo pensabas la primera vez, y los acontecimientos no te dieron la razón. Se acabaron las mentiras, he aprendido la lección. Quizá conserve la nostalgia de un encuentro inacabado, pero he elegido. El amor de tu vida es el que has vivido, no el que has soñado. Ya lo verás, Simon, quiero creer que algún día te pasará a ti también.

Al entrar en su apartamento, Andrew encontró a Valérie en bragas y sujetador en mitad del salón. Estaba en plena sesión de gimnasia.

—¿No te has ido a dormir? —preguntó él mientras se quitaba la chaqueta.

—Sí, sí, claro, con los pies arriba y las manos debajo del trasero... Es muy pronto, ¿no? ¿Simon ha tenido un flechazo con una bailarina de striptease y te ha dejado plantado? Si la cosa va en serio, puedo añadir otro cubierto a la mesa de los novios en nuestra boda...

—No, Simon no ha conocido a nadie —contestó Andrew tumbándose al lado de Valérie.

Levantó las piernas y se puso a hacer movimientos de gimnasia a la vez que ella.

—¿Ha salido mal tu despedida de soltero?

—Mi despedida de soltero ha sido muy bonita —contestó Andrew—, mucho más de lo que había imaginado.

Al día siguiente, Andrew fue a la sastrería para probarse el traje de boda. El señor Zanetti lo hizo subir a un estrado. Lo observó, y le levantó un poco el hombro derecho de la chaqueta.

—No es culpa suya, tengo un brazo más largo que otro.

—Ya lo veo —contestó el sastre mientras ponía alfileres.

—Sé que no quiere que nadie le reproche haber vendido un traje mal ajustado, pero tengo que terminar un artículo importante.

—Y tiene prisa, ¿es eso?

—Un poco, sí.

—Entonces ¿ha vuelto? —preguntó el señor Zanetti observando su trabajo.

—¿Adónde? —contestó Andrew.

—Pues a ese bar de copas, hombre; ¿no fue ahí donde empezaron todos sus problemas?

—¿Cómo lo sabe? —exclamó Andrew estupefacto.

Zanetti le dedicó una sonrisa de oreja a oreja.

—¿Cree ser el único que ha podido disfrutar de una segunda oportunidad? Esa visión tan egocéntrica de las cosas es muy ingenua, señor Stilman.

—Usted también...

—¿Ha vuelto a ver a la desconocida del bar? —lo interrumpió Zanetti—. Claro que la ha vuelto a ver, tiene aún peor cara que la última vez. Pero supongo que si le estamos metiendo el dobladillo a su pantalón es porque ha tomado la decisión de casarse. Tiene gracia, habría apostado más bien por lo contrario.

—¿Qué le ocurrió usted para que volviera al pasado? —le preguntó Andrew con voz trémula.

—Lo único que debería preocuparle, señor Stilman, es lo que le ocurrió a usted. Si no le preocupa un poco más, pronto morirá. ¿Qué cree? ¿Que tendrá una tercera oportunidad? Sería exagerar un poco, ¿no le parece? Y deje de temblar así o al final voy a terminar pinchándolo con los alfileres.

Zanetti retrocedió un paso y observó el traje de Andrew.

—Todavía no está impecable, pero está mejor. Un centímetro de nada debajo del hombro y debería quedar perfecto. Me gusta la perfección, y, a mi edad, uno ya no cambia. Si le dijera qué edad tengo, se sorprendería —añadió Zanetti, y soltó una sonora carcajada.

Andrew quiso bajar del estrado, pero Zanetti lo retuvo agarrándolo del brazo con una fuerza asombrosa.

—¿Adónde piensa ir así vestido? Sea razonable. De modo que ha optado por su amor de adolescencia. Es una sabia decisión. Confíe en mi experiencia, yo me casé cuatro veces, eso me arruinó. Probablemente usted no tenga oportunidad de conocer esa clase de contrariedades, ya que aún no ha dado con su asesino. No quisiera mostrarme insistente, pero urge que reflexione sobre ello.

Zanetti pasó detrás de Andrew y tiró ligeramente del bajo de su chaqueta.

—Francamente, qué contrahecho es usted, enderece la espalda, por favor, bastante difícil me lo pone ya. ¿Por dónde iba? Ah, sí, le hablaba de su asesino. ¿Tiene alguna idea siquiera de su identidad? —preguntó Zanetti, acercando la cara a la nuca de Andrew—. ¿Es su futura esposa? ¿Su compañero de trabajo? ¿Ese misterioso asesino en serie? ¿Esa madre a la que privó de su hija adoptiva? ¿Su redactora jefa...?

Andrew sintió de pronto un violento dolor en la espalda que lo dejó sin respiración.

—O yo... —Zanetti rio con malicia.

Andrew se miró en el espejo que tenía delante, su rostro mostraba una palidez aterradora. Vio al sastre detrás de él, con una larga aguja ensangrentada en la mano. Sintió que las piernas no lo sostenían, y cayó de rodillas sobre el estrado. Una mancha de sangre se extendía por su camisa. Se desplomó de bruces, mientras la risa del señor Zanetti resonaba. Andrew sintió que perdía la consciencia.

La luz se apagó.

Valérie lo sacudía con todas sus fuerzas. Andrew se despertó empapado en sudor.

—Si tanto te angustia esta boda, aún estamos a tiempo de aplazarla, Andrew. Mañana ya será demasiado tarde.

—¿Mañana? —contestó incorporándose en la cama—. ¿A qué día estamos?

—Son las dos de la mañana —contestó Valérie volviéndose hacia el despertador—. Estamos a sábado 30, la boda es hoy en realidad.

Andrew saltó de la cama y se precipitó al salón. Valérie apartó las sábanas y lo siguió.

—¿Qué te pasa? Pareces aterrorizado.

Andrew miró a su alrededor y se lanzó sobre su bolsa, que acababa de encontrar tirada junto al sofá. La abrió febrilmente y sacó una gruesa carpeta.

—¡Mi artículo! Si ya estamos a 30, no he terminado mi artículo a tiempo.

Valérie se acercó a él y lo abrazó.

—Se lo has enviado por e-mail a tu redactora jefa a última hora de la tarde. Ahora cálmate. Me ha parecido excelente, y a ella también le encantará. Vuelve a acostarte, Andrew, por favor, vas a tener una cara espantosa en las fotos de la boda; y yo también si no me dejas dormir.

—No podemos estar ya a 30 —murmuró Andrew—, no es posible.

—¿Quieres anular la boda, Andrew? —preguntó Valérie mirándolo con fijeza.

—No, claro que no, no tiene nada que ver con eso.

—¿Qué es lo que no tiene nada que ver con eso? ¿Qué me estás ocultando, Andrew? ¿Qué parece darte tanto miedo? A mí puedes contármelo todo.

—Ojalá pudiera.

23

Justo antes del principio de la ceremonia, la madre de Valérie se acercó a Andrew, le dio unas palmaditas en el hombro para quitarle el polvo y se inclinó hacia él para murmurarle algo al oído. Andrew la apartó delicadamente.

—Pensaba que nunca me casaría con su hija, ¿verdad? La entiendo, la idea de tenerla a usted como suegra habría hecho retroceder a más de uno, pero aun así aquí estamos, en la iglesia... —le dijo Andrew con aire burlón.

—Pero ¡a qué viene eso, yo nunca he pensado algo así! —protestó la señora Ramsay.

—¡Y encima, mentirosa! —dijo Andrew riendo mientras entraban en la iglesia.

Valérie estaba más guapa que nunca. Llevaba un vestido blanco tan discreto como elegante, el cabello recogido en un moño y un tocado blanco. La homilía fue perfecta, y Andrew se emocionó más aún que en su primera boda, lo que es una manera de hablar, por supuesto.

Tras la ceremonia, el pequeño cortejo abandonó la iglesia por el camino del parque que rodeaba Saint Luke in the Fields. A Andrew le sorprendió ver allí a su redactora jefa.

—No íbamos a arruinar nuestra noche de bodas esperando sus comentarios sobre tu artículo —murmuró Valérie al oído de su marido—. Mientras trabajabas ayer como un loco en casa, tomé la iniciativa de llamarla al periódico e invitarla. Y, bueno, es tu jefa, al fin y al cabo...

Andrew sonrió y besó a su mujer.

Olivia Stern se acercó a ellos.

—Ha sido una ceremonia muy bonita, y los dos están realmente guapos. El vestido le sienta maravillosamente bien. En cuanto a Andrew, hasta ahora nunca lo había visto con traje. Debería llevarlo más a menudo. ¿Puedo robarle a su marido sólo unos minutos?

Valérie se despidió de ella y se fue junto a sus padres, que caminaban unos pasos por delante.

—Su artículo es muy bueno, Andrew. No lo voy a importunar el día de su boda, de modo que no le molestará si los dejo solos, es por una buena causa. Le enviaré mis anotaciones esta noche. Disculpe que no le dé unos días de descanso después de la boda, pero necesito que me escriba unas hojas más. Sale publicado el martes, he obtenido la primera página y tres más en el periódico; ¡puerta abierta a la gloria, querido! —dijo Olivia dándole unas palmaditas en el hombro.

—¿Ya no quiere retrasar la publicación una semana? —preguntó Andrew atónito.

—¿Por qué retrasar un artículo que hará palidecer de envidia a nuestros competidores? Ha hecho un trabajo fantástico, hasta el lunes y páselo bien esta noche.

Olivia le dio un beso en la mejilla y se despidió de Valérie antes de marcharse.

—Parecía muy satisfecha, es la primera vez que te veo sonreír en todo el día. Por fin vas a poder relajarte.

Valérie estaba feliz, Andrew se sentía bien, divinamente bien, hasta que al llegar a Hudson Street vio un todoterreno negro parado en el semáforo en rojo. Sintió un nudo en la garganta.

—¡Vaya cara! —le dijo Simon acercándose a él—. ¿Es que has visto un fantasma?

El semáforo se puso en verde, y el todoterreno se alejó, con las ventanillas cerradas.

—He dado un salto de dos semanas hacia adelante, Simon.

—¿Qué dices que has hecho?

—Se han volatilizado... Estaba en la sastrería de Zanetti, le pasó lo mismo que a mí. Lo sabía todo de mi historia. No sé lo que ocurrió, era una pesadilla, y al despertar resulta que habían pasado quince días. He vuelto a dar un salto en el tiempo, pero esta vez al futuro. Ya no entiendo nada de nada.

—Si te sirve de consuelo, yo tampoco. Lo que dices no tiene ningún sentido. ¿De qué hablas, Andrew? —preguntó Simon mirando a su amigo con una expresión de preocupación sincera.

—De lo que me espera, de nosotros dos, de Pilguez, de la señora Capetta. Sólo me quedan ocho días, estoy muerto de miedo.

—¿Quiénes son ese tal Pilguez y esa tal señora Capetta? —preguntó Simon, cada vez más intrigado.

Andrew observó un buen rato a Simon y luego suspiró.

—¡Dios mío! Os he perdido a ti y a Pilguez al dar este salto en el tiempo. No tienes ni idea de lo que te estoy contando, ¿verdad?

Simon negó con la cabeza y cogió a Andrew por los hombros.

—Sabía que el matrimonio provocaba efectos secundarios, pero ¡esto ya es demasiado!

Valérie se reunió con ellos, cogió a su marido por la cintura y le dijo a Simon:

—No te importará que me lo quede sólo para mí el día de mi boda, ¿verdad, Simon?

—Quédatelo toda la semana, hasta el final del verano si quieres, pero devuélvemelo bien sano, porque ahora mismo parece como si se hubiese dado un golpe en la cabeza.

Valérie se llevó a Andrew aparte.

—Ojalá el día terminara ya para estar a solas contigo en casa —suspiró Andrew.

—Me has quitado las palabras de la boca —contestó Valérie.

Pasaron el domingo en el apartamento de Valérie. Llovía a cántaros, una de esas tormentas de verano que dejan la ciudad desleída.

Después de almorzar, Andrew se enfrascó en la reescritura de su artículo, y Valérie aprovechó para ordenar sus papeles. A última hora de la tarde fueron a comprar comida a la tienda de la esquina, caminando abrazados bajo el paraguas.

—Tampoco está mal el East Village —comentó Andrew mirando a su alrededor.

—¿Cambiarías de barrio?

—No he dicho eso, pero si oyeras hablar de un bonito piso de dos habitaciones, no me opondría a la idea de ir a verlo.

De vuelta en casa, Andrew reanudó su trabajo, y Valérie se puso a leer.

—Este viaje de novios deja un poco que desear —le dijo levantando la cabeza—. Te mereces a alguien mejor que yo.

—Es una cuestión de perspectiva... Pero eres el hombre de mi vida.

Andrew puso punto final a su artículo cuando ya anochecía. Eran las nueve pasadas. Valérie lo releyó y fue ella quien pulsó la tecla «enviar».

Andrew estaba ordenando sus borradores cuando Valérie se los quitó de las manos.

—Ve a descansar al sofá y deja que yo guarde esto.

Andrew aceptó encantado, le dolía la espalda y le atraía la idea de poder tumbarse un momento.

—¿Quién es Marisa? —preguntó Valérie al cabo de unos instantes.

—Mi contacto en Buenos Aires, ¿por qué?

—Porque acabo de encontrar un sobrecito con una nota para ti.

Andrew contuvo el aliento. Valérie se la leyó.

Para ti, Andrew,

este regalo tomado prestado de casa de Luisa.

En recuerdo de Isabel y Rafael.

Gracias en su nombre.

MARISA

Andrew se levantó de un salto del sofá y le arrebató el sobre de las manos. Lo abrió y descubrió una pequeña fotografía en blanco y negro. Dos rostros sonreían, detenidos en el tiempo.

—¿Son ellos? —preguntó Valérie.

—Sí, son ellos, Isabel y Rafael —contestó Andrew emocionado.

—Es extraño —comentó Valérie—, no sé si es porque conozco su historia o porque he leído tu artículo, pero el caso es que la cara de esta mujer me resulta familiar.

Andrew se acercó la fotografía para observarla con atención.

—Mi artículo no tiene nada que ver —contestó estupefacto—. Yo también conozco esta cara, y mejor de lo que imaginas.

—¿Qué quieres decir? —preguntó Valérie.

—Que había pensado en todo menos en esto, y que de verdad soy un estúpido.

Antes de franquear las puertas del 860 de la Octava Avenida, Andrew echó una ojeada al letrero negro que adornaba la fachada del *New York Times*. Cruzó el vestíbulo a paso rápido, tomó el ascensor y fue directamente al despacho de su redactora jefa.

Andrew se acomodó en el asiento frente a ella sin esperar a que ésta lo invitara a hacerlo.

313

Olivia lo miró intrigada.

—¿Ha leído el final de mi artículo?

—Es exactamente lo que esperaba de usted. He enviado el texto a maquetar y, a menos que ocurra algo muy gordo durante el día, salimos en primera página en la edición de mañana.

Andrew acercó su butaca al escritorio.

—¿Sabía que muy cerca de donde vive Ortiz hay un lugar que se llama como usted? Tiene gracia saber que un pueblo se llama Olivia, ¿no?

—Si usted lo dice...

—No, parece que a usted no le hace mucha gracia. Puede que, si se hubiera llamado María Luz, le habría parecido más gracioso... Un pueblo que se habría llamado de verdad como usted.

Andrew se sacó el sobrecito del bolsillo, extrajo la fotografía que contenía y lo dejó ante su redactora jefa. Ésta la miró largo rato y la dejó sin decir nada.

—¿Reconoce a esta pareja? —preguntó Andrew.

—Sé quiénes son, pero nunca los conocí —suspiró Olivia.

—La mujer de esta fotografía se le parece tanto que por un instante creí que era usted, perdida en los años setenta. Lo sabe desde que Luisa le desveló su verdadera identidad, ¿verdad, María Luz?

María Luz se levantó y fue hasta la ventana de su despacho.

—Ocurrió en una cafetería donde los estudiantes de la facultad solíamos vernos después de clase. Luisa había ido allí muchas veces, pero nunca me había abordado. Se refugiaba en un rincón de la sala y me observaba. Y un buen día se acercó y me preguntó si podía sentarse a mi mesa, tenía cosas importantes que revelarme, cosas difíciles de escuchar pero que yo debía conocer. Mi vida cambió radicalmente cuando me contó la historia de Isabel y de Rafael, mis verdaderos padres. No quise creerla. Descubrir que durante veinte años mi existencia no había sido más que una gran mentira, que lo ignoraba todo de mis orígenes, que quería a una persona que era responsable en parte de lo que nos había ocurrido a mis padres y a mí, era inconcebible. Aceptar la verdad fue terriblemente duro. No me quejo, he tenido una oportunidad que otros no tuvieron: he podido rehacer mi vida. Ese mismo día me marché de la casa donde había crecido, sin decir una palabra al hombre que me había criado. Me instalé en casa de mi novio de entonces y pedí una beca en la Universidad de Yale. La obtuve. Me convertí en una alumna muy aplicada. La vida me ofrecía una posibilidad de salir reforzada de esa abominación, de rendir homenaje a mis padres, de hacerlos vencer sobre aquellos que querían borrarlos para siempre. Más tarde, gracias al apoyo de mis profesores, conseguí la nacionalidad estadounidense. Una vez concluidos mis estudios, entré en el *New York Times* como becaria, y uno a uno fui ascendiendo todos los peldaños.

Andrew tomó la fotografía de Isabel y de Rafael y la miró de nuevo.

—¿Fue mi investigación en China lo que le dio la idea? ¿Pensó que, si ya había conseguido en una ocasión seguir la pista de niños robados, era muy probable que saliera airoso de la misma clase de investigación en Argentina?

—Lo pensé, en efecto.

—¿Quién le envió la información, Luisa o Alberto?

—Ambos. Nunca corté lazos con ellos. Luisa es como una madrina para mí. Sí, es un poco así cuando lo pienso.

—Me lanzó tras Ortiz como se manda a un perro a encontrar una presa en su guarida.

—Por mucho que lo odie, nunca he sido capaz de denunciarlo. Él me ha criado y me ha querido, es mucho más complicado de lo que se pueda imaginar. Lo necesitaba a usted, Andrew.

—¿Es usted consciente de que si publicamos este artículo probablemente lo detengan y lo condenen a pasar el resto de su vida en la cárcel?

—Elegí esta profesión por amor a la verdad, es la única manera que tengo de sobrevivir. Hace ya mucho tiempo que le volví la espalda a Ortiz.

—Vaya frescura, viniendo de usted, hablarme de la verdad. Me manipuló desde el principio, todo estaba trucado, Marisa, Alberto, Luisa, el que supuestamente reconocieran a Ortiz cuando fue a visitar a un cliente... Usted ya lo sabía todo, pero quería que fuera yo quien lo descubriera. Era necesario que un periodista, ajeno a toda esta historia, reuniera las piezas del rompecabezas en su lugar. Me ha utilizado, y ha utilizado este periódico para llevar a cabo una investigación personal...

—Déjese de tonterías, Stilman, le he puesto en bandeja el mejor artículo de su carrera. Cuando se publique, su investigación en China no será más que un vago recuerdo. Este artículo lo catapultará a la fama, lo sabe tan bien como yo. Pero si prefiere que juguemos a la transparencia...

—No, le aseguro que no tengo intención de hacer eso. ¿Y su hermana? Ortiz me dijo que su otra hija no sabía nada de su pasado. ¿Piensa avisarla, o va a dejar que descubra el pasado de su padre al abrir el periódico? Me dirá que no es asunto mío, pero piénselo bien, sé de lo que hablo, aunque no sea quién para darle consejos.

—Hace tiempo que mi hermana conoce la verdad, se lo conté todo antes de abandonar Argentina. Hasta le propuse que se viniera conmigo a Estados Unidos, pero ella nunca quiso. Para ella era diferente, es su hija legítima. No puedo echárselo en cara, como tampoco puedo guardarle rencor por haber renegado de mí por las decisiones que tomé.

Andrew observó atentamente a Olivia.

—¿Cómo es su hermana, a quién se parece?

—A su madre. Anna tiene una belleza que quita el hipo. Tengo una foto suya de cuando cumplió veinte años —dijo María Luz.

Se volvió para coger el marco de fotos, que estaba detrás de ella, y se lo tendió a Andrew.

—Me la envió Luisa, nunca supe cómo la consiguió.

Al ver el retrato de la joven, Andrew palideció. Se levantó de un salto y, antes de salir precipitadamente del despacho, se volvió hacia su jefa y le dijo:

—María Luz, prométame que, me ocurra lo que me ocurra, publicará mi artículo.

—¿Por qué dice eso?

Andrew no contestó. Olivia lo vio correr por el pasillo hacia la escalera.

Andrew salió del periódico. Un aluvión de ideas se arremolinaban en su cabeza.

Un clamor atrajo su mirada hacia un grupo de corredores que bajaba la Octava Avenida y avanzaba hacia él. Tenía todos los sentidos alerta, algo no iba bien.

—Es demasiado pronto, no ha llegado el día, todavía no —murmuró cuando los primeros corredores lo empujaron al pasar por su lado.

Presa del pánico, Andrew quiso dar marcha atrás, refugiarse en el interior del edificio, pero había demasiados corredores y no le permitían alcanzar la puerta.

De pronto, Andrew reconoció un rostro entre la multitud, la desconocida del Novecento avanzaba hacia él. Por su manga resbaló un separador quirúrgico, la hoja brilló en su mano.

—Es demasiado tarde —le dijo Andrew—, me ocurra lo que me ocurra, el artículo se publicará.

—Mi pobre Andrew, es para ti para quien es demasiado tarde —contestó Anna.

—¡No! —gritó éste al acercársele la mujer—, ¡no lo haga!

—Pero si ya lo he hecho, Andrew. Mira a tu alrededor: todo es fruto de tu imaginación. Ya te estás muriendo, Andrew. ¿Qué creías? ¿Que habías resucitado? ¿Que la vida te había ofrecido de verdad una segunda oportunidad devolviéndote al pasado? Mi pobre Andrew, da pena verte. Todos tus desmayos, tus pesadillas, ese dolor desgarrador en la espalda, ese frío que nunca te ha abandonado, esas descargas eléctricas que te devolvían a la vida cada vez que tu corazón se paraba... Luchas en esa ambulancia desde que te apuñalé y te desangras como un animal. Has luchado todo este tiempo, has revisitado tu memoria, has escudriñado tu pasado, al acecho del más mínimo detalle que te hubiera podido pasar inadvertido, porque querías entender las cosas. Y por fin has recordado esa fotografía que habías visto tantas veces detrás del escritorio de María Luz. Te felicito, no pensaba que lo lograras. Oh, no tenía nada personal contra ti, pero, sin saberlo, te convertiste en el instrumento que utilizó mi hermanastra para lograr su propósito. Es una cobarde y una desagradecida, mi padre se lo había dado todo, la quiso tanto como a mí, y ella nos traicionó. ¿De verdad creía que le permitiría destruirnos? Te sigo desde hace semanas, desde que abandonaste Buenos Aires. Te he perseguido como tú perseguiste a mi padre. Cuántas veces he repetido el gesto que te haría callar. Acechaba el momento de intervenir. El golpe que te di fue perfecto, nadie me vio, nadie recordará nada. El hospital ya no está muy lejos, y reconozco que has sobrevivido más tiempo del que pensaba, pero ahora que lo has entendido todo, puedes abandonarte, Andrew, ya no tienes razón para luchar.

—Sí, tengo una —murmuró Andrew cuando ya lo abandonaban las últimas fuerzas.

—No me digas que piensas en tu mujer... ¿Después de lo que has hecho? Andrew, la dejaste la misma noche de vuestra boda, ¿recuerdas? Te habías enamorado perdidamente de mí. Créeme, puedes abandonarte, tu muerte la hará a ella tan feliz como a mí. Adiós, Andrew, tus ojos se cierran ya, te dejo vivir en paz tus últimos instantes.

24

La ambulancia que trasladaba a Andrew Stilman entró en urgencias a las 7.42. Esa mañana había menos tráfico que de costumbre.

Habían avisado al hospital por radio, los médicos y los enfermeros ya se afanaban alrededor de la camilla.

—Varón, treinta y nueve años, herido por arma blanca en la espalda hace media hora. Ha perdido mucha sangre, ha sufrido tres paradas cardíacas, hemos conseguido reanimarlo, pero tiene el pulso muy débil, la temperatura corporal ha bajado a treinta y cinco grados. Ahora es suyo —dijo el médico de la ambulancia cuando le entregó su informe al internista de cirugía.

Andrew volvió a abrir los ojos, los fluorescentes que desfilaban por encima de él formaban una línea discontinua conforme avanzaba hacia el quirófano.

Trató de hablar, pero el médico se inclinó para decirle que conservara sus fuerzas, iban a intervenirlo.

—Perdón... Valérie... Dígale... —murmuró.

Y perdió el conocimiento.

Llegó un coche de policía con la sirena puesta. Del vehículo bajó una mujer y se precipitó al interior del hospital. Cruzó el vestíbulo corriendo y alcanzó a los enfermeros que empujaban la camilla de Andrew.

Uno de ellos la agarró para impedir que fuera más lejos.

—¡Soy su mujer! —gritó—. ¡Se lo suplico, díganme que está vivo!

—Tiene que dejarnos operarlo, señora, cada minuto cuenta. Vendremos a darle noticias en cuanto podamos.

Valérie vio desaparecer a Andrew al otro lado de las puertas del quirófano.

Se quedó inmóvil, anonadada.

Comprendiendo su angustia, una enfermera la acompañó hasta la sala de espera.

—Los cirujanos que están de guardia esta mañana son los más competentes que conozco, su marido no puede encontrarse en mejores manos —le aseguró a Valérie.

Simon llegó unos momentos después y, antes de alcanzar el mostrador de información, vio a Valérie, que sollozaba en la sala de espera. Ésta se levantó al verlo y se arrojó a sus brazos llorando.

—Todo va a salir bien, ya lo verás —dijo Simon, llorando él también.

—Dime que se va a salvar, Simon.

—Te lo prometo, es una roca, lo conozco, es un luchador, lo quiero como a un hermano, y él también te quiere, ¿sabes?, me lo dijo ayer. No dejaba de repetírmelo. Se arrepentía tanto... ¿Quién ha podido hacer esto? ¿Por qué?

—El policía que me ha traído hasta aquí —dijo Valérie entre sollozos— me ha dicho que nadie había visto nada.

—A lo mejor Andrew sí que ha visto algo...

Simon y Valérie se quedaron sentados uno al lado de otro durante largas horas, mirando las puertas cerradas del pasillo que llevaba al quirófano.

A última hora de la tarde un cirujano fue a la sala de espera a hablar con ellos.

Escucharon el informe de la operación conteniendo el aliento.

Había transcurrido media hora entre el momento en que habían apuñalado a Andrew y su llegada al hospital. Durante el traslado en ambulancia, su corazón había dejado de latir varias veces; Andrew había vuelto a la vida, pero se había marchado muy lejos.

La operación había ido bien, pero el arma había provocado lesiones profundas y graves, y el paciente había perdido mucha sangre, demasiada. El pronóstico era reservado, y lo seguiría siendo a lo largo de las cuarenta y ocho horas siguientes.

El cirujano no podía decirles nada más.

Se despidió de Valérie y de Simon añadiendo que debían conservar la esperanza... En la vida todo era posible.

El martes, 10 de julio, el artículo de Andrew Stilman apareció publicado en primera página del *New York Times*.

Valérie se lo leyó a Andrew, que seguía en la cama del hospital. Aún no había recobrado el conocimiento.

Gracias a:

Pauline, Louis y Georges.
Raymond, Danièle y Lorraine.

Susanna Lea.
Emmanuelle Hardouin.
Nicole Lattès, Leonello Brandolini, Antoine Caro. Élisabeth Villeneuve, Anne-Marie Lenfant, Arié Sberro, Sylvie Bardeau, Lydie Leroy, todos los equipos de la editorial Robert Laffont.
Pauline Normand, Marie-Ève Provost.
Léonard Anthony, Sébastien Canot, Romain Ruetsch, Danielle Melconian, Naja Baldwin, Mark Kessler, Stéphanie Charrier, Katrin Hodapp, Laura Mamelok, Kerry Glencorse, Julia Wagner, Aline Grond.
Brigitte y Sarah Forissier.

Mary's Fish.

Y muchísimas gracias a Victoria Donda, cuya trayectoria y cuyos escritos han iluminado esta novela.